CHANG MING

长明

佐润————著

长江出版社
CHANGJIANGPRESS

图书在版编目（CIP）数据

长明/佐润著.—武汉：长江出版社，2022.5
ISBN 978-7-5492-8289-0

Ⅰ.①长… Ⅱ.①佐… Ⅲ.①幻想小说—中国—当代 Ⅳ.①I247.5

中国版本图书馆CIP数据核字（2022）第065513号

长明 / 佐润 著

出 版	长江出版社	
	（武汉市解放大道1863号）	
选题策划	麦田时光文化	
市场发行	长江出版社发行部	
网 址	http://www.cjpress.com.cn	
责任编辑	罗紫晨	
印 刷	天津丰富彩艺印刷有限公司	
版 次	2022年5月第1版	
印 次	2022年5月第1次印刷	
开 本	880mm×1230mm 1/32	
印 张	9.25	
字 数	285千字	
书 号	ISBN 978-7-5492-8289-0	
定 价	45.00元	

目录

第一章

"上将回来了。"

旁人说这句话的时候，林晗正坐在机器旁进行例行测试。

他戴着防尘眼镜，聚精会神地盯着仪表盘，不时做着记录，别人口中那个响彻星际的名字似乎并不能影响他分毫。

几个见习少年正热火朝天地说着什么。他没有仔细听，但想来应该是跟即将举行的庆功宴有关。

自从帝国彻底统治M星系以来，有一个名字从始至终如雷贯耳——他是帝国最年轻的上将，是最犀利的矛，是所向披靡的剑，是最坚硬的甲胄，是刺破荆棘、象征胜利的利刃。

另一片星云曾经流传，只要贺云霆屹立不倒，那他就是M星系的绝对防线——除非你愿意赌上一整个星球来对付他一人。

结果还真有某个小星球不自量力，想联合星盗来击溃他。

可惜还没等两方对他发起总攻，贺云霆就带着身边的一支精锐战队主动出击，将对方一举歼灭。

除了将军的私人机甲被卑鄙的星盗阴了一把，稍有破损以外，再没有分毫损失。

今天便是他凯旋的日子。

林晗垂下眼，收起随身的数据记录本，摘下眼镜，很轻地舒了一

口气。

长时间高强度地做一件事的后遗症，就是在结束的那一刻，总是会让人觉得很疲惫，他捏了捏眉心，神色间透出一缕倦色。

一旁议论的见习研究员正讨论到贺云霆是如何驾驶着自己的机甲，带着最信赖的部下一齐杀入敌营，所向披靡……见林晗走过来后，几人的讨论才告一段落。

他们知道，林晗除了机甲设计与修理，对其他事物都不感兴趣。

有会察言观色的少年试探着说道："林老师，您今天还是不回去吗？要不要先去休息一会儿……对了，您的手套。"

林晗点了点头，说"好"，接过放在操作台上的白手套，很小心地没有碰到少年的手，问了一句："受损的机甲什么时候送到？"

"大约还有半小时。"

林晗一边抬头看了一眼时间，一边戴上白手套。

大家似乎对他的洁癖习以为常，也十分理解，其中一个少年很礼貌地对他鞠了一躬，眼里闪着些许狡黠："那林老师，您看现在……"

林晗当然知道少年的意思，没有为难对方，温和地笑了一下："知道了，你们今天也挺辛苦，而且接下来的活你们也干不了。早点回去吧，我就不留你们了。"

听见这句话，几个少年的眸子立刻亮了几分，他们毫不掩饰脸上的兴奋："好的，林老师！您也别熬太晚！"

林晗弯了一下眼睛，戴着白手套的纤长十指拍了拍其中一个少年的肩："好。路上注意安全。"

研究院三层立刻充斥着少年们叽叽喳喳的声音，这次林晗听清楚了，话题确实围绕着那个被称为帝国利刃的上将。

林晗性格好，带了他们一个月，这些少年对他的敬仰不减，胆子却大了不少，很多话也敢当着他的面说。

有的少年兴起时，还会加上动作，迫切地想让听者知道贺将军究竟有多么英勇神武。而听者也连连点头，满是钦佩。

几人边说边出了大门，一起向公用飞行器停泊的地方走。林晗收回目光，重新回到自己刚才的位置上。

比起上将，他更在意即将运过来的受损机甲。

天色已经不早，这段日子的夜晚总是来得猝不及防。

林晗抬头看着不知何时低垂下来的天幕，帝国的星空好像一成不变。明明自己就生活在M星系最富饶的一颗星球上，却还是想要抬头仰望星空。

天色灰蒙，将亮未亮。

洁癖自己确实有一些，可远没有传闻说得那么夸张。

四下无人，他摘下手套，垂眸看着自己的双手。手背的皮肤很薄，骨节分明而十指修长，带着冷白的颜色。

这双手看上去跟别人的没什么不同。

只有他自己知道——

这双手，有一个秘密。

正在这时，隔间的门打开，一个穿着和林晗一样的研究院制服的人走了进来，给他拿了一支营养剂："还没搞完？"

"谢谢。"林晗见人来了，重新戴好手套，接过，说，"需要修理的机甲马上运过来了，我得看看。"

沈修楠道："将军现在都回来了，应该也不急这一时……算了，跟你说也没用，工作狂。"

林晗应了一声，拧开营养剂喝了一口，即使沈修楠特地挑了不那么难以下咽的口味给他，可他依旧对这玩意儿喜欢不起来。林晗忍不住微微皱眉，却还是坚持将一整支营养剂喝完："你先走吧。"

沈修楠担忧地看了他一眼，欲言又止。

林晗当然知道他想说什么，递给自己的朋友兼同事一个安抚性的眼神："你早点下班，我检查一下就好，反正我回去也没什么事。"

"有时候我真觉得你像一台机器。"沈修楠抿唇，语速缓慢，带着些许疑惑和不满，"你还真把研究院当自己家了？别说你回家，你回家也是守着你那一堆机甲零件和学术材料，跟在研究院没有任何区别。"

他顿了一下，又说："不过送过来的是将军的机甲……说实在的，要不是我没那个能力修，我也想近距离见见。"

3

　　林晗没说话，微垂着眼，倒也看不出有什么其他情绪，不生气也不辩解。

　　他站得笔直，身上穿着研究院统一的白色制服，身形清瘦，头发与眉眼皆是纯粹而沉静的浓黑。左上方的胸牌印刻着他的身份——帝国机甲研究院核心机甲设计师。

　　贴在他身上的标签有很多——研究院近年来录用的得分最高者，机甲天才，性格温良，漂亮，谦逊，无时无刻不戴着白手套的洁癖患者。

　　"不过说来，将军的专属机甲，居然连个名字也没有，"沈修楠翻看着报告，"就叫什么……编号M2742，听上去简直像是批量生产的那种。"

　　不少人会给自己的机甲起名，比如上将的副官就有一台防御力极强的机甲，被主人命名为"宙斯之盾"。

　　林晗没接话，只是抬手看了一下时间，笑着问沈修楠："你不下班了？"

　　"下下下，我还赶着回去。"沈修楠说，"我就是来给你送营养剂的。那我走了，觉得累了就休息，没必要把自己逼得太紧。"

　　林晗朝他眨眨眼，笑了一下："嗯，我知道。"

　　沈修楠心想，你就算知道一百次也没用："我说的是真的，现在局势还算稳定，你自己的体力什么样你自己知道，更何况贺将军今天还回来了，有什么可担心的——"

　　说到这里，他忽然停顿了一下："说起来，皇帝陛下好像为了庆祝上将凯旋，准备亲自为他举行庆功宴来着。"

　　"贺将军"三个字，今天林晗已经听到了数次："嗯。之前听见习的孩子们说了。"

　　沈修楠毕竟跟林晗同龄，比起那几个少年明显要沉稳不少，不过说到这个名字还是难掩兴奋："不过说是为上将筹备的庆功宴，可他本人会不会出现都不一定。这么些年来，我也就只见过上将一次，还是隔了老远的那种……"

　　他声音低了一些，似乎有些遗憾，转而问林晗："对了，你有没有见过他？"

　　"上将？"林晗轻轻开口，他音质凉，这两个字从他口中说出时，意外地悦耳动听。

他浓黑的眸子动了一下，摇摇头，道："没见过。"

沈修楠点头："想想也是。走了。"

一个是整天埋首在研究院的工作狂，一个是被奉为帝国利刃的将军，能见过面才奇怪了。

沈修楠刚走，林晗的通信器就响了起来，他脸上也终于有了些不一样的神色："直接送到第六修理室。我这就过去。"

五分钟后，他终于站在了那台深蓝色的机甲面前。

林晗愣住了。

这居然是一台……双人机甲。

他搭上升降梯，靠近这台庞然大物。

编号M2742比一般的机甲稍微大些，机身已经被清理过，泛着冰冷而迷人的金属色。左臂完整，右臂缺损一半，切缘锋利，连电路连线都断得干净，看上去是被生生切断的。

林晗忍不住皱眉。

这也算轻微破损？

其他同事都下班了，他本想再要一份详细报告，不过现在看来只能自己动手。

林晗操纵升降梯缓缓上移。机甲左掌掌心朝上，林晗站了上来，深蓝色的金属掌托住一身白色制服的他，没有感情的机甲莫名看上去竟有了种小心翼翼的错觉。

林晗用感应钥匙打开左侧机甲舱，还没来得及走进去，就先闻到一阵机油混着血腥的气味。他低下头，不意外地看见驾驶舱内已经干涸了的斑斑血迹。

原来不仅机甲受损，连机师也受了伤。

但除了别人口中的"机甲轻微受损"，似乎没有任何人提过这个情况，皇帝甚至还在给他筹备庆功宴。

机甲的内部有类似黑匣子的数据记录盒，必须要先取出它，才能知道具体的受损程度。

林晗很擅长这个，以极快的速度拆下了属于这台双人机甲的记录盒。

在机甲受到严重损伤或致命攻击时，它也能完整记录保存数据，在有突发情况时，机师还能留下录音，告诉修理师具体发生的一切。

林晗将它取下，再重新回到屏幕碎裂得无法复原的驾驶舱。

他刚打开记录盒，就听见里面传来一个比机甲周身金属还要冰冷的声音——

"我是贺云霆。"

这个声音在微弱的电流干扰下显得格外冰冷，也格外不近人情。

林晗不免愣了一下，但很快又打起精神，继续听对方之前录下的内容。

无论如何，一定是遇到了什么危险。

即使在报完姓名后，周遭就传来机甲被割裂的刺耳噪声，贺云霆的语气依旧没有一丝波澜，回荡在只有林晗一人的驾驶舱里，泛着森森寒气。

对方没有任何赘述，好像也并不打算对听到这段话的人还原当时的情形，只言简意赅地说了最重要的部分。

"这不是一次简单的星盗偷袭。因为他们不可能在最后以自毁的方式在战甲的背面装上触击式爆弹。"

"他们的目标只有我一个。"

林晗这才彻底怔住，这和自己想象的……完全不一样。

星盗本就是一群穷寇，整日流窜作恶，他们的许多装备甚至是从没有战斗力的小星球掠夺来的，在他们的战甲背面装触击式爆弹，那么正面一定少不了强力的推进器，只有这样，才能以同归于尽的方式在短时间里近身，并通过零距离的触击，在顷刻间弹射炸弹——自爆，然后共同毁灭。

对方为什么会这样做？

星盗一般都不想遇上正规的帝国军队，更别提贺云霆亲自出马，肯定都得换了别的星道走，有多远避多远。

现在录音里却说他们是想以自杀式的袭击来针对贺云霆？

可林晗来不及细想这个，毕竟那是触击式爆弹，如果贺云霆稍有不慎，那估计就……

不过很快，他看到断得干净利落的机甲右臂，心里霎时都明白了。

而贺云霆的话也印证了他的猜想。

"——是我自己切的。"

果然。林晗想。

M2742的右机械臂断裂不是别人所为，也不可能是别人所为，就是贺云霆在被爆弹触到的那一瞬，自己操纵左臂的光剑切下来的。

至于为什么林晗会这么熟悉，完全是因为这套系统自己参与过设计制造，所以了如指掌。

通过数据盒传来的录音听上去没有丝毫的情绪起伏，好像是在叙述一件跟自己毫无关系的小事——冷静、淡漠，甚至透露着一些不易察觉的傲慢。

"速度足够快，所以最后只受了点轻伤。"

即使对方这么说，林晗也能想象得到当时的凶险。

机甲本来就有自我防护系统，尤其是上将这种级别的人物所驾驶的机甲更是在这个部分做得十分完善，如果察觉到有机体损毁，必先启动严密的机师保护措施，切断一部分功能。

而贺云霆就在分秒之间完全通过精神力重新掌握了整个机甲的控制权，再毫不犹豫地用光剑切下机甲的右臂，这才制止了一场惊险无比的自杀式袭击。

但就驾驶舱的血迹来看，还是免不了受了伤。

而伤在何处，严重程度，失血评估……对方一概不提。

他太清楚这种武器的威力了，有丝毫的差池都有可能让机师身受重伤，甚至被迫退役，十分凶险。林晗忍不住皱紧了眉，有些担忧地想听对方还遭遇了什么。

可在说完那句话后，盒子中开始持续传出一阵令人心惊的杂音，有切割声、钢化玻璃的碎裂声、由远及近的爆炸声，以及肉体猛然撞击上硬物的钝响，和身体主人一声隐忍的闷哼。

他看着还残留在驾驶舱里的斑斑血迹，生出了些许紧张的情绪，连呼吸都滞了滞。

林晗心里为这名素未谋面的将军产生了一点没来由的担忧和紧张，终于在吵闹过后，重新听见了那个声音。

可对方再开口时，说出的话就不是那么回事了。

7

"机甲我回来后会第一时间送到研究院修理。"

明明片刻前这人还经历了一场惊险的偷袭，结果特地打开录音留言就是为了交代修理机甲的事。

"请接手的机甲师小心操作，谨慎修理本机甲，务必还原得跟我的切面一样完美。"

语气冰凉，且傲慢。

咔的一声轻响，录音戛然而止。

泛着机油和血腥味的驾驶舱重归寂静。

大概是贺云霆的语气太冷，又或是他轻描淡写地不提伤势，却苛刻地提出要求，林晗惯常清晰的思维像是被路标引上了路，却在交叉口被抛了下来，难得有些摸不清情况。

受伤情况如何？驾驶舱指挥屏碎裂，有没有启动应急措施？精神力有没有损耗？

他梳理了一下思路，唯一能确定的是，至少贺云霆没有生命危险。

不过他回想了一下机甲右臂被生生切断的景象，如果是他的话，确实能修好，甚至于达到"务必还原得跟我的切面一样完美"这样苛刻的要求，也不是什么太难的事。

林晗抬头，明明是双人机甲，却只有一个人在驾驶，后面的另一个驾驶位看上去显得突兀又孤单。

帝国不盛行双人机甲已经很久了。

先不说双人机甲的制造和设计要比单人机甲困难很多，要找到两个精神力、能力都十分匹配的驾驶员难度实在是太大，更何况还要有绝对的默契才能驾驭得了。加上这些年来贺云霆的累累战功，把帝国变成了星际中绝对坚韧强大的存在，渐渐地，双人机甲不再是军中必需，而能批量生产的单人机甲成为主流。

林晗刚准备试看能不能启动，可刚走到启动器面前，方才已经恢复安静但还没有关闭的记录盒重新传出那个声音。

"对了。"

林晗闻声停下动作，还以为上将对机甲的损伤有别的话要说。

录音里的贺云霆："机甲检修时请找研究院最好的机甲师，别的都不要。"

　　研究院最好的机甲师林晗："……"

　　心情复杂。

　　林晗心里奇怪归奇怪，却没有反感的情绪。总有人评价他对机甲过于痴迷，可是他就是喜欢，也只对这个感兴趣。

　　他确认了一下数据盒再没有其他信息，又重新记录自己观察到的新数据。

　　除了切掉一半的右臂，整个机甲的背部也受到了严重的撞击，根据痕迹和受损情况来看，爆炸很有可能还是发生了。尽管他已经尽力躲避，巨大的冲击波还是击碎了屏幕和一部分操作台，机师的伤应该就是这么来的。

　　外部的小损伤和简单的线路连接都可以很快完成，可最关键的就是核心操作系统和精神力衔接的部分，这才是真正亟待修复的内核。

　　工程量很大，可林晗不觉得厌烦。

　　众所周知，优秀的个人能力不等于身体素质。

　　即使精神力能让他胜任繁杂的脑力工作，但一旦涉及体力方面，他却连最基础的机甲都驾驶不了。

　　林晗进研究院时精神力为最高等级，可体力评级为D-，时不时还要服用营养剂。

　　研究院里早就只剩了他一个人，林晗看了看时间，又望着自己面前刚拆下来的一堆零件，索性没回家，直接留在修理室继续干。

　　因为要容纳巨大的机甲，修理室占地面积很大，而穿着一身白色制服的他不停地操纵升降梯跑前跑后，偌大的空间里只有他和冰冷的机甲。

　　这是他最平静的时刻。

　　他不喜欢太吵闹的人声，尤其是被迫传入自己耳内的人声——

　　那大约是他刚进入研究院时的事。

　　不知是从哪一天起，也可能是一夜之间，林晗忽然觉得身边的人都变得吵闹起来。

　　耳边总传来细微的声音，可转头时明明又无人说话。林晗一边觉得心烦，一边觉得那些声音如同蚂蚁一样挠着他的鼓膜，时刻细细密密地轻刺

9

着，直让人心烦意乱。

直到他跟往常一样跟沈修楠聊天时，不小心碰到了他的手，意外地听到了他内心的声音。

那天沈修楠还在笑着同他说话，手也只是碰了一下便移开了，林晗却听到了对方熟悉的音调——

"今晚还是吃面吧。"

后来林晗又找了几个同事验证，结果无一例外。

他拥有了所谓的"读心术"。不论是谁，只要碰到林晗的手，他当下的所思所想，便会以对方的声音自然地出现在林晗的耳畔。

所幸机甲不会这样。它们永远安静，带着独属于金属和机械的冰冷的温柔。

从那天起，他开始戴上白手套，不到必要时刻绝不摘下，变成了一个众人口中的"有严重洁癖"的人。

林晗忙了一晚上，他的体力实在太差，又过度集中精神，等他做好初步修复计划的时候，已经过去了许久。甫一放松下来，他之前一直被精神力压抑着的困倦这才翻涌着席卷而来。

林晗本想回自己的研究室休息，却疲惫得不行，最后捏着手套，靠在舱内的驾驶座上睡着了。

第二天，他是被沈修楠敲着驾驶舱的舱门叫醒的。

沈修楠早就习惯了这个工作狂的常态，无奈地看着他："昨晚不是给过你营养剂了吗，你究竟熬到多晚？"

林晗没正面回答，戴上手套，整了整制服，对上沈修楠责备的眼神，稍稍有些内疚，放软了音调，轻声问："怎么了？"

"这个，"沈修楠叹了口气，然后毫不掩饰眼中羡慕的神色，晃了晃手里烫金的精致信封，"上将庆功宴的邀请函，整个研究院里只邀请了你一个。"

"我不去。"几乎没有犹豫，林晗便脱口而出。

"为什么？！"虽然知道林晗很有可能会拒绝，但沈修楠还是无法不激动。

"不想去，没意思。"这种场合他一直不太喜欢，一群人恭恭敬敬虚与委蛇，除了嘈杂喧闹和浪费时间，没有任何意义。

林晗微微仰头，伸手捏了捏有些发酸的后颈："不然你们谁替我去一下。"

毕竟驾驶座不是个适合睡觉的地方，将就了一晚，有些不太舒服。林晗揉揉眼睛，有几根纤长浓黑的睫毛蹭到了手指上，他无意识地把视线停在上面几秒，竟有一点低血糖似的恍惚，差点站不住。

沈修楠还在咬牙切齿："只有你去！只能你去！上面虽然没写你名字，但点名邀请院里最核心的设计师，不是你，还能是谁？"

听见对方这么说，林晗没来由地回想起昨晚那个冷漠又倨傲的声音。

他走到舱门口接过邀请函，上面果然是这么写的。

"诚邀机甲研究院最核心的优秀设计师……"林晗一字一句念出来。

"对对对，就是你，就是你。"

不过这个邀请函并不影响他拒绝："不去。"

沈修楠快要给他跪下了："你知不知道多少人想去见将军一面？他每次凯旋都十分低调，好不容易终于有一次庆功宴，也没邀请太多人，这个机会千载难逢……哎，你别不说话！你至少打开看看吧！"

林晗依言拆开被火漆封好的精致信封，取出里面泛着淡淡墨水香的信纸。

"望您赏光，前来共贺凯旋。"

这一行字是印刷体，而林晗目光向下，看到了一个简短的手写落款："贺。"

黑色的字迹苍劲有力，最后一个笔画洇开了些许，在林晗还未完全清醒的视野中，失焦成一个小点。

林晗抬眸看了沈修楠一眼，把信重新收好。

原本有些坚定的想法稍微动摇了一下，他问："是将军亲自邀请的？"

沈修楠还沉浸在自己想去不能去，而唯一能去的人还在不停拒绝你的悲伤中，叨叨着："你不去没法交代啊，皇帝陛下也在……没错，是将军亲自邀请的！"

11

林晗用食指的指腹轻轻地在方形信封的纸质棱角上摩挲着，细细密密的痒透过手套传来，动作闲适又放松。

沈修楠道："我保证！我来上班的时候，是上将的副官亲自递到我手上的，态度特别好，说他们家将军是诚心邀请你的……"

"哦。"林晗弯了一下嘴角，点点头，短促地应了一声。

他把信封放在枕了一晚的驾驶座上，走出舱门，跟沈修楠一起上了升降梯，并操纵它回到地面。

沈修楠被他搞得有点摸不着头脑："林晗，你去哪里……不对，这个你真得去啊！不然没法交代！"

林晗从升降梯上下来："洗漱，顺便去拿营养剂。没力气。"

"……你把营养剂当饭吃？以前不是一天一支嘛，现在怎么感觉成一日三餐了。"

林晗回眸，向沈修楠眨了一下眼："要是营养剂能吃饱，好像也没什么不行。"

对方刚想再说什么，林晗停顿一秒，摆了摆手，终于回答了沈修楠的问题："去。"

等整理好着装，开了一支营养剂补充体力，再找刚来上班的同事要了M2742的其他数据后，林晗重新回到了修理室。

方才的信封还安静地躺在驾驶座上，林晗目光停留在上面片刻，终于将它收起来，继续工作。

他也不算是心血来潮，想要答应。

驾驶舱已经重新清理了一遍，机油和血腥味都淡去，数据盒也装了回去。可机甲的右臂仍然缺损着，孤零零少了一块，告诉林晗发生过什么。

他从来对机甲以外的事物都兴致缺缺，之所以会答应，也是跟机甲有关——他有些好奇，那样的人，对所有险情只字不提，仿佛只是不小心撞碎了一小块甲片。

他是什么样的人？他的伤势究竟如何？

帝国A区，塞尔纳庄园。

这是皇帝陛下特地送给帝国最年轻的上将的庄园，有特批的用人，和全帝国上下仅有的专属机甲停泊位。

庄园占地面积很大，各方面都被打理得很好，而最吸引人的还是从庄园大门口一直绵延无尽的、热烈的紫色郁金香花田。

现在还不是花期，花田的郁金香还只有嫩绿的新叶，虽不盛大，倒也欣欣向荣。

走进庄园，一个穿着便服的年轻军人在走廊上来回踱步，脸上的表情满是无奈。

那人看了一眼时间，终还是叹了口气，加快了步子，来到了一楼最里面的房间。

他驻足片刻，敲了敲门："将军——"

里面无人回应。

他没放弃，继续叩了两下："将军，该出门了——"

过了一会儿，房间里才传来一个声音："进来。"

青年"哎"了一声，推开门，看见里面那个还穿着常服的男人，表情痛苦："时间要到了，您怎么还不换衣服啊？这好歹也是您的庆功宴。"

他说话虽用着敬语，不过还是能看得出他并不是很怕面前的男人，甚至可以说和这个人是熟稔的。

"陆安和。"站在窗边的男人没回头，叫了青年的名字，"邀请函发了吗？"

陆安和瞥了他两眼："发了发了，我今天亲自送到研究院的。"

"嗯。"男人似乎很满意，语气缓和了一些，"记得在里面讲明用意。"

"……"陆安和抽了抽嘴角，"没，我就客客气气写了一句，让他过来。"

贺云霆沉默片刻："怎么不按我说的写？"

陆安和对着贺云霆的背影小声嘀咕："要是真按您说的那样写邀请函，对方更不会来吧……"

陆安和可没忘记自己领导的原话："请务必好好修理M2742机甲，不能有丝毫差池，这次邀请您来，就是为了向您说明这台机甲的特殊性。"

13

他当时就忍不住想，您这跟下命令似的，谁愿意来啊。

但他跟了贺云霆太久，知道说了也没用，最后陆安和让贺云霆签了个字，自己重新拟了一份正常的邀请函。

贺云霆顾长的身形稍有停顿，却仍旧伫立在窗前，也不知道听没听清。

他的目光落在窗外还未到花期的郁金香上，陆安和习以为常，将军似乎总喜欢对着花田发呆。

"M2742是双人机甲，必须请最好的机甲师来修理。"贺云霆道。

两人之间安静了一会儿，他继续问："那个机甲师叫什么名字？"

陆安和愣了一下，如实答："林晗。"

"资历？"

"核心机甲师。"

"年龄？"

"26。"

"……"贺云霆听见这个数字，抿唇，"这么年轻？"

陆安和知道现在这人，肯定在心里怀疑对方能不能修好他的机甲，连忙说："但保证是最优秀的机甲师了，将军您放心，别人都没他好，真的。"

"哦。"对方冷冷地应了一个字。

陆安和现在没时间跟他说这个，更懒得解释为什么核心机甲师不是个老头，敬语也懒得用了："真没时间了老大！飞行器已经在外面停好了，就等您换好衣服了，我知道您不喜欢这种场合，不过这是皇帝陛下的意思，您怎么也得去一下……"

对方皱了一下眉，这才点头："好。"

因为是皇帝亲自操办的，庆功宴的地点便选在了皇宫内。

林晗依旧忙了一天，等他放下手里的工作，时间已经不早了。他来不及回去换衣服，便干脆穿着研究院的制服到了现场。正殿内已经到了不少人，多是些声名显赫的人物，从皇室到内阁官员，以及一些只会出现在AI电视里的名流。

庆功宴还没开始，皇帝也没来，人们热情寒暄，觥筹交错。

林晗第五次后悔来这个地方。

他不喜欢无谓的交际，更何况这里包括上将在内的所有人，他一个都不认识。

气氛很好，不少人用手掩面小声讨论着什么，大概是跟将军凯旋有关。

他依旧戴着白手套，看着面前精致可口的食物，开始第六次后悔。

正当他准备再后悔一轮时，忽然听见人群传来一阵骚动，惊呼和赞叹此起彼伏。

"上将到了！"

有人在逐渐变得安静的氛围里，激动地高声道。

林晗终于抬起头，看向人们目光的交汇处。

男人身形高大，穿着一整套线条流畅、剪裁合体的苍青色军服，双侧垂落着带穗肩章，绶带绕过挂满勋章的右肩，能看得见衬衫领口处的金边。军靴裹住修长的双腿，宽大的曳地披风更衬出主人的威严和尊贵，不怒自威。而男人容貌冷峻，眉眼凌厉，五官深邃，脸上的线条鲜明如雕塑，帽檐遮住了他湛蓝的双眸，落下一片阴影。

他身边跟着一个年轻男人，也穿着军服，看来是他最得力的副官，陆安和。

众人还在不住惊叹，就见男人略微侧头，对身边的副官说了一句什么。

林晗只看见男人嘴唇薄而冷硬的线条动了动，陆安和朝贺云霆点了个头，朝人们走来。

林晗打量了一下站在不远处的上将，心想，看来伤势果然不太严重。

他还没来得及想其他，就见方才上将身旁的副官站在了自己面前，眯着眼，和和气气地对他笑。

"林晗是吧？"陆安和声音爽朗，"将军找您。"

林晗愣了一下："我？"

"请跟我来。"

大概是陆安和给林晗的第一印象还不错，他在周围人羡慕的眼神中站

15

了起来，朝那名帝国上将走去。

正殿的水晶灯流光溢彩，林晗便跟着陆安和，一步一步走到了贺云霆面前。

陆安和对他做了一个"请"的手势，林晗抬起头，第一次近距离看向他。

贺云霆一头异于常人的银色短发被军帽盖住，他眉骨高，棱角分明，更显得眼窝深邃，明明表情冷得很，却让人有一种深情的错觉。

"上将好。"他脸上挂着与平常一般温和的笑，并没有太多激动的情绪，"您找我？"

贺云霆站在原地，两人有一瞬的沉默。

陆安和看了看林晗，又看了看自己一言不发的老大，想说点什么缓和缓和尴尬的气氛："对对，将军找您是因为……"

他话还没说完，就见贺云霆的披风动了动，朝穿着白色制服的青年伸出手。

林晗笑了一下，准备礼貌地跟上将握个手。

"那个……"陆安和突然出声，眼神看向林晗的白手套。

"抱歉。"林晗顿了一下，"个人习惯。"

毕竟是帝国的上将，总不能还戴着手套跟人家握手。

可他也无意去读上将的内心。

陆安和还在看他。

林晗僵了一下，余光扫到周围钦羡的名流之士，都在有意无意地看向这边。

罢了，握个手而已。

他犹豫片刻，最终还是摘下手套，重新伸出手。

贺云霆沉默着。

对方英俊无比如同神祇，目光淡淡地落下来，与他对视。林晗看着他蓝色的瞳仁，倏然想到了前一天晚上他抬头看过的帝国的星空。

也许星空并不是一成不变的。

没来由地，林晗这么想。

林晗的手指修长好看，礼貌而克制地搭在贺云霆手上，手指在离开时

16

擦过对方的掌心。

"您好。"

他主动开口。

林晗体质一直不太好，指尖冰凉。而对方的手掌很暖，在触碰到对方的那一瞬，林晗的指腹感受到一种柔软的、不符合对方冷硬外表的温热。

贺云霆依旧没有说话，薄唇紧抿成一条线，冷漠又傲慢。倒是跟一天前自己想的没什么差别。林晗脸上虽然挂着客套的笑，眼睫却在不经意间稍垂下来，他知道又将听到那些自己无意听见的心声了。

上将的声音跟之前林晗在数据盒里听到的又不太相同，但依旧带着寒意，没了那些电流杂音的干扰，冰冷得更加纯粹。

于是这个冰冷的声音，在两人双手交握的那一瞬，出现在了他的耳畔——

"他的手指是不是涂了什么，好香。"

林晗下意识在顷刻间抽回了手。

他甚至觉得是自己听错了。

可他总不能再去碰一碰对方的手，验证一下那句话究竟是不是真的。

贺云霆给人的形象永远是高傲而不近人情的。加上他听过一次对方的录音，这个印象更是刻板地留在脑子里。可刚才听见的话，完全颠覆了林晗对贺云霆建立的看法。他在极短的时间内回想了一下，如果自己没听错，贺云霆就是这么说的。

"打扰了。"他重新戴上白手套，又后退了一步，视线从对方完美的脸上移开。

可这位将军方才心中的话仍在他耳边逗留着，林晗之前刚觉醒这个能力的时候也听过不少奇奇怪怪的心声，可也没有谁的心声像现在这位的一样，直白无比。

陆安和紧张地观察着两人，他以为林晗怎么也得多客气两句，没想到两人手刚握到一起，青年就将手抽了回去。

可周围还有不少人，陆安和只能硬着头皮打岔道："将军，林先生，不然咱们借一步说话吧，总让人围观不太好。"

不知发生了什么的贺云霆有些不满地扫了他一眼，大意就是说个机甲

17

的事，干吗还要换地方。

　　林晗倒是无所谓，甚至开始第七次后悔自己为什么要答应这个邀请。

　　陆安和对着贺云霆的目光假装瑟缩了一下，然后轻咳一声，对着林晗正色道："那林先生这边请。"

　　相较贺云霆，林晗对这位副官的印象要好得多，因此也没立刻拂了陆安和的面子，只是不看面前的这尊雕塑，点头跟他走了。

　　陆安和把两人带到几步之外的侧殿："稍等一下，我去给你们拿杯酒。"

　　林晗颔首。

　　即使身后就是沙发，贺云霆依然一丝不苟地站得笔直。

　　陆安和刚走，两人之间的尴尬氛围便又出现了。

　　侧殿内有一座大钟，也跟他们一样静默，只有一下一下机械的声响昭示着时间的流逝。

　　林晗不打算再待下去了。

　　当他第八次后悔答应了这次的邀请后，决定主动开口，离开这个让他不太舒服的地方。

　　他开始想念研究院露台上看到的星空，和那些没有生命却让人宁静的金属。即使刚才他还认为，上将的眸色就似那片星海。

　　"贺将军。"他微笑了一下。

　　贺云霆闻言偏过头，蓝色的眼睛看向他。

　　如果不是自己会读心，林晗想，他甚至会忍不住想多看他的眸子几眼。

　　可惜他会。

　　林晗不常露出不太开心的表情，他甚至觉得自己冷下脸时，表情几乎是僵硬的。

　　他问："您有事吗？"

　　"……"贺云霆眉头蹙了一下，似乎没有明白过来，刚才还温和笑着的青年为什么面色忽然变了。但方才青年已经将手抽走了，微凉的触感转瞬即逝。

　　贺云霆迟疑片刻还是开了口："有事的。"

他的声音没有起伏，依旧带着凉意："这次请你来，是想说下M2742机甲的细节。"

林晗："……"

他好像不是那个意思，他问的是刚才的事。

可问题涉及机甲，他先是对这位将军的理解能力产生了一瞬间的质疑，再回答道："您的机甲现在已经交由我修理，您有什么问题吗？"

林晗的语气不算太好，但贺云霆像是真的没听出来，继续说："有问题。"

林晗："……您说。"

"这是一台双人机甲。"

"我知道。但不是只有您一个人驾驶吗？"

"右臂我切的。"

"我拆了数据盒，听到了您的留言。"

"破损较重。"

"这点请您放心，我们会尽全力复原。"

陆安和找侍者端了两杯香槟送来的时候，就听见两人进行着这样的对话。

"这台机甲十分重要。"

"将军这是信不过我们研究院？"

"我只是有顾虑，现在批量生产的都是单人机甲。"

"……双人机甲也可以修。"

贺云霆挑了挑眉，湛蓝色的眼眸淡淡地望向他。

林晗终于忍无可忍："将军，您还有其他事吗？"

贺云霆表情终于松动了一点，似乎不太明白为什么林晗一再问他这个问题，但还是决定耐心一点，纡尊降贵地再次回答道："有事。"

林晗："……"

"老大！"陆安和手里的酒杯差点没拿稳，他眼前一黑，情急之下连敬语都没用，脱口而出后才反应过来，"……将军，酒。"

贺云霆接过一杯，陆安和连忙把另一杯递给林晗，试图让他明白，自己老大在某些方面，譬如人情世故上是真的一窍不通："林先生，酒。"

陆安和开始打补丁："是这样的，林先生，将军这次叫您来确实是要交代一些关于M2742的问题，我们当然不会质疑您的业务水平，但确实有些细节在数据盒里没法儿说……"

陆安和说得断断续续，好像在有取舍地决定，哪些信息可以透露，哪些不行："更重要的是这台机甲的操纵更依赖精神力，在重铸衔接系统时，需要高级精神力验证才能确保万无一失，因此我们叫您来就是为了强调这一点，"陆安和说着，从军装中拿出M2742的钥匙和一个测试盒，"也为您准备了精神力的样本，想要亲手交给您。"

林晗大概明白过来。

看来贺云霆是真的十分在意这台连名字也没有的机甲，又生怕修理出了纰漏，不惜提取自己的部分精神力给机甲师用于校验和修理——毕竟在某些时候，精神力才是能灵活运用的真正的武器。

高级机甲有缜密的识别系统，如果是专属机甲甚至能识别独属于这台机甲主人的精神力，两者缺一不可。

而现在陆安和手上的东西，说难听些，要是被有心之人盗用，就直接能代替上将本人，操纵他的专属机甲。

看来对方也是特地了解过自己体质为D-，这才放心地把钥匙和精神力样本交给他。

原来这才是他受邀的理由，并不是庆祝上将凯旋，而是对方为了向他交代机甲的修理事项。

林晗并不生气，谨慎一点并没有错。

甚至说，能将这个东西给自己，就已经说明了对方对自己的信任。

对这件事的认知稍微冲淡了一些他对贺云霆的不满，林晗面色稍霁，他接过陆安和手里的东西："我知道了。"

陆安和终于松了一口气，还好自己没来太晚。

他似乎看出林晗也并不太想跟贺云霆多交流，主动说："林先生要回去入座吗？庆功宴马上就要开始了。"

"不了。"林晗拒绝，"既然将军是为了把样本给我，现在我已经拿到了，就不久留了。"

"好。"陆安和应下，"那林先生路上……"

他话还没说完，一旁的贺云霆忽然道："你来。"

陆安和立刻改了口："那林先生跟我来，我送您回家。"

林晗有些讶异贺云霆居然会让他的副官送自己，不过也没推辞："那就谢谢将军了。"

贺云霆不再说话，只是安静地看了林晗一眼。

林晗起身，跟陆安和出去，走到门口时，侧殿的门忽然被推开，一个端着酒的侍者模样的人慌慌张张地走进来："上将，庆功宴马上开始了……"

林晗下意识躲闪了一下，而好巧不巧，贺云霆就站在门边，那人冒失地一推，雕花的实木门直接用力撞上了贺云霆的右肩。

"老大！"陆安和惊呼出声，而与此同时，林晗还听见了一声很低的、几不可闻的痛呼。

进来通知的侍者没想到会撞到上将，吓得腿都软了，一个劲道歉："对不起！对不起！我是太急了想过来通知您！没想到……"

陆安和两句打发走了侍者，连忙焦急地看了贺云霆一眼："没事吧？"

林晗也抬头望过去，英俊的上将似乎跟刚才自己见到他时并无两样，依旧冰冷，依旧倨傲，依旧面无表情。

可他眨了眨眼，看见了贺云霆帽檐下渗出的一滴冷汗。

贺云霆摇头，唇线冷硬，一言不发。

林晗回想起昨天在数据盒中听到的那些刺耳的撞击声。

即使上将说话稍微有些气人，但林晗还是无法不在意当时的情况，他开口道："将军受伤了？就在这次追击星盗时吗？"

陆安和没想到这样一个细节都被林晗看到了，况且他也知道林晗听过录音，没想隐瞒："对，都怪我当时追了另一队，才给了这群穷寇可乘之机。还好将军的光剑够快，不然真的……"

"小伤。"贺云霆打断道。

陆安和欲言又止："您明明……"

"而且当时是我命令你去追击D队的，与你无关。"贺云霆补充道。

林晗看见贺云霆边说，边走到一旁，像是在找什么东西。

　　"好好好，行行行。"陆安和敷衍地附和，重新转头对林晗说，"那我们走吧。"

　　"等等。"

　　陆安和不知道他还有什么命令："怎么了？"

　　贺云霆不答，只是向着两人走近了一些。

　　林晗还以为他要对陆安和吩咐什么，刚打算后退一步避个嫌，那个高大的身影却立在了自己面前。

　　他还来不及说话，就感觉有什么东西覆在了手上。

　　"脏了。"贺云霆沉声说着，将找来的干净手帕压在林晗的手套上。

　　林晗这才发现，刚才那名侍者进来时，杯中的酒不小心全洒在了他的手套上。

　　"我自己来……"林晗连忙接过手帕，摘了一只手套想要擦拭一下，贺云霆的手却正好在离开的那一刻，碰到了林晗的指尖。

　　"他的手指涂了什么，怎么这么香？"

　　是他错了，他从一开始就不该怀疑自己幻听的。

第二章

第一次可能是幻听，第二次就不存在这个可能了。

林晗手套上还沾着酒，只得继续用贺云霆给的手帕随意擦了擦。

而林晗拿过手帕后，感觉到面前极具压迫力的高大男人离开了自己些许——看来对方还十分绅士地后退了一步。

然而对方刚才的心声犹在耳畔，这样的绅士行为让林晗完全不为所动。

贺云霆却不知道这些，还特地低头看了林晗一眼，见对方手上没有酒渍后，才淡淡地移开视线。

林晗抬起头，就见贺云霆偏头看向别处，眉目冷淡，一缕银发从军帽中露了出来，似乎刚才被撞到伤口、给自己递手帕，以及在心里说自己的手指"好香"的都不是他。

"将军？"

在确定对方心里就是这么想的以后，林晗反而没了之前的震惊和愤怒，于是再开口时不仅看不出愤怒，反而还扬起脸，意味不明地勾了一下嘴角。

您没有什么想说的？您认识我？为什么闻得到我手指上的气味？

林晗想问出口，可他抬起头，看见了贺云霆侧脸因忍痛而渗出的细汗，这句话最终只在他嘴里转了一圈，又被他咽了下去。

算了。他想。

问出来两人都尴尬，更何况自己跟贺云霆也不会有太多交集。

他这么想着，暂且把这些问题压在了心里。

而贺云霆听见林晗开口，这才回头，面无表情地、沉默地看向林晗，似乎在好奇林晗叫他做什么。

林晗没挑明，而贺云霆不说话，也没有任何多余的动作。

不过他的双眸和发色都太特别，林晗还是没忍住看过去，并从对方眼中看见一个湛蓝色的自己。

两人便这样安静地对视了片刻，直至贺云霆主动移开眼。

他不再看林晗，径直往正殿走，就好像什么事也没有发生过。他也依旧是那个倨傲的、对任何事物都不关心的、帝国最冰冷的兵器。

陆安和见自己老大已经走了，这才朝着林晗走过来："林先生，我送您回去。"

林晗看着那抹苍青色的高大背影渐行渐远，走入觥筹交错的名利场中。

正殿的人见贺云霆回来，又是一阵喧嚣而吵闹的恭喜和各怀心思的祝贺。

林晗跟着陆安和往反方向走去，那些嘈杂的声音也渐渐听不清了。

他会不会也不喜欢这样的场合呢？林晗手里还拿着机甲的钥匙和贺云霆的精神力样本，没来由地想着。

陆安和毕竟是贺云霆最信得过的部下，甚至可以驾驶贺云霆的私人飞行器。

林晗很客气地道谢，并报了一个住址。

陆安和重复了一遍林晗说的地点："林先生是住在帝军大学附近？我确认一下位置。"

林晗"嗯"了一声，随口道："在那里念了很久的书，后来国家分配的时候就选在了那里。"

陆安和发动飞行器，又轻车熟路地从驾驶座侧边的箱子里，拿出一包小零食拆了放进嘴里，美滋滋地转头看了林晗一眼，递过去一包："林先生吃吗？"

林晗本想拒绝，可一想今天来的时候营养剂还没用，方才宴会还没开始就被贺云霆叫过去，他什么东西都没吃，还是接了过来："谢谢。"

陆安和笑眯眯的，指了指放零食的地方："不够再拿，这边还有。"

林晗有些好奇地问："这不是上将的飞行器吗？"

居然还藏了零食。

"是啊，"大概是自己领导不在，陆安和更放松了些，"都是我偷偷藏的。"

林晗觉得有趣："你在他的飞行器里藏了你的零食？"

陆安和性格好，笑起来的时候会露出一颗虎牙，平易近人，如果不说，几乎不太能想象出他居然是那个冷冰冰的上将的副官："我经常帮他开飞行器，次数多了，干脆就藏了一点。"

林晗："你们将军也吃零食？"

陆安和打开了自动驾驶，转过头来冲林晗连连摆手："不不不，他从来不吃这些，无趣得很。"

陆安和皱着鼻子回忆，似乎对揭自己老大的底这件事没有丝毫愧疚感："别说零食了，他吃饭都只吃最标准的军队配餐——就是那种虽然营养，但是一成不变，吃多了简直想吐的食物。"

军队配餐，林晗以前在帝军大学念书的时候见过，标准配比，营养均衡，就是难吃。

陆安和又跟他随便聊了几句，飞行器便停在了目的地楼下。

林晗道了谢："机甲的话，研究院这边会尽快修理，请放心。"

"行，"陆安和给他留了个联系方式，"有什么事到时候直接用通信器接进来就好。那我先回去了，老大还在等我。"

而另一边，陆安和把飞行器停好，重新回到庆功宴上。

宴会依旧人声鼎沸，看上去皇帝已经来过一趟了，众人已经开始享用晚宴。

找贺云霆并不难，循着众人的目光焦点看过去就是。

大家虽然都想巴结这位上将，却没几人敢向他敬酒。

25

"将军。"毕竟还有不少人在场，走到贺云霆身边时，陆安和还是恭恭敬敬地用了敬语，"人送回去了。"

贺云霆闻言点头，过了一秒，又像是不放心似的交代："跟他强调机甲的事了吗？要尽快修好。"

陆安和眼皮跳了跳："……说了说了。"

"嗯。"贺云霆终于满意地沉声道。

陆安和的位置跟贺云霆挨着，晚宴开始有一段时间了，他面前的桌子上已经摆满了精致的餐具和可口的食物。

他知道贺云霆估计又跟往常一样，只吃最基本的主食，其他东西碰都不会碰——但他不同，他觉得对美食的辜负简直就是一种极大的罪恶。

主食上完了，过了一会儿，就到了各种各样造型别致的甜点争奇斗艳的时间。

陆安和嗜甜，端着托盘挑了好几样甜点，蛋糕、慕斯、巧克力都没落下。

他心满意足地回到自己位置上坐下，放好餐盘，刚准备挑个长得好看的吃掉时，一旁的贺云霆却忽然冷声开口："等一下。"

陆安和手里还拿着东西："怎么了老大？"

按理说没什么大事，老大应该不会打断自己吃饭啊。

贺云霆难得有一点不自在，他脸上有一丝疑惑，指着陆安和手里的东西："这是什么？"

陆安和满头雾水："布丁啊，有什么问题吗？"

贺云霆满脸严肃："给我一下。"

"啊？"陆安和照做，但依旧十分不解。

他眼见贺云霆把自己手里的布丁接过去，然后似乎纠结了一下，最终冷着一张脸，十分严谨地低头闻了一下。

陆安和表情逐渐错愕，难道这里面有毒吗？

更令他震惊的事情发生了——

他看见贺云霆拿起根本没动过的勺子，拧着眉，表情凝重，就像手中的骨瓷小碗是什么敌国情报一样，在布丁的表面敲了敲。

下一秒，贺云霆忽然用力地将勺子戳下去，烘烤好的焦糖壳子碎开！

然后，他看见上将舀了一勺布丁，十分严肃地吃了下去。

陆安和满脸惊恐地注视着自己的直系领导。

为什么老大忽然开始吃这些东西了？

怎么回事？

可还没等他想明白，就听见贺云霆又开了口："再给我拿一个一样的。"

陆安和连忙又递了一个完整的布丁上去。

于是这次，他看见上将用纯金的小勺敲了敲布丁被喷枪烤过后，呈现出诱人棕褐色的糖面，发出了清脆的声响，然后动作不太娴熟地又尝了一口——这次贺云霆没吃布丁，只用舌头卷了一点勺子上的糖片，慢慢地放在舌尖含化。

"是这个了。"

陆安和用看鬼一样的眼神看着他。

怎么，帝国要亡了吗？还是说隔壁虫族终于占领了这片星系？

而贺云霆却没空注意陆安和见了鬼的表情。他的口腔内满是带了点焦味的甜，明明不是什么珍馐之味，他却觉得比面前所有的食物更令他喜爱。

他好像生来就适合战斗，从幼年时期就被寄予了无数希望，参与过太多严苛而残酷的训练，有时候连他自己都觉得自己像个机器。他不需要其他无谓的东西，他只会对帝国忠诚。

所有人都说他是帝国的希望，是最坚硬的盾，也是最锋利的矛。

贺云霆经历过太多战斗，最艰难时曾与陆安和一人一支营养剂，足足撑了快一周才赢得胜利，而现在回忆起来，也不觉得是什么值得称赞的事。

即使他的功勋让他拥有了令无数人羡慕的庄园和财富，但他对物质依旧兴趣缺乏，就连一日三餐都是一成不变的军队标准餐。

而现在，他居然第一次对标准餐以外的食物产生了兴趣。

满口都是焦糖的甜香，这是他从来没尝过的。

好像就是刚才握手时，自己不经意间闻到的味道。

不仅好香，还好甜。

27

"老大……不是，将军。"目睹了一切的陆安结结巴巴地开了口。

贺将军人生中第一次品尝到焦糖的味道，颇为严谨地使用了舔舐、咀嚼等方式，从而确定下来，这就是之前闻到的甜香。

他放下勺子，冷漠地瞥了陆安和一眼："嗯？"

陆安和视死如归地看着对方："布丁好吃吗？"

自己老大终于决定改头换面，放弃清心寡欲，拥抱美好的生活了？

"还好。"贺云霆冷淡地道，似乎刚才找对方要了两个布丁的人不是他。

陆安和观察到第二个被贺将军只敲开尝了表面的布丁，找到盲点，继续问："那这个好吃吗？"

"还好。"上将语气依旧平静无波，只是目光在接触到陆安和所指的地方后顿了一下，然后发出疑问，"这是什么？"

"……"陆安和哑口无言半响，才回答，"焦糖。"

一个拥有着塞尔纳庄园、能开帝国最高级的机甲、参与过无数战役、功勋卓著的帝国将军，居然在自己的庆功宴上第一次听说焦糖这种食物，陆安和想，这事要是说给别人听，一千个人里能有一个愿意相信的就错了。

"还好。"得到了答案后，贺云霆继续给出了一个跟上一个问题相同的答案。

陆安和"哦"了一声，心道自己老大果然还是那个吃什么都一个味儿的人，无趣。

"再帮我拿一个。"刚刚还评价"还好"的贺云霆又开口。

陆安和："啊？"

您不是说一般吗？

他拿了托盘站起来，准备再给自己领导拿几个布丁，顺便也给自己多夹了些甜点。

等他回来时，正好看见一个头发半白，身着考究衣料的男人举起酒杯，往贺云霆身旁靠。

陆安和见怪不怪，还顺道跟对方打了个招呼："姜先生好。"

那个被称作姜先生的人热情地朝陆安和点头致意，走近贺云霆："刚到，上将凯旋，特地过来敬一杯。"

贺云霆不为所动，只是几不可见地抬了抬下巴，神色几乎可以说是轻慢的。

对方好像也习惯了贺云霆在对待恭维时的冷淡态度，热情并未消减，继续说道："听说这次打击星盗大捷，如果没有上将出马，说不定周边的几个小星球还要慌张很久呢。"

贺云霆这次连眼神也没有给他。

收拾残局的专业选手陆安和见状，举起了自己的酒杯："谢谢姜先生的好意。那我就替将军干了。"

"陆中校客气了。"对方很自然地顺着陆安和给的台阶下了一步，饮尽手中的酒，又顺嘴开始夸陆安和，"您也是青年才俊，一表人才，帝国能有你们这样的人，我们才能安安稳稳在家享受和平，接下来将军也能多休养一阵……"

"哟，姜先生又来敬酒啊。"他的话还没说完，一旁便传来略带讥讽的声音。

陆安和转过身，应付自如："啊，这不是罗先生……"

这人也端了一杯酒，不过似乎是碰过壁，没跟贺云霆自找没趣，举着杯子对陆安和晃了晃："我就自己喝了，陆中校随意。"

姜连，也就是第一个来敬酒的人脸色明显不悦起来："希望罗先生能有点眼色，不要随意打断别人说话。"

对方不甘示弱："谁不知道你心里想的是什么，不过就是又来说一些没头没脑的话……"

眼看着面前的两人又要争吵，陆安和虽然脸上笑着，却也没出言相劝的意思，反而后退了一步。

贺云霆像是完全看不见面前的两个人，看了一眼陆安和刚给自己端过来的两个烤得香甜诱人的焦糖布丁，终于不满地皱起了眉头。

他的脸线条分明，眉眼轮廓深邃又极具侵略性，而一身军服给他本就冷漠的外表上镀了一层不可亵渎的冰霜。

贺云霆本来就是帝国最强的军人，极强的精神力让他天生就对其他人有不容忤逆的压制力，他面露不满时，更加令人生畏。

一旁快要吵起来的两个人看见贺云霆骤然冷下来的脸，气焰全无。

"贺将军……"姜连还想补救什么，可惜贺云霆站起身，冷厉的眉眼扫过两人，带着不自知的满身寒气，径直走了。

陆安和跟在后面："过两天他们说不定还会到庄园来，老大您也别放在心上，我帮您打发了就是。"

在帝国体制中，皇帝自然是至高无上的掌舵者，是权力的中心，因此皇室自然是帝国最尊贵的存在。

当然议会也是极为重要的，既然有了议会，便也有了各阶级的纷争。

其中每日争吵不休的，就是温和的主和派和激进的主战派。

不过贺云霆自身的实力和权力，足以让他不依从于任何一派，于是他便成了两派之间终日争抢的对象。

主和派的姜连和主战派的罗琪每天都在为把上将拉拢为自己的党羽而努力，可惜的是贺云霆傲得很，谁也不听，谁也不理，保持着尴尬而微妙的中立地位。

陆安和与贺云霆一同离开了正殿，虽然如此，他还是好奇地问了一下："老大，他俩今天都还没打起来呢，您怎么就这么生气了？"

贺云霆应该早就司空见惯了才是，一般不理不睬就完事，可今天的他看起来莫名多了点愤怒。

贺云霆没说话，唇角抿得紧了些。

"老大？"

他是在气什么？

陆安和一边思考今晚还发生了什么，一边跟贺云霆一起进了飞行器。

没琢磨出结果的陆安和打开驾驶系统，调好方位，从随身的口袋里摸了颗糖，边吃边想。

然而没等他吃完，身旁一直沉默的贺云霆忽然开口，叫了他的名字。

陆安和应了一声："怎么了？"

贺云霆面色不善，他摘了军帽，一头银发微微散开："你刚才说的那个，是叫焦糖？"

陆安和没想到话题变化得这么快，愣愣地答道："啊。"

"从明天开始标准配餐里加上它。"

陆安和："啊？"

电光石火间，陆中校忽然福至心灵，大概明白了贺将军刚才为什么忽然生气。

"老大。"

"嗯？"

"我刚才是不是应该帮您拿两个再走？"

虽然陆安和没有指明"两个"是什么，但贺云霆明显接收到了陆安和的意思，越发不满地拧紧了眉，不搭话。

陆安和心道，居然真是这样。

自己老大当着两个大官员的面甩脸离开，竟然是因为他们让他没有吃到焦糖布丁！

贺云霆见飞行器半天不动："嗯？"

"……没什么，没什么，这就开。"陆安和发动飞行器，戚戚然回答。

所以帝国真的要亡了吧。

上将突然喜欢上吃焦糖这件事，林晗是一无所知的。不仅如此，他最近也不想再见到这位帝国男神了。

洗漱完毕，他开始百无聊赖地回想起今天发生的事。

他不是不知道贺云霆这个人，应该说，整个帝国就没有人不知道他。

可林晗从来对这些没有兴趣，大学时就选了晦涩难学的机甲制造，一头扎了进去，两耳不闻窗外事，直至毕业后顺利进了研究院。

贺云霆这个名字是什么时候忽然如雷贯耳的呢？是两年前以一敌百对抗P星？还是五年前一举击溃虫族？

也许随便找一个平民都能如数家珍地报出他的事迹来，可他不行。

他不知道。

比起那些传言，今天发生的事让他印象更深刻一些。

这真的是那个万人敬仰的上将吗？

传言大概是贺云霆一人孤身深入，打赢了一场几乎不可能胜利的战争，子民为他欢呼，皇帝为他授衔。

31

他便成了传说。

林晗有时候知道不应该沉浸在自己的世界里，可他又实在不太关心这些。

他的房间有一扇很大的落地窗，窗帘拉了一半，没能完全遮住屋外的天空。

林晗喜欢看星空。

他眨了眨眼，想着。即使自己身在某颗星球，即使自己设计制造过太多机甲，林晗也总会好奇，驾驶机甲，近距离看到的星系银河会不会跟现在的不一样？

时间已经很晚了。

黎明前的星空总要比一般时刻更暗一些，像是被人粗暴地用帘幕盖住了，又像是蒙了一层深色的雾，此刻的夜色变得晦暗，而这时的黑暗总是越发浓重，连星星也看不清。

林晗终于觉得困了，眨了眨酸涩的眼，再慢慢陷入浅眠。

他在合上眼的那一刻，又回想起晚宴上他在对方眼里看到的自己。

尽管他对上将没太大好感，林晗却也承认，上将的眼睛，大概更好看些。

第二天林晗准时出现在研究院。

沈修楠有时候简直不能理解工作狂的心理活动："今年的假期你一天都没休过吧？多少人攒着年假想出去玩儿，只有你，还揣着营养剂来上班……"

林晗不置可否："也没什么不舒服的地方。"

沈修楠刚想说什么，林晗大概是怕他担心，还是解释了一句："而且这两天有修理工作，得尽快完成。"

"什么修理工作？你最近不是……"沈修楠说到一半恍然大悟，"哦哦对，上将的机甲在你那边。不过现在他也回来了，这台又是近战机甲，按理说应该不会催得太急啊……"

沈修楠想了想说："不然你还是回去休息吧，我帮你代两天班？只要不是太复杂的，我也能修。"

林晗道："恐怕不行。"

"哎？"沈修楠拔高了声音，可很快又落回去，"我知道了。"

"那你也别太拼，有什么事，用通信器联系我。"

一般林晗这么说，只有两个原因：要么是其中的精细部分只有他能操作，要么是需要连接精神力。

沈修楠已经算是比较优秀的，因此也以出色的成绩考入研究院做机甲师，不过他的精神力很弱，在涉及精神力方面，还是得让其他人来。

沈修楠走后，林晗补了一支营养剂，确认不会有什么意外后，拿着前一天贺云霆给自己的钥匙和样本进了修理室。

一般的破损和电路修复不太需要林晗担心，自然会有别的部门的同事以及全自动的修补装置解决，他的任务就是检修最核心的系统，并校验数次，确保精神力和机师的衔接不会出现任何意外。

目前的机甲都是半手动半精神力操控的操作模式，机师每一次航行、每一次发射都要精准计算好位置，同时灵活驾驶机甲，进行躲避或者进攻，精神力则能连接更高一层的AI中枢，从而将机甲真正变成最优秀的武器。

而修理机甲的机甲师在反复测试时，会不停地启动机甲，并在有限的空间内进行无数次操作，再交由原本的机师检查，直至万无一失后，才算真正修理好。

贺云霆的精神力无疑是顶级的，因此他才生怕林晗在试驾时驾驭不住机甲，特地让陆安和给了自己的样本。

林晗收回思绪，跟正在围着M2742打转的同事打过招呼，让他们暂时换一台修理后，偌大的修理室只剩了他一个人。

这个大家伙的右臂已经修补好了一些，不过因为高级中枢受损，还是没有恢复如初。

林晗操纵升降梯进了舱门，来到驾驶室。

他的手里就是这台机甲的专属钥匙和指定机师的精神力样本。

林晗也不是没开过机甲。

只是每次开的都是送过来修理的机甲，为了测试和验证，他会启动这些大家伙，但也只是启动，在这一方窄窄的天地里进行测试和校验。他

33

"驾驶"的机甲，连修理室的门都没出过。

林晗垂眸关上舱门，坐在驾驶座上，拿起一旁的头盔戴上。

他对机甲太过痴迷，每一台他设计过的机甲都曾驰骋于星海。

即使他从未触碰过星空。

他想，银河一定是有记忆的。

林晗把钥匙插好，操作台开始有了响应，一片一片的按钮开始闪烁，而还没有完全修好的显示屏也开始亮起光。

他看着手上的精神力样本，定了定心神，便要打开——

他的通信器响了起来。

林晗有些奇怪，自己在工作时都会开启通信过滤，一般朋友的消息根本接不到，只有上级命令或有突发状况，才有可能直接转接到自己的通信器上。

出了什么事？

他放下头盔，看到了上面的指令："接林晗。"

通信器还在执着地响着，林晗拿起来，才看见上面的署名——

是上将专线，不需要通过一般人的通信过滤，可以直接联系到本人。

机甲已经启动，发出机械独有的轰鸣声。

他带着疑虑接起来："喂？"

于是他又听见了那个冰冷的声音，叫着他的名字："林晗。"

他还来不及回应，又听见了通信器里传来了陆安和的声音："林先生！"

"精神力样本不要打开，也不要连接主机。"

"它被调包了。"

A区，塞尔纳庄园。

"问过了，还好联系及时，林先生只是刚启动，还没有连接精神力中枢。"

贺云霆抿起薄冷的唇角，一言不发，蓝色的眸光沉下去，像在思考些什么。

昨晚回去后，贺云霆总觉得当晚的侍者不太对劲，安排陆安和一查，果然不简单。

陆安和抬起头："可是不合理啊，那个样本是我亲手交给他的，然后我也亲自送他回去了，根本不存在被调换的可能……对了，您的伤好点没？"

"疏忽了。"贺云霆忽然开口，没回答受伤的问题。

陆安和"哎"了一声，回想了一下："那天您刚说要送我，他就来了，还特地推门往您右肩的伤口上撞……我去查一查其他的。"

贺云霆道："不必。"

真敢这么做的人必定谋划过，那个侍者一定只是一个无关紧要的炮灰，过了一天去找，必定早没有踪迹了。

贺云霆沉思了一下，却问了个别的问题："他怎么说？"

"……啊？"陆安和卡了一下，"林先生说自己已经第一时间将假的精神力样本毁掉了，不过没说什么时候来拿新的。"

"老大，您有头绪吗？"陆安和看向他，"不对，您伤口还在渗血？"

贺云霆只穿了最简单的常服，深色的衬衫勾勒出若隐若现的肌肉线条，而右肩某处的颜色似乎更深了些。

"没事。"贺云霆似乎并不想在这个问题上多纠结，"这件事先瞒着。"

"好。"陆安和点头，"可我总觉得那群主战派的老头有问题，您上次说一队人收拾星盗就行，他们非要您加一批新机甲，结果您不要，还真就出了事……"

贺云霆不答。

陆安和知道再说下去也没用，愤愤地闭了嘴。

午饭时间到了，贺云霆不再谈这个问题："走吧。"

两人在走廊上并肩走着，陆安和想到了什么，决定换个话题："那老大，您以前见过林先生吗？"

贺云霆脚步顿了顿，湛蓝色的眼睛很轻地眨了一下，像是在思考什么。

不过很快他便答了："没有。"

只是第一次见面就觉得不太一样罢了。

"也是。"陆安和道。

贺云霆当年在帝军大学的时候就以天才和帝国的希望著称，无论什么都是第一。而他记性尤其好，当时他的导师都夸赞，说他简直就是过目不忘。任何人和事只要进入过他的脑海，贺云霆都能记住，并将与之相关的前因后果联系起来。所以他能很快想到调换了样本的人就是那个侍者，且深信不疑。

更何况林晗外形本就好看，以贺云霆过目不忘的本领，怎么会没有一点印象，所以根本不存在以前见过的可能。

"那，老大……"大概是最近的日子确实清闲了些，陆安和跳脱的性子也表现得更加明显，甚至敢当面八卦老大的私事了，"您是不是……"

贺云霆不满地扫了陆安和一眼："你最近话有点多。"

陆中校看上去像短暂地害怕了一下，闭了嘴。

说这句话的时候，穿着燕尾服的管家正好走进来，见两人在，先毕恭毕敬地鞠躬行礼，然后朝身后示意，开始布菜。

陆安和时常住在这边，因此厨房轻车熟路地照着他的口味，上了许多看上去就油盐超标但口感一定不错的食物。贺云霆的菜谱反而简单许多，只需要按照军队那边的标准餐来定制就好——

不过今天上将的餐食似乎多了一样东西。

乏味且一成不变的配餐旁，放了一个烤得焦香的棕色小东西。

管家小心翼翼地朝陆安和使眼色：确定不要布丁，只烤焦糖？

陆安和扬了扬下巴，趁贺云霆没注意给管家比了一个手势：没问题，别担心。

把心重新放回肚子里的管家在准备妥当后关上了门，屋内又只剩了贺云霆和陆安和两人。

陆安和大概是真的心情很好，即使刚才被领导说了，却还是不死心地想把后面的话说完。

他叫了一声"将军"，等贺云霆拿着小勺的手停下来，再看向他后，才继续不怕死地摸老虎屁股："您是不是……"

贺云霆舔了舔嘴唇，而后很快意识到自己居然会不经意间做出这个动作，于是迅速收了回来，只是在陆安和看不到的地方，用舌尖很轻地抵了一下上颚，而脸上的表情依旧冰凉，甚至眉头还皱得愈发深了，没等陆安和把后面的话说完，就冷淡道："没有。"

"好的。"陆安和顺嘴接道。

贺云霆听到了满意的答复，把头重新转回去，开始用小勺戳瓷碗里烤得焦脆的糖块。

目睹了一切的陆中校表情一言难尽。

好在他也没有再多说什么，迅速解决完午饭，并眼睁睁看着贺云霆吃完了一块焦糖后，决定跟他继续聊点正事。

"老大。"陆安和说，"那您什么时候重新采个精神力的样本，我叫他来拿？还是我过两天给他送过去？"

提取样本也需要时间，林晗已经第一时间毁掉了被调包的样本，想要再拿到一个一模一样的，怎么也得两三天。

贺云霆没直接回答，反而问了别的问题："你说，他刚才已经启动了机甲，准备连接精神力的AI中枢了？"

"对啊，怎么了，"陆安和如实说，"不过您放心，我相信林先生，他说及时毁了就是毁了，不会有事的。"

"不行。"贺云霆说，"太久了。"

既然已经有人在暗处动手了，说不定还会从其他地方下手。

陆安和明白了他的意思："我知道了，那不然老大你先用着我的机甲？毕竟精神力样本采集也需要时间……"

"如果是我本人去帮忙测试呢？"贺云霆忽然道。

"啊？"陆安和卡了一下壳，"那也可以，不过您不是说给他修就好了吗，这样您还亲自去一趟……"

"那现在就出发。"贺云霆没有犹豫，好像这个决定是他在几分钟前就想好了的，"去研究院。"

陆安和只来得及将贺云霆即将去研究院的消息发出去，就被贺云霆催着上了飞行器。

不过看上去挺着急的贺上将原本都要出门了，却在最后一刻返回了庄

园，穿上自己的军装，遮住了右肩处的伤，这才重新出门。

陆中校没有什么话说。

而研究院上上下下所有人，在收到消息的那一刻就骚动起来。

正式员工还维持着表情管理，林晗带的那群见习设计师直接疯了。

他们本就年轻，由于没有进入第六修理室的权限，这几天都是沈修楠替林晗带着他们，刚听见上将要来，好几个孩子直接兴奋得要"飞"起来，叽叽喳喳地说着什么。

"上将是来视察的吗？我现在形象怎么样？他看了会讨厌吗？"

"不知道不知道，不过听说上将好像见谁都一个表情，不存在讨厌不讨厌的。"

"被讨厌也行，只要让我看一眼上将就好！"

沈修楠午休回来才听见这个消息，他一下子就精神了："上将要来？什么时候？"

接到信息的同事语气也被带得有些紧张："快到了，说是要来看M2742机甲……"

"林晗不就在修理室修这台吗？！"

可他还没来得及去修理室给林晗通报这个消息，就听见上将专属的飞行器落地的声音。

算了。沈修楠想。上将这样的人，又不太爱与人交流，估计也只是来看一看修理情况，他的同事这么优秀，一定能应付。

他正这么想着，贺云霆带着他的副官走了进来。

研究院年轻一点的员工几乎都要控制不住脸上的表情了。

贺云霆穿着一身利落的苍青色军服，没有戴军帽，银色短发梳了上去，更显得主人冷漠而不近人情。

"你好，第六修理室在哪里？"陆安和微笑着，走近了两步，问沈修楠。

在沈修楠开口前，贺云霆也顺着他的话转过脸来看他。他的双眸是令人羡慕的湛蓝色，不过由于表情太冷，沈修楠接触到对方的眼神时，只觉得那像一泓被冻住的湖水，下面冰封了太多看不见的东西。

沈修楠说了一个地址，陆安和感谢地点了点头，跟着贺云霆一起走了。

等到了第六修理室门前，陆安和像是想到什么："老大，您一个人进去就行，我在门外等着。"

贺云霆略一颔首，推开了修理室的门。

他的机甲赫然出现在眼前。

在这个为了人类战争所建造的庞然大物的衬托下，人类显得孱弱又渺小。

不过……也不尽然。

贺云霆抬眼看过去。

那名黑发黑眸的机甲师正笔直地站在机甲的左掌上，穿着一身白色的制服，身形清瘦，眉目温和。而硕大的、明明毫无生机的机甲在这一刻像是有了灵性，伸出机械的金属手掌，以一种虔诚而尊敬之姿托举着他，机身流淌着冰冷的金属色，它像是被青年赋予了生命，注入了血液。

这一画面有着震撼又奇异的和谐。

贺云霆认为自己无法移开眼睛。

青年见他来了，先是愣了一下，然后离开机甲的左掌，走上升降梯，另一只手操纵着按钮，缓缓地从高处往下降，并低头与他对视。

贺云霆便这样看着对方从数十米的高度上慢慢降落，离自己越来越近。

在对方一点一点靠近自己的时间里，贺云霆第一次愿意面对自己的想法，好像从晚宴上见到他起——不，应该说是与他握手的那一刻起，他就觉得对方是不同的。

当时的他，甚至能闻到一点不知从何而来的甜香。

青年是不一样的。

贺云霆的人生中除了训练就是战争，如果非要说有什么是陪伴自己最久的，也只能是机甲。

可他看着自己面前一身白衣的青年，迈开了步子。

贺云霆刚走出两步，却被对方叫住了。

"等一下。"站在升降梯上的青年开了口。

修理室很大，林晗的声音回荡在整个空间里，好似带着一种神性的清

脆和空灵。

贺云霆从来只会对别人发号施令，要是有其他人这样命令他，自己必定只会冷然以对。

可现在，他几乎是下意识地停止了动作。

青年的五官精致，只是微微蹙了眉，像是在想些什么。

林晗看着面前注视着自己的湛蓝色双眸。

他也没想到，对方会亲自过来。

他本以为要么自己去取，要么就是陆安和送来样本，无论怎么想，都没想过上将会亲自到场的情况。

这样对于修理者来说无疑更好，毕竟样本只是样本，如果有机师本人参与精神力的校验，那效率一定更高，结果也更准确。

但好是好……

林晗也不知道怎么形容自己现在的心情，但他有着足够的自我防范意识。

——况且他暂时不太想再读一次上将的心。

贺云霆只见青年似乎想通了什么事情，黑眸转了转，伸手扶着升降梯的护栏，回到地面。

青年边走向他，边掏出了一双白手套。

上将隐隐觉得有哪里不太对，但脸上的表情不变，依旧是一贯的冷冽。

他看见青年只走了几步，便停下了。

为了保证上将不做什么逾矩的事——林晗戴着手套，跟贺云霆隔了足足有三倍的社交距离，站定："将军有什么话，可以直接说。"

"……"

"就站在那里说。"林晗补充，并且用戴着白手套的手比了一个禁止靠近的手势，"别动，也别过来。"

贺云霆冷漠的面孔稍稍"裂开"了一点。

诡异的安静。

如果工具人陆中校知道自己老大进来之后会是这样一种情况，那么他绝对不会刻意找理由留在外面的。

这个场景需要他的调解。

可惜他不在。

于是没了助攻的贺将军与林晗对视着沉默半晌，也不知道在想些什么，但最后说出口的，也只有一个字："嗯。"

林晗其实也知道这样不太合适，但两次碰到贺云霆的手读到的内容让他不得不警觉。

林晗继续保持着与贺云霆的距离，开始说正事："陆中校在通信器里跟我说了，我已经在第一时间将您的样本毁掉，本打算过几天去找您拿的……"没想到你就自己找上门来了。

林晗惊讶之余有了一点愧疚，他本来只是个搞机甲的，实在没理由惊动上将亲自来一趟。

"我等不了那么久。"林晗很快明白了对方为什么这么急着过来，贺云霆开口："所以来帮你测试。"

"好。"林晗说，顺便操纵升降梯，移动到贺云霆面前，"将军请。您先上去，我很快就来。"

林晗看见贺云霆的嘴唇很轻地动了动，好像说了什么，而自己跟他的距离实在远了点……没听清。

"将军，您说什么？我听不清。"林晗说这话的时候没看贺云霆，像是觉得明明自己让他隔远些，又非让上将再说一遍是一件很抱歉的事，毕竟不管怎么说，贺云霆也是来帮他的。

林晗终于还是主动往前走了两步："您亲自来了，招待不周还请见谅。"

贺云霆脸上看不出喜怒，但湛蓝色的瞳仁依旧望着他："你不舒服？"

林晗怔了一下，没想到被对方看出来了，没隐瞒："是。"

不过不管怎么说，至少摆在自己面前的危机解除了。贺云霆这次来，本意也是好的。

"不过已经吃过药了，情况还好，"林晗放缓了语气，但依旧谨慎道，"将军还有什么想问的吗？"

林晗在心里想，但凡贺云霆说出一句与那天晚上有关的话，他就可以

顺势问一下，上将之前是不是见过自己。是误会也好，至少可以说清。

而贺云霆只是摇了摇头。

空旷的修理室只剩下M2742待机的声响。

两人面对面站着，身后是出征过无数次、带给上将无数荣誉的大家伙，安静地陪着他们。

林晗看着沉默的贺云霆，又忍不住想，是不是自己说得太过不近人情了。

在林晗第三次想着要不要重新找个话题结束此刻的尴尬时，像个雕塑一样的上将好像终于决定开口。

他先是伸手按住了自己的右肩，但脸上并没有任何痛苦的神色。林晗刚想起这人好像还受着伤，就见贺云霆放下左手，脸上是与第一次见面时不太相同的表情，薄唇动了动，给出了一个他自认为十分合时宜且体贴的回答："多喝热水。"

"嗯？"大概是许久没有收到过如此"清新脱俗"的关怀了，林晗愣了一下，憋着笑答，"谢谢您，我会的。"

难道真的是他过于敏感，还是自己想得太多？

这个答案出乎他的意料，林晗几乎想脱掉手套，再找个借口碰一碰对方的手，来验证上将究竟是怎样看自己的。但很快他被自己的这个想法吓了一跳，定了定神，重新对贺云霆说："那开始吧。"

贺云霆也不再提这件事，两人心照不宣地揭过，一前一后地上了机甲。

贺云霆对自己的爱将很熟悉，但对修理却不太精通。在等林晗也进了驾驶舱后，问道："我要怎么配合你？"

一旦涉及自己的职业，林晗便没了之前的那些胡思乱想，关上舱门，又靠近了贺云霆几分："我已经用钥匙启动了，将军就当与往常一样，用精神力与AI中枢进行连接就好。我这边会帮忙看着，修理室也有监控，会实时记录的。"

"好。"贺云霆走到驾驶座前坐下，熟练地戴上头盔。

林晗戴着手套的手指在屏幕上替他点了两下："可以了。"

他从贺云霆身旁退开两步，见对方右手握住操纵杆，往下按的时候，手掌几不可见地抖了一下。而对方的嘴唇也抿得更紧了，似乎在忍耐着什么。

林晗回想起晚宴那天贺云霆额上的冷汗："您的伤，是不是……"

贺云霆一言不发，但脸上的表情给出了答案。

"需不需要我帮忙？"林晗问道，虽然他自己都不知道能够帮贺云霆什么。

"会开机甲吗？"贺云霆忽然道。

林晗怔住，随后苦笑了一下："将军，我体质是D-，没法开的。而且也没有位置……"

"我用精神力链接系统，"贺云霆说道，"这台机甲虽然一直只有我在用，但第二驾驶舱也能控制它。"

"如果你愿意的话。"

林晗沉默。

他怎么会没有试过。

林晗苦笑着重复一遍："将军，我不行的。"

别说开出去，就连他以前在修理机甲试驾时，操纵一会儿都会觉得身体乏力，而这是一台最高级别的机甲，即使他的精神力能驱动得了这台大家伙，也根本走不了几步。

"要不要试试看？"贺云霆放下了放在操纵杆上的右手。

林晗抬眼看去，上将右肩的伤似乎真的不轻，在他说这句话时，好像还吸了一口气。

贺云霆没有再催他。

"好。"也许是看见了贺云霆竭力忍痛，却要装作云淡风轻的表情，林晗最终还是同意了，"那我去第二驾驶舱。"

贺云霆微微点头。

林晗往第二驾驶舱走去，他转过身时没有看见，贺云霆脸上紧绷着的表情终于放松了一点。

林晗很快走过去，第二驾驶舱虽然从来没有人用过，但也收拾得干净整洁。

他刚坐上驾驶座，戴上头盔，就听见贺云霆的声音从耳机里传来：

43

"准备好了吗？"

林晗没来由地紧张起来："嗯。"

第二驾驶舱的位置要比主驾驶舱高一些，林晗坐在驾驶座上，还能看得见前方贺云霆宽阔的肩背线条和标志性的银发。

"那我开始了。"

林晗嘴唇紧抿，握住操纵杆的手都生了汗。

他闭了闭眼。

自己以前也不是没有在不舒服的时候工作过，没什么大不了。

而正当他还在忍耐时，忽然听见贺云霆开了口："如果坚持不住，我们可以下次再试。"

林晗还没说话，贺云霆又继续道："如果觉得不舒服，就告诉我。"

他的声音似乎跟几分钟前听到的不太一样，林晗甚至觉得自己几乎听出了一点小心翼翼的意味。

两人相隔不远，又未同处一室，贺云霆甚至连头也没有回。

林晗闻到一点很淡的气味，是沉稳又内敛的乌木香，带着朦胧的神秘。

"谢谢。"林晗回过神后才开口，"我没事的。"

林晗只看得到贺云霆背对着自己，两人都沉默了一阵，他才重新开口："那开始吧。"

"您就跟以前一样，用精神力与AI中枢连接就好，"林晗道，"我这边……尽力帮您操纵。"

说是这么说，但林晗还是紧张。

一直沉默着的联络器传来沙沙声，贺云霆的声音隔着驾驶室，从耳机中再次传出来："别怕。就在修理室试试，不难，听我的指挥就行。"

"好。"

第二驾驶舱的乌木香味散尽，林晗死死盯着面前的屏幕，不放过任何一项数据。

很快，他看见贺云霆那个驾驶舱的所有系统全部激活，对方用没受伤的那只手熟练地输入指令，属于这台机甲的最高中枢在精神力的驱动下启动，林晗耳边也传来了温柔的机械女声。

44

"编号M2742，点火完毕，机身启动，AI中枢开启，第一驾驶舱准备完毕，请指示。"

"转由第二驾驶舱操纵，"贺云霆沉声道，"申请与第二驾驶舱互联。"

"与第二驾驶舱互联准备中，请做好准备。"

"林晗。"贺云霆在语音里叫他，音质依旧冰凉，却带着难以察觉的轻缓，"深呼吸。"

林晗照做。

"右手放在第二个操纵杆上，用力往右上方推。"

"左脚别紧张，继续稳住。"

"不用顾虑我，也别抬头。我已经帮你看好角度了。"

"机身会发抖，别怕。"

林晗努力克制住不让身体发颤，但手上仍渗出了不少汗。他明明对所有机甲都了如指掌，可要亲身操作起来，还是免不了慌乱。好在贺云霆给出的每一个指令都精准，林晗渐渐放松下来，不再担忧太多，只听着耳机里的指示。

而在两人的配合下，M2742引擎轰鸣，开始缓缓前行，修理室足够大，这台巨物开始在林晗略显笨拙的操作下前进。

"别怕。"贺云霆又说，"我这边的数据显示全部正常。"

"接下来可能会有点不太舒服。"

"松开左手的拉杆，右手扶好别动，稳住。"

"好。"林晗终于回应了一句，声音带着颤，"啊——"

他刚说完，机身猛地一震动，竟然离了地面。

骤然的失重感让林晗还是惊呼了一声，不过很快平静下来，继续听耳机内的指挥。

"别怕。"贺云霆说。

虽然机身的驾驶权在第二驾驶室，但精神力的操纵却是完完全全由贺云霆掌握。

M2742在修理室里缓慢地上行下移，由于机师的生疏，看上去动作并不流畅，竟莫名多了一股憨态。

　　贺云霆大概难得说这么多话，连他也没有注意，在无数的指令中，除了必要的操作，他说得最多的两个字，是"别怕"。

　　他说："你看，你也可以驾驶它。"

　　你也可以驾驭住它，你也能操纵它，即使这一次，只囿于这一方窄小的空间。

　　林晗的体质本来就差，加上今天不舒服，贺云霆没让他多驾驶，确认了精神力的连接系统没有受损后，就让林晗停了下来。

　　林晗出了一身的汗，在系统的机械女声宣布熄火以后，才倒在驾驶座上大口喘气。

　　贺云霆也没催他，安静地在前方驾驶舱里等待着。

　　过了一会儿，林晗才摘掉头盔，扶着拉杆站起来，走到舱门口。

　　修理室的门被敲响，传来陆安和懒洋洋的声音："老大，你们好了吗——"

　　陆安和说完也没进来的意思，好像就是那么催一催，在告诉贺云霆，差不多该走了。

　　于是林晗看见贺云霆停了一下，随后把机甲的钥匙留在原处，摘下头盔，从驾驶室站起来，这才抬头看向第二驾驶室的青年。

　　林晗的黑发湿了一半，胸口的喘息还未平复，便抬眼看过去。

　　他看见贺云霆站在舱门口，却没第一时间站上升降梯，而是等着自己一起。

　　他对着贺云霆点了一下头，走出舱门，与他一同乘上了升降梯。

　　等两人到了地面，林晗也终于缓了过来。他知道陆安和找他，估计是在催贺云霆走了，于是他刚准备说点什么，就见贺云霆好像犹豫了一下，才对自己伸出手。

　　林晗脑子还有些迟钝，加上没有戴手套，怔了片刻。而贺云霆就将手这样停在空中，没有再进一步。

　　林晗叫他："将军？"

　　贺云霆似乎是才想起来此刻应该说点什么，过了几秒，才绷着嘴角说了一句："再会。"

　　原来是想跟他握手。

林晗因为刚才一个人在第二驾驶室，为了方便，已经摘下了手套，此时一双冷白的手带着薄汗，他犹豫着，还是没有第一时间伸手。

　　他看见贺云霆眼中的蓝色光芒黯淡了一点。

　　大概是那一抹情绪太过明显，在贺云霆即将尴尬地将手抽回去时，林晗拿出一只手套戴上，倾身向前一步，握上了对方的手。

　　"将军再见。"林晗的脸上终于少了些从庆功宴那日以后对贺云霆的戒备，多了点平日里的温和，由于动作略急，两人的额头几乎要碰到一起。

　　他抬眸看去，即使现在的上将脸上的表情与平常无异，但大概是离得太近，林晗还是看到了湛蓝瞳仁中重新亮起的一抹光。

　　"嗯。"贺云霆说，"下次见。"

　　林晗看着他，莫名想到一个画面。

　　像是小孩被大人逗弄着夺走了喜欢的东西，正欲哭闹时又失而复得，便重新抓住心爱的玩具，破涕为笑。

　　可是贺云霆明明不是一个喜怒形于色的人，更不是一个会哭会闹的孩子。

　　他是帝国人人敬仰、战功赫赫的将军，是敌人闻之胆寒的利刃。

　　但他的瞳仁很蓝，与自己对视时的双眸很好看。

　　贺云霆的薄唇依旧平直冷硬，林晗的嘴角却很轻地翘了一下。

　　这种知道别人隐秘心思的体验，第一次让他不讨厌。

　　陆安和在等贺云霆出来后出乎意料地一言不发，唯独问了一句"精神力操纵系统有没有问题"，在贺云霆点头后便不再多问。

　　因为手套隔绝了读心术，林晗也没有去思考当时的上将又想了些什么，只重新将自己投入到工作中，这样他的心慢慢静了下来。

　　读心不是一个好的能力，林晗想。

　　如果那天晚上他没有摘下手套听见贺云霆的心声，他也许会更愿意接近上将一些。

　　林晗拆下第六块零件的时候这么想着。

　　他一忙起来就忘了时间，更何况研究院里其他人还沉浸在上将莅临的

47

震惊中，直到沈修楠担心他又在修理室里过夜，才过来找他。

沈修楠进来的时候，林晗正在重新编辑机甲内的操作系统，而自动修理的机器也在嗡嗡作响，一点一点地修补不需要人工费神的地方。

林晗笑着解释说上将是来测试精神力系统的，自己这么拼，也不过是为了能尽快把机甲还回去。

沈修楠没办法，又叮嘱了半天让他记得按时服用营养剂，最后要离开的时候仰头看了一眼正在测数据的林晗，皱眉道："我怎么觉得你今天精神挺好。"

林晗说："有吗？"

"有，你自己在修理室待了多久，你好好想想。"沈修楠说，"我甚至都要怀疑你服用的不是营养剂，是兴奋剂。"

林晗无奈地看了对方一眼："真的没有。"

沈修楠想了想，终于想到一个有一点可能的答案："难道是刚刚上将到你这儿来，所以你激动无比，这才兴奋得无视了疲惫，能继续工作？"

林晗："……"

这都哪儿跟哪儿啊。

不过好歹两人之间还是发生了点什么，但他不打算跟沈修楠说。

上将也许真的是个不错的人，不过自己实在是无聊又无趣，怎么看，都跟对方不是一路的。

林晗把沈修楠打发走，自己继续埋头钻研。

他之所以能成为研究院里最优秀的机甲设计师，除了成绩比所有人都优异，精神力也是一方面，因为在设计制造这一块，精神力越高的机甲师往往更受青睐——机甲也分级，其中一般的B级或者C级机甲只需要研究院参与设计，审批通过以后，就可以交由机甲制造部门批量生产，用于普通士兵的简单无差别巡防作战。

而在帝国，机甲一般依靠精神力作战，不同性别有不同程度的精神力，批量生产的机甲几乎可以适用于精神力不太差的任何性别，而高等级的S机甲则需由设计师亲手所铸，需要耗费设计师的精神力和心血，因此，每一台亲手制作的S机甲都是帝国可遇而不可求的、独一无二的珍宝。

当然驾驶这样的顶级机甲，自然也需要更高的精神力和控制力，否则非但无法启用，可能还会带来后患。

林晗参与设计过很多款机甲，有批量生产给一线战士们用的，也有像给贺云霆或者陆安和设计的那样的专属机甲，需要一点一点用心钻研设计，再经历无数次试验和调配。

不过大概贺云霆的M2742使用的年份要比他进机甲研究院的时间更早些，林晗在正式参与设计后，帝国几乎就不盛行双人机甲了。

而修理也是一样，等级越高的机甲就必须匹配等级越高的机甲师，而贺云霆是真的很在意自己的这台机甲，才会如此急不可耐地找到自己。

这一切看来都顺理成章，如果没有贺云霆那些心声的话。

第三章

在林晗尽心尽力工作的这几天，陆安和简直要忙炸了。

由于将军的机甲还没有修好，不能参与日常训练，在自家庄园里两天没出门。这终于让主和派和主战派都各自找到了机会。

简单来说，就是继续各自巴结，希望有朝一日上将能投身自己的阵营，自己便能高枕无忧。

主和派希望贺云霆加入，之后再向皇帝提出减少机甲生产及军需的供应请求，理由是现在大局稳定，除了时不时作乱的星盗，虫族也十分安分，不如将用于军备的资金投入民生，让帝国在其他方面也变得更加强大。

主战派则完全相反，他们认为星盗是其次，但虫族一日不除便不能心安，它们现在安分，必定隐藏着更大的野心，因此必须加军备、造机甲，让远近星系闻之色变，才是正道。

贺云霆虽然不属于任何一派，但总归不能哪一方都闭门不见，于是陆安和就成了那个最忙的人。

可怜陆中校一边要帮着应付两边接连不断派来送礼慰问的人，一边还要暗暗查找庆功宴时那名偷走了样本的侍者。

在送走第四批人后，陆安和终于能休息一下。他走到贺云霆面前，汇报刚得到的消息。

"太干净了，根本没法下手。"陆安和苦恼道，"我查过了，上次那个假意送酒，实则故意撞您伤口的侍者，据说是因为冲撞了您以后惶惶不可终日，第二天被家人发现……人没了，自杀。"

贺云霆神色一凛："死了？"

陆安和神情严肃地点头："后面再怎么往下挖也挖不到了，全家都是平民背景，他也是刚调上来做侍者没多久，完全没有异常。"

平民侍者由于冲撞了不可一世的帝国上将，最后竟然害怕得在家中自杀……这种新闻刚听到的人肯定会觉得不可信，可一传十，十传百，最终也会真的有人信。

一般人要么评价这人胆子太小太自卑，要么评价上将太严肃太可怕。但无论如何，却挖不到更深的线索。

"老大。"陆安和像是做了很大努力，终于还是决定问出口，"你说，这次会不会是……'那些人'搞的鬼？"

在说那三个字的时候，陆安和明显迟疑了很久，表情也凝重万分。

可贺云霆轻蔑地嗤笑了一下。

他的嘴角看不到丝毫笑意，但嘲弄的神情还挂在脸上："不会。"

陆安和说："有没有可能，他们有了新的进展，所以……"

"不可能。"贺云霆回答得斩钉截铁，"他们没这个胆子。"

"不过现在的问题是，我们没办法再主动查下去，只能做好准备，被动地等着对方，看他们还会出什么招数。"陆安和便不再纠结这个问题，"样本毁掉了，我猜对方应该是想用假的精神力样本破坏M2742机甲的AI中枢，一般的修理师根本注意不到，等修好了再交还给您时，您的机甲已不再是您的机甲了……"

"好在您前些日子亲自去过了，不会有这种情况发生。"陆安和松了口气。

贺云霆这次脸上倒是有了几分冰消雪融的意思："这个也不会。"

陆安和一下子没明白："不会什么？"

"我说，"贺云霆望着窗外还未盛开的郁金香，"就算我当时不去，就算真的装上了假样本，他也能识别出来。"

这个"他"没有任何指代，但陆安和就是听出了自己老大语气里多出的几分自信。

51

两人正说着，管家礼貌地敲了敲门："将军，有客人。"

陆安和听到这句话头都要大了，冲着门喊："这次又是哪边来的啊？姓姜还是姓罗？"

"都不是。"管家的声音里似乎多了点小心翼翼，"来的……是王子殿下。"

贺云霆换好衣服走到正厅时，管家口中的王子也正好一脸笑意地进来。

闻天尧，这位帝国唯一的王子，这几年开始频繁地抛头露面，比如会隐瞒身份与平民在N区的群居房内同住一室，说是为了体验民情；又会时不时来军队，说着要找贺云霆学习怎么开机甲；甚至在某次打击虫族的战役里还亲自出征过……

毕竟最终是要继位的人，总得累积些人气。

不过他确实做得不错，也确实平易近人，已经有不少平民开始拥戴他，赞扬他是一名好王子，是帝国未来的希望。

闻天尧一看见贺云霆出来了，热情地朝他走了几步："将军好。"

除了此前的"微服私访"，闻天尧并不喜欢穿便装，总是身着皇室专属的礼服，袖口处的翻花和领口处的家徽刺绣彰显出他的身份，复古而华丽。他的五官没有攻击性，笑起来尤甚，一看就是很受民众喜欢的亲和力十足的王子。

贺云霆走近，右手按在胸前，微微低头，克制地行了个礼。

他刚行完礼，满脸漠然地站直身子，一旁的陆安和就快步走了过来，在他耳边小声说着什么。

"老大，刚才接到研究院林晗的通知，说M2742修好了，他问什么时候给您送过来。"

贺云霆绷得很紧的嘴角稍微松了些许，但很快想到什么，又重新恢复了一张冷脸。

他没避讳着闻天尧，先很简短地提问："这么快？"

"啊？"陆安和向来弯着的眼睛睁大了一点，用闻天尧听不见的声音悄悄嘀咕，"不是您急着要快点修好的吗……"

好在陆中校机智过人，最后这句话没说完，便自行打住，重新用一种十分正经的语气和音量说道："对，林先生说忧心国事，生怕耽误您日常训练，就加班加点修理好了。"

"哦。"贺云霆没感情地应了一声。

倒是一旁的闻天尧大概听懂了是怎么一回事，好奇地求证："上将的机甲送去修理了？我明明听别人说上次打击星盗很顺利。"

贺云霆机甲受损后直接运到了修理室，受伤的事没几个人知道，因此闻天尧没有得到消息也算正常。

"那将军打算什么时候让人送过来？"闻天尧问道。

"现在。"贺云霆抬手整理着明明一点不乱的衬衫衣领。

闻天尧想了想，最后给出一个建议："听说研究院的人送过来还要挺久的时间，这台机甲对上将这么重要，不如我派人过去帮您送过来？"

贺云霆没说话。

陆安和心惊胆战。

闻天尧继续道："机甲本来就比较难运送，这样总归会放心些。"

"……"贺云霆放下了整理衣领的修长手指，依旧沉默。

陆安和硬着头皮："那个，将军的意思是……他亲自去……"

"取个机甲而已，有必要劳烦上将本人吗？"闻天尧十分不解。

"这台机甲比较特殊，将军说了要去亲自验收才能放心。"陆安和眼观鼻鼻观心，努力做一个优秀的贺氏翻译机器。

"这样啊。"闻天尧相信了，就在陆安和以为他会就此告辞的时候，"那我也跟你们一起去吧。"

"……王子殿下？"陆安和闭了闭眼。

"我从来也没去过机甲研究院，"闻天尧说，"而且听你们说，那个林先生应该很厉害，我也想见见。"

林晗没想到，他就是传个信息，等陆安和那边回复了就直接交给同事运送，没想到一小时后，把王子殿下也招来了。

整个研究院又陷入一种疯魔的惶恐中。

最近研究院怎么了，是惹到什么人了吗？为什么上将亲自莅临没几天，现在王子殿下也来了？M2742究竟有什么魔力？！

　　林晗倒还挺平静，穿着制服该做什么就做什么，等陆安和发来即将到达的消息后，才站在运放M2742的巨型装甲车前面候着。

　　研究院的绿化做得不太好，王子专属的飞行器直接停到了内院的贵宾位，刚跨步走下飞行器，便几不可见地皱了皱眉。

　　不过闻天尧很快展颜，因为他抬头看见了将军的机甲——修复一新的M2742。

　　贺云霆和陆安和也跟着走下来。

　　林晗看着身穿一身优雅礼服的皇族向自己走近，如所有人一样将手放在右肩，倾身，向王子行了个礼。

　　"不用在意这些繁文缛节。"闻天尧看上去心情很好，"你就是林先生吧？你好你好。"

　　说完笑了笑，没有什么架子地朝林晗伸出了手。

　　林晗身子僵了僵。

　　上次被迫读到贺云霆的心声已经让他有些困扰了，现在站在自己面前的又跟贺云霆不同，是流着皇室血脉的王子，更不可能无礼地不摘手套。

　　林晗无奈，做好了又要听到自己不愿意听到的声音的准备，他左手覆在右手上，正欲摘掉手套跟闻天尧握个手——

　　"他有洁癖。"贺云霆不知什么时候走到了两人身旁，余光瞥了一眼准备取下手套的林晗，开口道。

　　林晗手上的动作停住了，抬头看着贺云霆。

　　倒是闻天尧反应快些，善解人意地点点头："不用摘不用摘，握个手罢了。"

　　不管怎么样，不用被迫听到别人的心声总是好的，他收回准备摘掉手套的左手，用右手握了一下闻天尧的手后，便很快松开："谢谢殿下。"

　　闻天尧点了点头："不用顾忌我，我就是陪上将过来，随便看看取他的机甲，也顺便看看研究院最优秀的机甲师。"

　　林晗没答话，只是又很淡地勾了勾嘴角。

　　润滑剂陆安和及时出现："王子殿下，我们将军还要测试一下机甲才能运走，估计还得好一会儿。"

　　闻天尧正好也不太喜欢研究院的环境："也好，我差不多该回去了，就是来散散心——哦，对了，我这次来，主要还是来提前祝贺上将生日。"

贺云霆的脸上难得地出现了片刻的疑惑："生日？"

不过还没等他说话，陆安和看上去有些无礼地抢在自己领导前开了口："王子殿下，我们上将他……从不庆祝生日。"

"以前太忙了经常忘记，而且也不是什么特殊的日子，后来就再也没过过了。"陆安和补充解释了一句。

闻天尧惊讶："贺将军是整个帝国的功臣，就算自己不当回事，其他人也不能忘记啊。"

陆安和眉毛动了动，没说话。

林晗看着没自己事了，给王子行了个告别礼准备离开，就听见闻天尧继续说："我正好过两天有个宴会，这次来本就想亲自邀请将军的，不如这样，就当作给将军庆生好了。——别怕，这次绝对不跟庆功宴一样古板无聊，我不请那些老家伙，父亲也不会来，纯粹就是我个人的一点心意，如何？"

贺云霆眉毛蹙了起来。

他眉骨高，气质又冷漠，明明还算浅淡的表情放在他身上，几乎显出一股凌厉的味道来。

陆安和迟疑着说："这……"

如果是别人邀请，陆安和处理这类事习惯了，能扯出无数个拒绝的理由，可偏偏是王子本人亲自来邀请，要是再推拒，虽然贺云霆本人不会在意，但陆安和却没办法不维护自己老大的名声。

更何况，王子本人似乎也不属于任何一派，这又让拒绝的理由少了一项。

陆安和纠结许久，在心里叹了口气，这才恭敬说道："那就谢谢殿下了。"

闻天尧满意地点了点头，又见林晗要走，干脆扬着声音道："既然都邀请上将了，林先生这次又是帮上将修理机甲的功臣，不如赏个脸一起来？"

林晗停下脚步，转过身。

他的脸上带着客套疏离的微笑，重新对闻天尧鞠了一躬，再次直起身子时，笑意便收了起来。

"不必了。"林晗答得干脆而坦荡，毕竟那些东西都跟自己没什么关系，好像拒绝王子也不是什么大不了的事，"比起宴会，我更喜欢靠在驾驶舱里发呆，谢谢王子殿下。"

他回头看了贺云霆一眼，对方微微皱着眉，但没有说话。

林晗再次鞠躬，算作告别，回了自己的办公室。

闻天尧后来又跟贺云霆说了什么，林晗不太关心。

只是才过了半小时，他原以为贺云霆已经带着机甲离开，却没想到自己办公室的门被敲响了。

"沈修楠？"林晗走过去一边开门一边说，结果却在打开门的一瞬，看见了明明应该离开了的贺云霆，"将军？"

贺云霆站在他面前，用手指抹了一下衣领，才开口说："林晗。"

林晗点头："是机甲还有什么问题吗？"

贺云霆目不斜视、面无表情，像个没有感情的吐字机器："没有。"

沉默了半响，贺云霆又语调冰凉地说："陆安和找你。"

"陆中校找我，那他人呢？"大概是贺云霆的话和本人的表情完全不是同一风格，引得林晗问道。

"他想邀请你，参加两天后的晚宴。"

"晚宴的事就算了，我不太喜欢那种场合。"

"……"贺云霆又说，"但陆安和有事找你说。"

林晗勾了勾嘴角："陆中校可以直接用通信器联系我啊。"

贺云霆严肃地道："不方便隔着通信器说。他这两天只有那晚有空。"

林晗抬头看着贺云霆，对方的额发在暖阳下显得愈发银白耀眼："那，陆中校说了找我什么事吗？"

帝国上将像是终于找到了突破口，一鼓作气，冷冷地道："他说他的机甲也坏了。"

"啊？"

众所周知，上将副官陆安和有一台防御力极强的机甲，被命名为"宙斯之盾"。

它不同于一般的机甲，看上去要稍显笨重，机甲臂和足都略短，但机身更长、更重，作战时的攻击力可能不如其他S级机甲，但防御时能从机身竖起一道坚固的光幕屏障，因此陆安和给它起了这个名字。

而现在它的主人，正揣着它的钥匙，窝在第二机甲基地统战部瑟瑟发抖。

贺云霆身后是复杂精密的操作台，一个个分屏上切换显示着各种战斗场景。他摊开双手撑在桌上，身体前倾，居高临下地俯视着缩在旋转椅里的陆安和，湛蓝色的眸中映出年轻中校惊恐的脸。

"老大！我为帝国出过汗！我打虫族流过血！您不能就这样不顾往日情分，过河拆桥啊！"

"我知道。"贺将军对副官的陈述表示肯定，"就蹭个皮。"

"我知道它该年检了！但真的不用修理！"

"保证不影响任何功能。"上将温情地补充。

"但最近有训练！我得用！"陆安和仍在试图反抗。

贺云霆无情拆穿："最近训练用不到你这台。"

陆安和把攥着钥匙的手藏到后面，抵死不从："不行啊老大！宙斯是我的另一半！另一半你懂吗！"

贺云霆挑挑眉。

陆安和梗着脖子："真的！就像你——"

他说了一半立刻刹住车。

贺云霆挑了一半的眉拧住了。

陆安和意识到自己说了什么，但毕竟收不回来，只能继续护着自己的钥匙，等候自家老大发落。

"那——"贺云霆斟酌片刻，正要继续发号施令。

结果他刚要继续发话，陆安和叹了口气："我去我去！我帮你约林先生！但你不许对我的宙斯下手！"

陆中校愁眉苦脸。

本来之前贺云霆进了林晗办公室，打好的腹稿全部作废后，才临时扯出一句"他的机甲也坏了"，结果林晗当时眼神奇异地看了他半天，说了个"哦"已经很让上将头疼了，现在不需要拆掉"宙斯之盾"就能约到林晗，贺云霆自然满意，等的就是这句话，斩钉截铁道："好。"

庆幸自己的宝贝终于逃离魔爪的陆安和泪流满面。

　　领导满意就是最大的满意，保住了"另一半"的陆中校珍之重之地把机甲钥匙藏好，这才转过身重新开口："老大，我还是有个问题一直想问。"

　　贺云霆侧头看他，眼神疑惑。

　　"您为什么想要邀请林先生？"

　　还要拿我的机甲坏了当理由。

　　贺云霆抿着唇不说话。

　　陆安和的眼神看起来很认真，不像是掺杂着好奇领导八卦的随口一问。

　　贺云霆是真的很努力捋了自己的思路。

　　也是真的说不清。

　　陆安和还在不怕死地观察自己的表情，贺云霆这一刻却不太在意。

　　"我不知道。"他说。

　　上一次是"没有"，这一次是"我不知道"。

　　"行吧行吧，我帮您约。"别无他法的陆安和叹了口气，心想，既然躲不过，那不如就帮自己领导出谋划策，"那我要不要帮林先生准备点什么？"

　　贺云霆只想着邀请人来，完全没考虑别的："准备什么？"

　　"礼服啊。"陆安和说，"上次您庆功宴，林先生穿着研究院的制服就来了，这次好歹算是您生日……"

　　"好。"贺云霆终于赞许地同意了陆安和的建议，并在心里默许了这个话痨下属总在自己飞行器上藏零食的行为，甚至决定给他加点工资。

　　"行嘞，那我去准备。"危机解除的陆安和把钥匙揣好，走到门口时，又被贺云霆叫住了。

　　"衣服你挑几款，我来选。"贺云霆语气冷硬。

　　"……哦。"陆安和点头。

　　"等等，还有。"陆安和提出了最后一个问题，"晚宴还会举行舞会，您要不要了解一下？"

　　三天后，闻天尧的晚宴。

　　贺云霆依约出席。

王子殿下在宴会一开始时就宣布了今天也是上将的生日，不少人听闻后，立刻过来表示祝贺，并表达了一番对这名将军的钦佩和喜爱。

贺云霆一如既往，冰冷又寡言，所有的赞美都被他寒着一张脸挡了回去，仿佛今天不是他的生日，倒像是催债日。

他坐在为寿星安排的位置上，看着门口沉默。

闻天尧也走过来，微笑着当着大家的面给贺云霆道喜，又说给他准备好了礼物，等宴会结束自然会送到他的庄园。贺云霆表情没多少欣喜，只很淡地说了一声"谢谢"，再无话。

闻天尧似乎也不介意，又聊了几句后，便继续跟其他人谈笑风生。

陆安和陪着贺云霆坐下，感受着身旁传来的一阵一阵的冷气。

"我看了下，王子的党羽不太好分辨，"陆安和凑近了说，"两派都有，他两派都吃得开，不好下定论说是哪一边的。"

"而且，退一万步说，如果是他所为，他总不可能蠢到被我们发现把柄。"陆安和说到这里，自己停了下来。

对啊。

这位王子是未来的继承人，很明显就不能有什么立场，那他为什么要动一个跟他同样没有其他立场的上将？就算是他动了，他又能从中得到什么？

——很明显，什么都没有。

连一丁点好处都捞不到。

显然贺云霆也考虑过这件事，他微微点头："的确不太可能是他，别多虑。"

陆安和"嗯"了一声。

毕竟场合也不太对，贺云霆便不再提这件事。

王子的晚宴的确不像传统宴会那般古板，一切随性，不必拘泥在某个位置上坐半宿，吃摆放好的、不一定合口的食物。任何食物和酒都可以自己去取，没有固定座位，怎么随意怎么来。

本来这个地方，大家也不是为了吃饭，过了一会儿，闻天尧说自己安排了舞会，邀大家一起去。

听见这句话，陆安和感觉到了身边人的气压又低了一分。

随着气氛逐渐热络，不少人也跟着一起跨进了舞池。

"老大……"陆安和只敢说话，不敢看人。

毕竟几天前，是他信誓旦旦说能把人请来的。

"嗯。"贺云霆沉沉地应了一声，"算了。"

他也不是没做好被拒绝的准备。

陆安和小声嘀咕："林先生说会考虑……我总觉得能答应的……"

毕竟送过去的礼服都收了。

贺云霆没说话，目光沉沉。

等林晗到了指定的地点时，已经迟到了半小时。

因为他是快到晚宴开始时才决定赴约的。

他穿着贺云霆为他准备的白色礼服，领口处有一个别出心裁的精致黑色领结，比起研究院的制服少了些沉闷，多了一分矜贵，远远看去像是笔挺优雅的小白杨。

林晗按照步骤顺利进了场，想避开人群寻个角落坐下，顺便找找贺云霆和陆安和的位置。

那天贺云霆来找他，说了一堆硬邦邦的毫无逻辑的话，他觉得有些好笑，却也没故意为难对方。

林晗虽然没有相关经历，但总归聪明，心里知道陆安和大概率是为了贺云霆来邀请自己的，可最后还是鬼使神差地没直接拒绝，说要考虑，甚至还收下了隔天专门送来的礼服。

大概因为陆安和在邀请自己时，反复地说了几次今天是贺云霆的生日。

他想起那天，闻天尧提到上将生日的时候，贺云霆满脸的漠然，似乎这完全是一个无关紧要的日子。

对方应该很久没有过过生日了。

林晗有记忆以来，家庭中就没有父亲这个角色，好在母亲很温柔，每年都记得他的生日，两人一起过。

而他听说，上将从来不过生日，甚至连日期都想不起来。

那自己就当是为他庆祝一下。

生日应该是个值得纪念的日子。

这么想着，林晗最终还是来了。

而他不知道，在自己刚迈入大厅时，不远处的陆安和看见了，终于松了一口气，对贺云霆说："老大，他来了。"

舞会开始，灯都渐渐暗下来，只有舞池里流淌着浅淡的、模糊的光。

音乐也恰到好处，像一剂不太猛烈的催化剂，潜移默化地感染着人们。

在这种场合，有太多可能被默许。

林晗坐在离舞池不远处的桌子旁看着这一切。

贺云霆有可能在人群中吗？

不过没等他细想，人群中便传来一阵低低的议论。

众人看见，方才一直跟雕塑似的不近人情的上将忽然站起身，朝舞池这边走来。

将军也愿意加入了吗？

大概是贺云霆实在太显眼，连灯光也被他吸引，在他身上追逐流连。

人们悄悄停了下来，或明目张胆，或小心翼翼地看着他。

高大的男人目光有一瞬的迷茫，像是在寻找什么，而他在将视线转向舞池附近坐着的青年时，便坚定了下来。

音乐未停，贺云霆目不斜视地跨步走去，在某个正望着其他地方发呆的青年面前站定。

而林晗丝毫没有意识到，自己在不知不觉间成了宴会众人目光的焦点。

这个场景不太适合他，他想找人，却又觉得迈不开步子。

就在此时，他感觉肩被轻柔地拍了一下。

林晗转过头。

音乐还在他耳边轻缓地流动着，带着泛起酒香的诱惑。

受万人敬仰的帝国上将站在他的面前与他对视，俊美无俦的脸上依旧表情浅淡，可林晗却总感觉，对方不像第一次见面时那般冷漠。

大概是来的时候脚步略急，贺云霆的额前垂着一缕银发，而眼中依旧映着湛蓝色的光。

林晗刹那竟忘了问好。

高大的男人在穿着白色礼服的俊逸青年面前站定，停了片刻，最后绅士地弯腰行礼，将一只手背在身后，另一只手略显生疏地递到青年面前。

61

“我想邀请你跳一支舞，林先生。”

他开口，声音像冬日阳光笼罩住的、温柔而不刺骨的白雪。

林晗怔了半晌。

对方似乎连邀请的姿势看起来都很僵硬，手伸出来后就停在半空，没有其他动作，只等待着自己的回应。

众人的视线不敢停留得太久，即使有人已经开始羡慕地猜测究竟这位被邀请的人是谁。

灯光依旧昏暗，但贺云霆的眼睛很亮。

贺云霆不愧是军人出身，训练有素，在林晗没有回应前便保持着这个姿势，分毫不动，仿佛这是一个多么重要的邀约。

林晗依旧看着他。

但问题是……

林晗极少来这样的场合，跳舞什么的，更是没有涉猎。

他不会。

而贺云霆似乎很有耐心，在等待的时候，像是怕林晗有顾虑，又低声说了一句：“你可以戴上手套。”

于是三秒后，一双戴着白手套的尚有余温的手，搭上了贺云霆的掌心。

“好。”林晗说。

林晗在很短的时间内想了很多。

比如，对方现在在想什么？如果自己不戴手套，会不会听到不一样的声音？又或者，要是自己拒绝了，将军会怎样？

可最后他想，今天是将军的生日。

林晗的人生经历乏善可陈，但有母亲陪伴的每一个生日，他都记忆犹新。

他不知道贺云霆一路走来究竟都经历了些什么，但生日，就应该高兴一些吧。

因此他说，好。

贺云霆的手中陡然多了一点重量。

对方戴着手套的五指修长，即使这是一名整日待在研究院的、安装拆解过各种各样机甲的机甲师的手。

可它看起来有些小。

贺云霆没来由地变得小心。

因为陆中校机智地提到了这一茬儿，这才得以让上将在短时间内恶补了一点相关技巧，即使陆安和在看过他的学习成果后绝望地说"我觉得让林先生给M2742重新写个程序，它都跳得比您好"。

贺云霆抬腿就像踢正步，手上的动作更是宛如军队操练……总之，僵硬又生疏。

最后贺云霆勉强学了个皮毛，陆安和甚至捂着脸说："要不然您就别考虑这个了吧，邀请林先生一起入席也是好的。"

贺云霆当时答应了。

但当他空等许久，直至林晗出现时，他之前做好的所有准备，便又都落了空。

林晗没有挣脱他的手，这让贺云霆又松了一口气。

结果他听见对方凑近自己，很诚实地说："可是将军，我不会。"

所幸礼服是贺云霆自己选的，质量不错，因此他手心的薄汗没被林晗察觉。

贺云霆僵了一会儿，然后用拉住林晗的那只手将他往舞池里带，面不改色地说："没事，我会。"

"我教你。"

自从贺云霆当众邀请了林晗后，时不时就有人悄悄地往这边看。

但灯光实在太暗，且大家都不敢看得太明目张胆，因此他们只是觉得那两人跳得好像跟其他人不太相同。

节拍跟上了，但动作总是有点不太对劲。

怎么说呢？两人跳得似乎过于内敛。

当然他们没有听见，这两人之间的私语。

林晗把手搭在贺云霆肩膀上，听着对方的指令。

"等到下一个节拍的时候，记得随着我的步子跟进。"

"……哦。"

林晗踩到了贺云霆的军靴。

一分钟后林晗学会了这个节拍："那将军，我现在是不是该……"

"该往后退"四个字还没说出来，贺云霆踩上了林晗的脚。

"向前。"

踩脚。

"侧边。"

相互踩脚。

贺云霆的表情依旧冷酷，可由于失误太多，他决定不再指导，自己脚上的动作也变得十分克制。

而他动作幅度变小，自然也会影响舞伴，林晗终于忍不住翘起嘴角："将军。"

"嗯？"

"我们能不能随便跳一下就好了？"

"……"贺云霆看着握在自己掌心的手，拧着眉道，"还可以……再试试。"

他感觉青年淡笑了一下。

"好。"

十分钟后，两人终于放弃，贺云霆陪林晗走到一旁坐下。

一时无话。

额前的银发似乎又乱了一些，贺云霆目不转睛看着舞池里的人，表情里带着疑惑。

而林晗抬头正巧看见。

他只能看见贺云霆的侧脸，对方的五官几乎可以说是锐利的、有攻击性的，眉骨的位置让双眼变得深邃，而鼻梁和嘴唇的线条依旧冷硬。当然最具辨识度的，还是他的眼眸。

可现在这双眼中装满了怀疑，带着一点愤懑的不服气，就好像不明白为什么别人都能跳得这么好。

林晗又一次想起自己曾经对他的那个猜想。

说不定这人真的有些像小孩子。

有那么一瞬间，他居然想听听对方现在心里正想着什么。

但很快他就把这个念头掐灭，看着那双眼睛，开口道："将军。"

一直没看这边的贺云霆这才转过脸来。

林晗朝着他笑道："生日快乐。"

贺云霆脸上的表情发生了很微妙的变化。

林晗不知该如何形容，对方的神色甚至称不上欣喜，而是一种意料之外的诧异。

就好像，很久没人对他说过这四个字了。

但很快，他看见贺云霆原本平直的唇角动了一下，似乎想用一个微笑回应他。

大概这个表情他太久没有做过，贺云霆几乎是生涩地想翘起嘴角，但又怕这个表情太过生涩，让林晗觉得难看，所以有些犹疑。

"上将！"一旁传来别人的声音。

两人一同望去，闻天尧笑着朝这边走来："生日快乐，M帝国的无上荣耀。"

贺云霆还没能勾起的嘴角重新变得平直，淡淡应了一句："嗯。"

"那我敬将军一杯，"闻天尧毫不在意地说，招招手叫端酒的侍者过来，"也祝林先生今晚玩得开心。"

一旁候着的年轻侍者便走了过来。

但奇怪的是，托盘上没有酒。

闻天尧脸上显现出一点不悦："没酒就去端了再拿过来，这也要教？"

那名侍者像是在发愣，点了点头，却没有其他动作。

闻天尧脸上的不悦越发明显，刚准备挥手另叫一个，却发现这名侍者神色怪异，而脚步往贺云霆这边移动了一下。

贺云霆眉头皱起来。

闻天尧在这一刻也发现了不对劲。

这个侍者，好像自己从未见过。

闻天尧立刻出声——

变故是在一瞬间发生的。

"上将！"他只来得及开口惊呼，就见那个面无表情的侍者从托盘底部掏出一把用手掩盖了许久的尖刀，闻天尧想抓住对方，却被这人灵巧躲

65

开。在众人的惊呼中，那人握着刀，朝贺云霆猛地扑过来。

贺云霆动作迅捷，电光石火间就察觉到了对方的来意，在那人即将靠近自己时，一把擒住了对方的手腕，对方尖刀还握在手上，贺云霆反手狠戾地一拧，来人发出惨烈的痛呼。

但在下一秒，明白行刺失败的侍者仍未松开握住匕首的手，喉咙里发出怪异的嗬嗬声响，甚至忍着被贺云霆制住的剧痛，整个人向前倾，将自己的心脏对准了刀尖。

林晗只看见泛着冷意的锋利刀刃一闪，在自己眼前划过，凶手即将自戕于所有人面前——

而贺云霆在这一刻用左手抓住林晗，将他翻转过去，背对着自己，不让林晗直面即将看到的画面，而大概是动作太急，林晗的手套被他抓着往后一拉，便被拽掉在地上。

在一声利刃入肉的闷响后，林晗下意识闭上了眼。

因为在贺云霆碰到自己手心的那一刻，他耳边响起了对方带着凉意的声音。

"别看。"

那名行凶者一心求死，就算一只手被贺云霆牢牢攥住，无法动弹，但还是以一种近乎惨烈的方式自戕于所有人面前。

贺云霆松了手，但对方像感觉不到痛似的，被匕首刺穿时，只发出一声诡异的闷哼，整个人失了力，栽倒在地上。

鲜血溅上了贺云霆苍青色的大衣，以及几分钟前不知道踩了林晗多少次、也不知道被林晗踩了多少次的军靴。

贺云霆个子高大，林晗在他身后背对着他，一身白色礼服依旧纤尘不染。

林晗睁开眼，还算冷静。

他转过头，发现贺云霆整个拦在他面前，不让他看见倒地的人。

林晗好奇心没这么重，加上刚才对方心里的话犹在耳边，便也顺从地没有探头去看。

一旁目睹了这一幕的人发出带着颤音和惧怕的惊呼，小心翼翼地凑过来，窃窃私语。

"胆子真是太大了，在这种场合刺杀……"

"关键目标还是上将，他图什么呢？"

"还好将军出手快，吓死我了。"

闻天尧脸都白了，他先看了地上那个不知是死是活的人一眼，然后十分恼怒地咬着牙，转开脸，嘴里还在骂着什么。

跟随着他的士兵很快到了现场，开始遣散围观的人。

原本在一旁待机，看自己老大表现的陆安和也快步走了过来，还没来得及说话，贺云霆就先开了口："带林先生先去别的地方休息。"

陆安和看着贺云霆方才用力制服了对方的右手，欲言又止。

他最后还是什么也没说，朝着林晗礼貌地笑了一下："先跟我来。"

林晗没有放过两人这一瞬的细节，不禁又抬头看了贺云霆一眼。

他看不见对方的表情，只看到贺云霆冷硬的肩膀线条和站得笔挺的姿势，以及微微发抖的右手。

"走吧。"林晗收回视线，对陆安和说。

闻天尧毕竟养尊处优，目睹了这个场景还是有些难以接受，但总归事情出在他的地盘，贺云霆又是他亲自邀请来的，这个责任无论如何也推不掉。

他搓了搓有些僵硬的双手，沉着脸走到贺云霆面前。

"上将，十分抱歉。"他的脸色仍未恢复，"我没想到会有这样的意外，更何况今天还是您的生日……错都在我，不求将军原谅，只庆幸还好您未受伤。"

贺云霆收回右手，垂眸敛眉看着地上的人："没事。"

大概是贺云霆的反应太过云淡风轻，闻天尧有些急了："上将您相信我！我是真的不知道会这样，怪我这边有了疏漏……"

为表决心，闻天尧又说："这个人您可以带回去，我全程不会插手，上将要我帮忙查什么都可以直说。"

贺云霆几不可见地点点头。

见贺云霆勉强放下了戒心，闻天尧连连道了好几次歉，果真如传言所说的，是个没什么架子，也勇于承担责任的王子："将军，那我现在让我的人把他带去帝军大学医院，要如何处置，都听您的……"

说完他招了招手，想让自己的仆从过来搬人。

"等一等。"贺云霆出声制止，闻天尧正好奇他还有什么指示，就见他重新走近试图刺伤自己的那个人，然后蹲了下来。

对方看上去有些瘦小，年纪也不大，五官秀丽，闭上眼时看上去几乎有种令人心惊的羸弱，他人无论如何也不会想到他会混进来，意欲行刺。

匕首深深地没入衬衫，那人已经没了意识。

贺云霆伸出手，用食指和中指的指背靠近对方的颈侧，拨开染了血的头发，将对方尚有余温的脖颈露了出来。

对方的后颈上，有一块愈合了很久的疤痕。

林晗跟着陆安和到另一个厅休息，隔壁舞池里的音乐都还没停，丝丝缕缕地隔着门漏进来。

陆安和有些紧张："林先生，您没事吧？"

"没事。"林晗说，"将军没让我看见。"

陆安和松了口气。

不过这口气还没放回去，便听见林晗问："他肩上的伤很严重吗？"

陆安和下意识否认："没有啊。"

可是一转头看见林晗带着探究的眼神，大概也明白了估计瞒不过去。

"……有一点吧。"陆安和试图转移话题，"要是林先生无聊，我陪您聊聊天？"

"好啊。"林晗应了，还真就认真地想了想问题，"你们将军为什么从来不过生日？"

陆安和回答得很流畅："之前忙忘了，就没再过过。"

林晗点点头。

陆安和性格好，又陪着林晗多说了几句。

过了一会儿，他问："那林先生还好奇什么吗？"

林晗点头："你说的将军那不太重的伤，是怎么弄的？"

陆安和卡住了，没想到过了半天，话题还能绕回这里来。

他试图扯了几个理由，林晗都是一副不太相信的样子："将军刚才又把伤口撕开了吧？"

陆安和叹了口气，最后实话实说："上次打星盗的时候，被突然碎裂

68

的显示屏撞到了，玻璃刺到右肩，他又正好刚把机甲右臂切下来，重心不稳，就在驾驶舱带着玻璃滚了半圈……"

察觉到林晗的眼神，陆安和连忙说："但不重！好很多了！只是不要用力，慢慢恢复就好了！"

林晗还是没有说话。

小机灵陆中校在这一刻立马明白了："林先生会包扎吗？"

林晗好歹也是帝军大学毕业的，这些最基本的还是会的，他点点头。

"那我去……给您找点军用绷带？"陆安和觉得自己从来没有这么机智过，"我正好还要去帮将军处理点别的事，可以让将军先进来，休息会儿。"

林晗停顿了片刻，说："好。"

　

贺云霆进来的时候仍旧站得笔直，看到乖乖坐着的林晗时，步子稍稍快了一些。

他走进来，视线从林晗身上移到一旁的桌上，看到了不知什么时候出现的包扎用品。

这也叫帮忙？

然而还没等贺云霆说话，林晗从他一进来，目光就落在他的右肩上。

苍青色的军服在右肩那一块的颜色变得深了一些，像是酒渍洇开了，快要到后背。

贺云霆走近林晗，两人沉默了片刻。

"很疼吗？"

"没事吧？"

两个人同时出声，在听清对方说了什么后，又一齐重新沉默。

最后还是林晗开了口："我没事。"

"是我非要问陆中校的，不是他主动说的。"

贺云霆知道林晗指的是自己的伤口。

他眸色沉了沉："没事。"

"走吧。"贺云霆似乎不愿意再提这个事，"送你回去。"

林晗没立刻应声，只看着他。

明明今天是这个人的生日。

明明应该是个值得庆祝或者纪念的日子。

他却在这一天险些受伤——不对，已经受伤了，即使那个人没伤到他，贺云霆却依旧因为用力而撕开了自己的伤口。

林晗其实知道有些突兀。

也许是陆安和的请求，又或许是方才两人互相踩脚的窘事，他还是试着提了出来。

"将军如果不介意的话，我先来帮你换个药？"

林晗以为自己做好了准备，可当他看到贺云霆右肩的伤口时，还是吓了一跳。

伤口原本处理得很好，星际时代的医学水平自然不用说，但还是由于刚才的事，重新沁出了鲜血。纱布取下后，林晗看到的便是一道从锁骨而下一直延伸了数十厘米的恐怖伤口。

而在最深的这一道伤口边上，还有不少细碎的快要愈合的小伤疤，割裂和扎刺的痕迹一目了然。

林晗一时间竟然说不出话来。

当他准备拿起陆安和准备的东西帮贺云霆止血时，才发现自己的手套被拽掉了一只，而另一只也被他放在了口袋里。

更何况，要是戴着手套，也不方便操作。

罢了。

林晗想，就听一听，没什么。

关键是要帮贺云霆止血和包扎。

他这么想着，伸手碰上了对方的右肩。

"动作好轻。"

"他会不会觉得伤口可怕？"

"……"正在给贺云霆包肩膀的林晗一时间不知该作何表情，"将军。"

贺云霆抬眸看他，眼睛一如既往的湛蓝澄澈，像被大雨洗过后的高悬天幕。

他脸上的表情没有分毫变化，似乎右肩这道还在渗血的恐怖伤口，不在自己身上一样。

林晗肤色冷白的手还撑在他的肩上，继续包扎。

"闻不到味道。"

林晗闭了闭眼，努力让自己装作没听到这些奇奇怪怪的心声。

但很明显，上将对此一无所知。

于是过了一分钟，林晗耳边又传来了面前这位紧闭双唇、面容冰冷的上将的声音。

"想吃焦糖了。"

"……"

他手上的动作快了一些。

刚包好，林晗就抿着唇，把纱布往桌上一扔："您都不会痛的吗？"

只是，他刚把纱布扔在桌上，又觉得自己不该当着贺云霆的面发这样的火。但他又实在弄不明白，为什么这个看上去冷冰冰的人，心里会想一堆这些东西？

而且……这个伤口，光是看上去，就真的很痛啊。

林晗二十几年的人生经历实在乏善可陈，没吃过太大的苦，没受过太大的罪，真要说印象深刻的事，大概就是怕疼。

大学时林晗曾经受过一次伤，具体细节已经记不清了，只有钻心的刺痛，刻在他的脑海中久久不散。

想到这里，林晗偏头重新看了一眼刚刚被自己包好的伤口。

即使他动作很轻，也努力止血了，但外侧还是沾上了少许血迹。

换好了药，林晗看见贺云霆伸手拿过一旁的衬衫，没有受伤的一侧手臂连着肩膀，显现出流畅又完美的肌肉线条。

他的肩背处有陈年旧伤，但比起刚才的伤口来，都不足为奇。

他怎么会不觉得疼呢？

不仅不觉得疼，还……

退一步说，就算连贺云霆自己都没有意识到此刻自己的心声，但反应也是在的。

不想到这层还好，林晗想到刚才听到的话，表情一窘，别过脸去不看对方。

71

他皮肤白，很容易就能看出来。

于是无名火又重新涌了上来，像是在掩盖自己被这人的心里话搞得有点烦躁的心情，林晗决定不再理这个人，站起来，看也不看贺云霆就要往门边走。

"……痛的。"林晗刚要拉开门往外走，就听见一直沉默着的贺云霆说了话。

他没忍住，还是转过头看着贺云霆。

林晗不知道自己现在是什么样的表情，只是努力绷着嘴唇，能让贺云霆明白现在自己是真真正正在生气。不过大概是害怕自己还是会脸红，林晗的眼神有些躲闪，落在贺云霆身上，却不去注视那双眼。

林晗在心里冷笑一声，心说如果不是刚才听到那些话，自己就真的信了。

但有些人不是这样想的。

贺云霆似乎没明白之前还脾气温和、主动提出要给自己换药的青年为什么会在短短几分钟内变了脸色，看起来气呼呼的，甚至脸还……有点红。

伤口自然是疼的，只是在刚才那几分钟里，他的注意力不在伤口上。

贺云霆不知道该说点什么能让面前的这名青年开心一点，可又不想对方就这样离开。

"有点痛的。"像是怕林晗没听见，于是贺云霆沉默了一下，又沉声说了一句。

林晗无话可说。

要是换个人，林晗说不定就直接指出来了。

他真的是……很怪。

林晗越想越气，也不知道自己在气什么。

但他手边又没有什么东西，最后只能从口袋里拿出只剩了一只的手套往贺云霆身上扔："痛的话，那祝将军早日把伤养好。"

"哦。"这次贺云霆没停顿，接住手套，很快地回应了一声。

应完，他还低头看了手套一眼。

决定今天过后批发一堆手套的林晗砰的一声关上门。

72

结果自己没走两步，就听见了贺云霆追出来的声音。

林晗满脑子都是离这个人远一点，却不知道为什么，最后还是停了下来。

要是贺云霆走太快，说不定又扯着伤口疼。

"您还有什么事吗？"林晗难得有些没好气。

贺云霆在追上林晗后，抬手把手套递给林晗，脸上罕见地多了些疑惑的表情："你的。"

林晗懒得接。

"为什么生气？"贺云霆大概从来不知道什么叫迂回，不懂就问，还当着没消气的人的面问。

你好意思问。

林晗不想说话。

贺云霆似乎也不觉得尴尬，林晗没回他，他也不生气。

他湛蓝的眼睛只是稍稍黯淡了一下，随后重新开口道："我送你回去。"

"事没查清楚，你当时又跟我在一起，不安全。"贺云霆言简意赅。

林晗愣了一下说："我一个人没事。"

贺云霆不再说话，却也不退让，只是静默地等着林晗。

这样的沉默总给林晗一种错觉，两人之间明明贺云霆才是地位身份高的那个，他却感觉对方把选择权交到了自己手里，并默许了这个规则——如果林晗再拒绝一次，贺云霆一定会尊重他离开，可如果林晗忍不下心，那就默认答应了这个要求。

其实林晗也知道，贺云霆现在才是不安全的那个。

万一对方还有其他人，贺云霆就算能制服，身上刚止血的伤，肯定又会变本加厉地裂开，再次让他陷入疼痛。

林晗是个怕痛的人，光是看着伤口，他都觉得疼，别说伤口的主人了。

他抬头看着沉默的上将，对方眉目间的表情依旧很淡，如果不是军服上还留着之前洇开的血迹，没人能知道他经历了什么，又或者……刚才脑海里在想些什么。

林晗看着他，生出了一点奇怪的想法。

明明自己有读心术，可这项异能却让他更看不清眼前的人了。

"走吧。"他最终还是没能狠下心，同意了。

上了飞行器后，两人都没怎么说话，不过自动驾驶功能让贺云霆省了不少事，也不用碰到伤口。

过了一会儿，林晗看见贺云霆的通信器亮了，是私人通信，估计应该是陆安和。

贺云霆没想避着他，因此陆安和的声音传了出来："老大。"

"嗯。"

"那个人，没救回来。"陆安和的声音听上去十分沮丧，"连意识都没有清醒过，自己也没有一点求生欲望，刚送到医院没几分钟就没了。"

"知道了。"贺云霆声音很镇静。

"所以我刚才又查了之前庆功宴的那个人，发现两人是有相似之处的。"

"都是精神力高但体质很差的人，后颈都有一道疤痕。"

"闻天尧呢？"贺云霆问。

"王子殿下没有任何异常，而且分析过了，是他的可能性的确很低。"陆安和语速很快，"他没有任何这样做的必要，如果真的是他，真的有什么理由，也不可能傻到在这个场合做什么，而且我刚才一直跟在他旁边，那些情绪不太可能是装出来的。"

林晗看了贺云霆一眼。

意思是，这些东西让自己听到真的没事吗？

贺云霆"嗯"了一声："尸体也留下，别让医院随便处理了，其他的等你回来说。"

"这个我知道。"陆安和说，"那您的伤没问题吧？林先生他有没有……"

他的声音适时地变低。

"有。"贺云霆回得干脆。

"那您……"

"啪。"贺云霆没等陆安和说完，通信切断得也很干脆。

他将飞行器停在林晗家门前，神色冷淡："到了。"

"谢谢将军。"林晗一边打开门，一边对贺云霆道谢。

"等等。"贺云霆又出声，像是想说点什么。

"怎么了？"

正当林晗好奇这位神奇的上将还有什么话要说的时候，就看见他动作有些生疏地打开驾驶座侧边的箱子，掏出了陆中校藏的零食，胡乱抓了两包递给林晗："吃吗？"

"……啊？"林晗疑惑。

您用下属的东西借花献佛是认真的吗？

不过想归想，林晗还是给面子地拿了一包。

贺云霆看见林晗接了，这才把剩下的零食放回箱子里。

林晗正打算跟贺云霆道别，就听见对方抢先对自己开了口："不生气了吗？"

林晗看着面前的人，心到底还是软了下来。

"我没有生气。"他手里攥着某副官自以为藏得很好的零食，掌心微微出汗。

不管怎么说，自己听到对方的心声这件事，本来也没有经过上将的允许。

自从发现自己有这项特殊能力后，林晗能确定的是，当自己的手没有阻隔地与他人的皮肤接触的，就能听到此时此刻对方心中所想，可能是当下已经快要说出来的话，也有可能是还没被察觉到的潜意识。

当然了，不管对方有没有意识到，林晗听到的结果都不会骗人。

上将必然不可能将那些话说出来，至于是不是潜意识……林晗有些犹豫，毕竟先前对方拽掉自己手套时，那一瞬的时间太短，贺云霆应该来不及说别的什么，只是立刻就想让自己不要直面那个场面。

林晗心里很乱。

他觉得自己应该生气的，可是又不知道自己到底气的是什么。

"嗯。"贺云霆听见林晗的话，好像终于放了心，声音似乎也没有那么冷了。

"那……"林晗把自己的视线从零食包装袋移到贺云霆脸上，"将军，我走了？"

"嗯。"贺云霆依旧简短地回应。

不过他好像在思考什么，过了一秒后又有了动作。

他再次打开放零食的箱子，又重新抓了一大把捧在手上，往林晗怀里一丢，自己仍然一言不发。

"……"林晗第一次有种哭笑不得的感觉，"将军，今天是您多少岁的生日？"

他听说过贺云霆的事迹，由于天生的精神力和体力，入伍比一般人早了许多，加上后来出生入死，屡立奇功，深得皇帝赏识，破例升了好几次衔，这才成了万人敬仰的对象。

而此刻这位最年轻的上将先生眸色暗了一点，像是觉得出生日期这个数字没有一丁点意义，随口道："忘了。"

可很快他又动了动嘴唇："但今天，快乐的。"

林晗怔住了。

他过了几秒才想起来，贺云霆为什么要说这句话。

因为自己今天对他说过生日快乐。

林晗将手中的零食抱得紧了些，声音里终于带上了一点轻快的笑意："那好，以后将军的生日，我都会祝您生日快乐。"

"嗯。"尽管还是一样的回答，但贺云霆眸光中的最后一点阴霾已被拂去了。

"再见。"他一边准备发动飞行器，一边对林晗说，"这几天，注意安全。"

"有什么需要可以找陆安和。"

"找我。"

最后一句贺云霆说得很快，像是想要覆盖掉自己说的那句"找陆安和"。

"好。"林晗说。

他想起今天那名刺向贺云霆的匕首，又想起两人第一次见面时，那名偷走了样本的人。

他不知道发生了什么，也不知道贺云霆他们会从什么地方调查，但他总觉得有些不安。

想到这里，林晗忽然看了看自己的双手。

"将军。"他叫住贺云霆。

湛蓝的眸光应声落在他身上。

"您如果对什么人有疑惑，如果不介意或者不涉及机密的话，可以选择告诉我，"林晗还抱着不少陆安和的零食，低头看着花花绿绿的完全不符合一个军人喜好的包装袋，声音清澈，"我也许能帮上忙。"

他知道贺云霆能站上这个位置不容易，也知道今天这种事情，他肯定经历了无数次。

尽管面前这个人还是让他有些防备，但无论如何，他一定是个善良的人。

也许自己这个微不足道的能力可以帮到他。

第四章

毕竟是在王子的晚宴上出的事，差点受伤的还是贺云霆，没人敢怠慢。

这几日贺云霆依旧没有休息，训练和生活都照旧，换任何一个人来看，都在庆幸上将在那天的晚宴上没有受伤，他依旧是那个令人惧怕，但又充满魄力的将军。

只有陆安和每天抽时间给贺云霆换药，嘴里抱怨："都怪最近这两次，不然伤都快好了。"

贺云霆没说话，只是蹙着眉等陆安和换完。

见他表情不悦，陆安和问："老大，还是很疼？"

他想问要不要找队医要一支麻醉药，但他明白贺云霆肯定会拒绝，又憋了回去。

"还好。"贺云霆没什么情绪地说道。

"我尽量轻了，很快就好，忍忍。"陆安和说着，麻利地包好肩膀，忽然想到什么，"那林先生给您换的时候……"

贺云霆扫他一眼，语调冰凉："也不疼。"

陆中校委委屈屈："哦。"

正说着，有人来敲门，那个在王子晚宴上行刺失败、最后自戕的凶手的尸检报告递了上来。

陆安和便很快收了玩笑的心思，接过来，很快看了一遍，递给贺云霆。

等贺云霆从头到尾浏览完，陆安和才开口。

"上次那个人已经找不到了，但据看见过他的人说，那人的后颈处也有一块疤痕。"

"这次的这个……"他指了指贺云霆手上的报告，"一模一样。"

贺云霆没有说话，只看着报告上的一行字。

"初步鉴定死者血液中某种未知激素浓度值过高，且死亡时全身处于兴奋状态。"

头绪太少。

贺云霆把报告合上。

陆安和抬头看他："老大，怎么办？我已经在秘密排查最近接触的所有人中，有没有后颈有可疑伤疤的。"

"好。"贺云霆点头，好像想到什么，又问，"最近那些人，还有谁来找过我？"

他口中的那些人，很明显就是整日争论不休的主和派和主战派。

"最近都有，尤其是听说您这件事后，纷纷争着要来慰问。"陆安和说，"虽然只是猜测，但我觉得王子殿下并不能排除嫌疑。"

贺云霆眸色变冷，手指一下一下地点着那份报告。

"继续查。"

"还有，"他思忖着，又说，"了解一下闻天尧最近都在跟什么人接触——关键要看接触的是哪边的。"

陆安和点头领命，推门出去。

只余贺云霆凝视着报告上的信息，眉头愈拧愈紧。

林晗在短暂的休息日里，迎来了一个不速之客。

以前休息日他常常会选择在研究院待着，但最近的工作量的确不大，加上想起前几天贺云霆的话，他最后决定回家休息。

大概是减轻了工作的关系，从来不嗜睡的林晗一个人在家实实在在地睡了大半天。

他是被一阵敲门声惊醒的。他打了个哈欠，迷迷糊糊去开门。

"林先生好，我姓陈，是您的舞蹈老师。"

林晗难得睡一次懒觉，眯着双眼看了对方半晌，差点以为自己睡出幻觉了。

这名自称姓陈的舞蹈老师穿着一身笔挺的制服，表情严肃，戴着一副略显老气的眼镜，整个人看上去有种一丝不苟的紧绷感。

林晗看见他的制服右侧贴着"第三机甲基地文工团"。

林晗的眉头跳了跳，预感不祥。

然而对方很有礼貌，也很有耐心，重复了一遍之前的话。

林晗揉揉眼睛："抱歉，我从来没有找过什么舞蹈老师，不好意思了。"

"您的确没有。"这名陈老师看上去很古板，"但我也确实是来教您跳舞的。"

林晗一脸无奈地看着他："不管是谁让你来的，我都不学。"

两人就这样僵持了一会儿，那人推了推眼镜，说了实话："是上将派我来的。"

"……"

"他说林先生不会跳舞，特地让我来教。"

"……他还说什么了？"

"上将还说，务必要让林先生学会。"

"……"

林晗回想那天自己对贺云霆说了什么。

除了告诉他，自己也许可以帮忙，还说自己会在对方以后的生日里，也祝他生日快乐。

……所以，贺云霆大概理解成了，自己以后都会在他的生日里陪他跳舞？

大可不必。

林晗抬手就要关门："转告他，不需要。"

但那名舞蹈老师并没有因此放弃，他很执着地卡在门框边，岿然不动。

他是背负使命而来的。

上将说，如果林先生执意拒绝，就说这句话。

于是这人勉强定下心神，扶了扶眼镜，玻璃片的反光在林晗面前闪过——

他说道："为了帝国的荣耀！"

"……"

林晗一时间不知说什么好，他也是第一次发现有人能把这事情拔高到这份儿上："我认为我不会跳舞并不能影响到帝国的荣耀。"

老古板不为所动："帝国繁荣靠大家。"

林晗懒得解释："我关门了。"

"林先生，别……"那人试图苦苦劝说，无果。

最后林晗以"您先把将军教好了再来教我"为由，坚定地拒绝了那名来自文工团的老师。

所以说贺云霆脑子里究竟在想些什么，林晗简直哭笑不得。

醒都醒了，又是休息日，林晗开了一支营养剂，眯着眼看了看窗外正盛的阳光，打开窗户，再靠到一旁的沙发上开了电子屏，晃着白净的双腿有一搭没一搭地边吃边听。

"据悉，前日在王子殿下的私人宴会上出现行刺一事，闻天尧殿下震怒，责令相关部门务必查清真相……"

电子屏上浮现出闻天尧的脸。

他依旧穿着象征自己身份的西服，眉宇间有怒气，但开口时似乎还是有所克制，依旧是那个温和儒雅的样子，对着镜头侃侃而谈。

不得不说，闻天尧的五官确实没什么攻击性，举手投足的气质还算不错，因此受人爱戴也十分正常。

林晗把空掉的营养剂包装扔进自动处理垃圾桶，体力恢复了些。

他开始回想，第一次见闻天尧时的场景。

新闻里都说他平易近人，没有架子，可是他查了查之前的报道，也就只有闻天尧装成平民住群居房的那段日子朴素些，其他时候他总喜欢穿着一身华服，袖口处的翻花和带着家徽的暗纹都说明了他的身份。他对自己的身份很自豪，也认定了自己以后会像他的父亲一样，接管整个帝国M星系。

但林晗始终觉得有哪里不对。

他想起闻天尧的私人飞行器停在研究院时，王子皱起的眉头。

他又想起那天晚宴，贺云霆险些受伤的场景。

81

诚然，是个人都觉得王子本人不可能这么蠢，一个跟贺云霆一样保持中立的人，怎么可能会如此明目张胆地害人？

大概天生比较敏感，林晗第一次觉得，也许自己当时不应该戴上手套。

也许能给贺云霆一点帮助。

他的思维顿了顿，不过当时……是贺云霆给他找了个洁癖的借口，让他戴上的。

提到贺云霆，林晗那些清晰明了的思路就全落了空，上将先生太过神奇，不在他认识的正常人的范围内。

林晗吃过晚饭，关了电视，开始收拾屋子。

他独居的地方不大，也没有太多东西，整理起来很轻松。

林晗住在帝军大学附近，打开窗时，还能看见不少穿着不同学院制服的学生。每次他看到这些面孔总觉得恍惚，在学院度过的那八年快得不像话。

他转头看到刚刚收好的相框，上面是一位淡雅而恬静的女性。

那是他的母亲。

林晗不缺钱，也不会乱花钱。

他现在所在的地方是整个M星系最繁华的星球，不过来帝军大学读书以前，他都和母亲住在离这里很远的Q区。

Q区平民聚居，也是整个帝国人口最多的区域，由于人多，治安总不如核心区，但胜在热闹。

林晗从生下来就没见过父亲，听说在母亲怀孕没多久后他就过世了，母亲总不爱提，他自小懂事，便也不问。

记忆里的母亲比其他人都美，也比其他人都温柔。她会在林晗的每一个生日亲手做一个小小的蛋糕，然后弯着眼睛说，晗晗生日快乐。

就算小时候的林晗没去过别的地方，但母亲总会跟他说很多外面发生的故事。

林晗最感兴趣的，是她口中核心区的那个"银河陈列馆"。

她说，帝国首都核心区里有一个地方，林晗一定喜欢。

那里存放着很多稀奇古怪的东西，什么都有，只有他想象不到，没有那个地方不能放的。

银河陈列馆很奇怪，但也很有趣。

那个陈列馆还有寄存的功能，即每个人可以将一件自己认为最珍贵的东西放进去保管，你可以选择展示出来，也可以选择默默存放，不见外人。

但不管是谁，每人只能存一样，也只能取一次。

帝国人这么多，当然不会人人都去寄存——因为大多数人认为，最珍贵的东西要自己保管，放到别处，总归不太放心。

而且选择寄存，需要支付一笔极其高昂的保管费，这也是不少人望而却步的原因。

许多达官贵人会存许多自以为珍贵的东西，且不吝惜展示出来，因此银河陈列馆里就有了许许多多奇怪的东西。比如皇帝陛下存放的就是自己第一次亲征时用的机甲钥匙，而皇后则存了一条平平无奇的纱裙，说这是她爱情的象征。

有人存了陨石碎片，有人提取了自己的精神力封存起来，还有人从遥远的星系摘了一朵在帝国从来没有见过的娇艳的花，用了特殊手段，永恒地存放着。

那是个奇怪的存储地，更像个奇怪的博物馆。

林晗对此无比好奇。

他第一次听到时很兴奋，年纪尚小的他摇晃着手里的机甲模型，说自己也要寄存，这是他最喜欢的机甲，要寄存到自己老了再去取。

母亲没有直接否定他，只是温柔地说："晗晗可以再想想。"

"一定要是最珍贵、最珍贵的东西，"她说，"不论是谁，都只有一次机会。晗晗还小，一定会遇到更珍贵的东西的。"

后来林晗问母亲，她有没有想要存放的东西。

母亲淡笑着拍了拍林晗的背，哄他睡觉。

她说，我这样平凡的人，最珍贵的就是晗晗啦。

林晗想，等自己以后到了帝国的核心区，一定要带着母亲一起看看。

他想知道，别人最宝贵的东西是什么。

可大概是因为母亲的体质比一般人弱很多，加上又生育过，林晗还未

83

成年，母亲的身体就每况愈下——后来林晗16岁踏进帝军大学时，他已经是孤身一人了。

母亲连走的时候都很温和，苍白着脸、毫无生气地躺在病床上时，也美得温柔。她抬手无力地碰了碰他，说晗晗，以后要自己过生日了。

但不要忘记，妈妈每年都会对你说生日快乐的。

不管怎么样，不论以后遇到什么，都不要让自己太难过。

妈妈也会心疼的。

大概因为总是想到母亲，林晗在来到核心区后，对原本心心念念要去一趟的银河陈列馆失去了期待——毕竟他人故事，如何春风得意也是他人故事。

他无意了解别人的人生，自己过得还算快乐。

当时他说着要存放的机甲模型早已不知去向，而自己也早已不是当初那个孩子了，他学会了设计，学会了修理，学会了建造。

既然无法驰骋于银河，那便用自己的双手去打磨每一块金属。

天色暗下来，林晗看着相框里母亲的照片，一点一点回过神。

而一个念头却不知道什么时候钻入了他的脑海。

可这个想法实在来得古怪，甚至林晗自己都觉得莫名其妙。

明明上一秒，他还在想着母亲。

林晗抬头望向无垠又寂寥的夜空。

他想，贺云霆会不会也在银河陈列馆里，寄存着什么珍贵的东西？

最近帝国还算平静，但研究院却一刻也不能停下来。

林晗开始和同事一起，设计改造最新的一批准备大规模用于军方的机甲。

这个时候，精神力的优势就显现出来了，虽然不能像真正的军士那样直接与机甲中枢链接，化身为锋利的剑刃，但林晗的专注力和设计制造能力都不是一般人能企及的。

他在帝军大学本科还没毕业，就进了研究院实习，读硕士时直接与自己的老师合作制造了如今帝国战斗一线大规模使用的第十代QT机甲，燃料消耗不变，性能比上一代提升了一倍不止，最关键的是操作便捷，不需要很高的精神力都可以驾驭。

这一批机甲在军队使用以后，基本替换了上一代，在几年前一次跟虫族交锋时充分显现了它的优势——能抵御不少虫族的高腐蚀性毒液，也扛得住大部分虫族的锋利足刃。即使遇上高等虫族无法应对，内部的机师自动逃生系统也能最大限度地保护机师的安全。

那一战因何而起，已经变得无从考证，也许有邻国或者星盗挑拨离间的原因，但大多数人说，是虫族天性残暴嗜杀，主动挑事，虫族首领不作为，放任不少低等和中等虫族伤了帝国的平民，而帝国也不能容忍对方一而再再而三地挑衅，这才有了当年的战役。

而那一场战役之所以能大获全胜，有两个决定性因素。

一个是全新投入使用的第十代QT机甲，另一个则是主帅贺云霆。

不少人对那场战役津津乐道，贺云霆的战舰容量有限，虫族的战力几乎是他的一倍，而最终的结果，却是贺云霆以压倒性的胜利，给整个帝国交出了一份惊艳的答卷。

战争结束得比所有人想象得都快，虫族承受不住连日来的迅猛打击，主动提出休战，并且为表诚心，还特地献上了不少独属于虫星的资源。

而放眼星际，资源永远是第一争夺的要素。

帝国接受了虫族的示好，大获全胜，林晗成功因为这一批机甲在研究院中提升了地位，而贺云霆这个名字，从此变成了一种力量，一种象征。

只要有他，帝国便能立于不败之地。

大家都这样盲目又骄傲地相信着。

也是那一场战役，让帝国主和派和主战派，更加势不两立。

主和派认为既然战争已经终止，虫星也有示好迹象，更何况虫星上也有很多的资源，适宜建交，没必要非要赶尽杀绝，不然这对两个星系的平民都是深重的灾难；而主战派的罗琪则在议会上带头斥责，说这是懦弱的行为，帝国的军事实力远在虫星之上，实在不必如此畏首畏尾，不如直接占领虫星一块地盘，将剩余的虫族驱逐到十亿光年外的另一个星系，这样才能高枕无忧。

而主战派说，要是以贺云霆为首的军人都如此畏首畏尾，帝国的利刃便没了它应有的光芒。

更有小道消息称，某些狂热的主战派还说，不过是一台没有名字的双

人机甲而已，换一个人开，也未必成不了贺云霆。

不过那些都是传言。

林晗喝完了见习学生送来的咖啡，终于从高强度的脑力劳动中抽离出来。

不过他手里仍拿着图纸，大脑不停地运转。

沈修楠这次的任务跟林晗的不同，等他忙完时，林晗还在座位上一动不动。

见他连续工作了好久，沈修楠看不过去，走过来提醒他："要不要休息一下？反正这个设计不急，而且你可以等下级机甲师设计好后再来修改，也省时省力。"

林晗对着图纸没抬头，说："我在想，要不要给这一批的机甲臂加上旋涡磁轨炮。"

沈修楠差点以为自己听错了："这不是轻型机甲吗？不比重甲，又是要量产的，如果每一台都装旋涡磁轨炮，机身无疑会变得更重，成本也更高，关键是，你要怎么设计才能把它嵌进去啊……"

林晗抿着唇思考："我再想想。"

他也知道一般的轻甲不应该用这个。

只是他这两天总回想起贺云霆肩上的伤，以及接二连三的、试图伤害他的陌生人。

不知道是不是他的错觉，他总觉得现在的和平……太"廉价"了。

不是说他不珍视和平，恰恰相反，他总觉得现在的和平似乎很脆弱，即使看上去风平浪静，背地里也是暗潮汹涌。

世人都知晓贺云霆刚打败星盗凯旋，却没人知道有人试图以自毁的方式炸掉M2742；世人都知晓皇帝为他举行了一场庆功宴，却不知有人试图浑水摸鱼，窃取属于上将的精神力样本……

连王子的晚宴上都能出这样的事，又怎么可能称得上和平安稳？

林晗这么想着，握住笔的手指又在图纸上做了新的记号。

贺云霆查出凶手了吗？有没有头绪？

虽然自己说过可以帮忙，但两人之间终归没什么太紧密的关系，对方也不一定信得过自己。

林晗心情有些复杂。

从前他厌恶自己这个不知什么时候忽然出现的能力，现在又希望这个能力，能给别人一点力所能及的帮助。

风光之下，风雨欲来。

而贺云霆一方，也暂时回到了正轨。

最近正好举办机甲基地每年一度的机师选拔训练营。

机甲时代早不同于需要步兵骑兵的地球时代，帝国不强制征兵，因为整个帝国普遍的慕强心理，不少人更是以成为一名优秀的机师视为人生目标。

不过当机师一点也不容易，想进贺云霆的机甲基地更是困难。

首先，你得是一名正规军出身的士兵；其次，体质评分至少为A；再次，精神力测定也不能太低。

满足了以上三点，你才符合了入门的条件，而随后要面对的各种令人瞠目结舌的高强度测试和训练，其间会筛掉一批又一批的人，最终只有不到千分之一的合格士兵，能进入机甲基地，从一名最基础的机师做起。

"这才第一轮筛选就没了一半，"陆安和在统战部看着实时发过来的视频数据，语气有些担忧，"不会到了最后，连三十个都选不满吧？"

作为这次选拔最后一环的负责人，贺云霆冷漠地看着电子屏上那些口口声声说要来为帝国做贡献，最后连机甲平衡都过不了关的人，皱起了眉。

陆安和知道每年到了这个日子总是贺云霆火气最大的时候："我让下面两个基地的都盯紧了，总有能胜任的。"

贺云霆唇角平直，不置可否。

一般在通过了两轮筛选后就剩不了多少人了，到了那个时候就可以让这些新人尝试着驾驶机甲。

而这种时候，为了避免意外情况发生，一般都会请一到两个机甲师过来进行机甲的调试和修理，防止出现其他损失。

陆安和忽然抓住了盲点。

万一，也许，大概……

"林先生最近……"

"该找调试人员了。"

他和贺云霆同时开口。

很明显贺云霆也想到了这件事。

一阵沉默之后，陆安和默默地拿起通信器："我知道了，我来。"

贺云霆看向那群笨手笨脚的新兵的眼神，终于和善了一点。

林晗在接到陆安和通信的时候刚服用完今天的营养剂。

陆安和说完请求后便耐心等着："林先生可以好好考虑，不会影响到您的作息，基地也有营养剂，不用担心。"

这个差事他以前听过，比待在研究院要轻松些，而且也不会影响正常工作，基地会专门给机甲师腾一间办公室，让其正常进行设计，只有需要调试和修理时才出面。

而且这个差事补贴很丰厚，因此每年研究院都有人报名，然后等基地筛选决定。

没想到今年居然是副官主动抛来橄榄枝。

林晗看了一眼手中的图纸。有些思路卡了好几天也没有头绪，不知道是什么原因。

而现在基地用的就是自己曾经参与设计的第十代QT，如果去了，说不定会有新思路。

林晗转了转笔，刚要回复，又想到了什么，问那一头的陆安和："是将军让我来的吗？"

陆安和开着扩音，看着贺云霆的脸色正经地说："不，不，是我们基地全体人员的诚挚邀请。"

贺云霆："……"

"噢，"林晗说，"我想想。"

陆安和身心俱疲，觉得自己真是太难了："林先生……"

"将军在你旁边吗？"林晗问陆安和。

陆安和正色道："不在。"

林晗信了，松了口气，又找陆安和详细问了一下是不是会影响自己现在的设计，在得到满意的答复后点了点头："好，那我明天跟院里说一下。"

陆安和以为见到了胜利的曙光，连忙说："好的，谢谢林先生！"

"对了，"林晗刚要挂断通信，又念着现在贺云霆不在一旁，"我私人想问陆中校一个问题。"

"林先生您说。"

林晗手指转动着笔，轻声问："我还是很好奇，将军究竟是怎么看我的。陆中校您告诉我就好，我不会跟将军说。"

陆安和绝望地瞥了一眼"全程不在线"的贺云霆："这个……"

他开始朝贺云霆使眼色，意思是，老大您看看怎么解释。

贺云霆也有点蒙，但很快反应过来，朝陆安和走近了两步。

他单纯是想找来纸笔，给陆安和写答案的。

结果刚走过来的时候，陆安和为了避让，手指不小心点到了通信器上的视频按钮。

"哎——"陆安和来不及撤回，请求已经发出去了。

"陆中校？"

蓦地一闪，林晗的通信器弹出一个视频请求，他不知道为什么陆安和忽然要决定用这种方式说，但还是点了同意，通信器亮着灯，弹出一块虚拟光屏。

于是林晗在视屏对面，看到了陆安和口中"不在旁边"的贺云霆。

"……"

"……"

"……"

瞬间安静。

陆安和满脸悲怆，而贺云霆则跟林晗对着光屏对视着。

还好林晗反应快："既然将军想要自己说，那也好。"

"您究竟是怎么看我的？"林晗对着千里之外的光屏，悠悠地说。

一秒，两秒，三秒。

等到林晗以为贺云霆不会回答这个问题，打算跳过的时候，一直板着脸的贺云霆终于开了口："林先生……很特别。"

贺云霆真的不知道说些什么，又不想让林晗等太久，脱口而出。

"……"还没等林晗在对面有什么反应，目睹了全过程的陆中校脸都木了，绝望地扶额。

……这还不如不说！

林晗先是愣了一下，然后在视屏那一头勾起了唇。

贺云霆看着光屏中的青年，对方应该还在研究院，背后是密密麻麻的复杂电子板，而他在这冰冷的数据中弯着嘴角，显得愈发生动。

青年眼睛亮亮的，好像在想些什么。

"那将军找我来做机甲调试，只是因为我很特别？"

"当然不是。"贺云霆脸绷得很紧，这次回答很迅速。

"那是什么？"

贺云霆看了一眼一旁的陆安和。

由于位置关系，陆安和处于林晗的光屏范围之外，林晗那边只能看见贺云霆的脸，看不到一旁憋到脸变形，想取笑自己老大，又不敢笑得太过分的陆中校。

贺云霆把视线收回来，表情又冷了一分。

陆安和在这一刻感到了不妙。

他不会又……

"是因为，"贺云霆冰凉地说道，"陆安和的机甲坏了。"

"——这次是真的坏了。"

林晗这次终于憋不住，在光屏里笑出了声。

除了徒手拆掉自己副官的机甲，贺云霆找不到什么更好的方式，能把林先生邀请到基地，进行机甲修理和调试了。

林晗过了一会儿，收了笑，看向画面中的贺云霆。

光屏的色彩有些失真，对方俊美无俦的脸上依旧没有表情，只是头发颜色在信息处理后染上了一点金黄，湛蓝的眸色也加深了几分。

"不要为难陆中校了。"林晗说，"如果他的机甲需要年检，可以直接送来研究院，没什么其他问题的话，就不用修了。"

陆安和的心情在这几分钟内大起大落，并迅速检讨了自己不应该当着面嘲笑领导，且对林先生的欣赏又多了一分。

要不是贺云霆还在，他简直想毫无形象地抱着他的大腿倾诉感激。

"嗯。"贺云霆简短地应了一句。

"让陆中校把需要交接的文件传过来吧，我明天跟院里联系，后天……"

"我让陆安和过来接你。"贺云霆打断。

林晗一下子没搞懂："啊？"

"手续你不用管。"贺云霆说。

陆安和机灵，赶紧补充："对对对，林先生，手续我帮您直接办好！您准备好了跟我说，我来接您！"

"可是你们基地是全封闭的吧？那我要不要回家收拾……"

"基地有专门的房间，应有尽有。"贺云霆继续冷冰冰地补充。

"……"陆安和又想捂脸了。

不知道林先生听了会不会生气。

但陆安和实在害怕自己再整点什么幺蛾子，自己刚保护好的"另一半"又要被贺云霆拿去折腾，决定继续帮贺云霆圆腔："没事，林先生，不然我一会儿过来陪您回家取！别担心，都交给我！"

大概是陆安和的真诚感染了林晗，最终"特别"的林先生还是"噢"了一声，应了下来，挂断了通话。

指挥室重新归于平静。

陆安和把原本都要被自己吞了的机甲钥匙悄悄放回口袋，轻手轻脚绕到门口，打开门，准备悄无声息地溜出去。

"等等。"贺云霆忽然叫住了他。

陆安和背脊一凉，难道他还有什么新招？

贺云霆依旧紧盯着屏幕里那一群被训练折磨得生不如死的新兵，头也没回："用我的ID，去领把枪。"

陆安和收起玩笑的表情，怔住。

"尸检报告还没回来，"贺云霆盯着监控中一格一格的画面，"不能有意外。"

林晗去基地出差的事很快就传遍了研究院。

贺云霆亲自来了两次之后，即使大家都没什么恶意，但还是暗暗猜测

林晗跟贺云霆之间有什么关系。

有人说将军只是爱机甲心切，但立刻就有人反驳，那都修好了还要亲自来取，明明对林晗另眼相待。

对于这次林晗要去基地，大家都没什么异议，毕竟前几年这个名额就应该给他，只是林晗自己不愿去而已。

即使曾经设计制造的机甲让他名声大振，但他本就低调，又会读心术，不愿出席各大场合，渐渐地，大家就只记得有这么一名优秀的机甲师，却连他的名字和性别也说不出。

所以林晗到现在还时不时疑惑，自己当初为什么收到庆功宴的邀请时，居然鬼使神差地答应了。

新一代机甲的设计还在筹备，图纸也改了又改，林晗跟同事交流之后，决定把主体机甲部分的图纸带走，而在其余细节问题的处理上，如果有什么疑虑，就用通信器联系。

问题交代完，他正要换衣服等陆安和过来，一个同事叫住了他。

那个同事听过基地的事，不解地道："可我听说，在机师选拔开始后，机甲基地那边是全封闭的，林晗你的通信器到了那里会不会打不通？"

林晗愣了一下，这才回想起刚才陆安和联系自己时，用的是贺云霆的无干扰内线："好像是。"

几人沉默了一会儿，林晗想了想，犹豫着说："如果真有急事找我的话，应该可以……联系将军的内线，叫他转接给我就好。"

同事在心中暗暗点头：难道传说是真的？

把图纸递到同事面前，刚换衣服摘掉了手套的林晗，碰到了这位同事的手。

"所以林晗真的和上将关系不一般吧？！"

"……"林晗默默收回手，脸上的表情有些微妙。

他想了想，还是决定辟一下这个谣："对了，我跟将军真的只是单纯的社交关系。"

同事以为林晗在别处听到了这个传闻，才顺便解释这句的，连忙说："好好好，其他人说这个也没别的意思，你不要往心里去。"

林晗朝同事笑笑，也不追究。

就是陆安和在来接自己回家收拾东西时，林晗默默往包里多塞了几双手套。

陆安和效率很高，先是把林晗从研究院接到家，再等他收拾完往基地开。路途虽然远，隔了两个区，好在贺云霆的飞行器不用排队等星道轨迹，半天后林晗就来到了传说中的机甲基地。

基地很大，根据机甲类型的不同分为七个大区，贺云霆的话语权最高。每个大区管辖严格，互相关联又各有不同。

第一和第二基地是七个大区的核心，这次的机师选拔就在第一基地。

从人脸识别的大门走进来后有一道走廊，走过风纪镜后，就是长长的功勋墙，为帝国做过贡献的军人都有记录。

贺云霆的资料很显眼，林晗忍不住放慢脚步看了一下。

对方的证件照跟本人没什么不同，都是一副冷淡而不可接近的模样。下面是他现在的军衔，紧跟其后的一段文字，列举了他的种种功勋。

林晗一下子看不完那么多，又不好意思开口让陆安和等自己，只能又回头看了两眼，才小跑着跟上陆安和。

陆安和先带着林晗到了早就安排好的房间，帝国经济繁荣，林晗的房间几乎是最优配置，应有尽有，甚至为了照顾机甲师，陆安和还找研究院借了一套小型的检测仪，方便工作。

林晗把东西放好，又拿了一双手套戴上，这才问陆安和："现在去哪里？"

他以为会被直接带去训练场，或者找贺云霆。

结果陆安和摇了摇头，眯眼笑着让林晗跟着自己，走了好一会儿，两人才到了目的地。

陆安和推开沉重的门："上将在里面等您。"

随后自己没跟进去，而是退出来关上了门。

陆安和觉得自己察言观色的技术更上一层楼，却不知道自家老大在林先生的眼里，形象崩得渣都不剩。

林晗没想到，自己第一次在基地见到贺云霆，居然是在射击训练室。

贺云霆穿着一身笔挺的苍青色军服立在他面前，见林晗来了，没有多话，只是递上了手里的东西。

是一把微型手枪。

林晗迟疑着接过："……给我的？"

"嗯。"贺云霆没解释，"会用吗？"

林晗想了一下，大概知道贺云霆的意思是给自己防身的，观察了一下手里的枪，摇了摇头："不太会。"

贺云霆不意外地点了一下头："这个是粒子激光子弹，操作比别的简单些。"

林晗试着摆弄了一下，无奈地道："将军，我不会。"

贺云霆抿了一下唇，好像在犹豫什么。

他跟林晗隔得不近，在把枪递过去后，他自己还后退了一步。

也许是上次林晗莫名其妙地情绪不佳，让贺云霆有些小心，想说点什么，最后还是克制地没有上前，只是拿了一把一样的枪教林晗，好歹让他学会了基本的使用方法。

"试试。"

贺云霆拿起自己手上的枪，几乎没有瞄准，手腕一抬，砰的一声，子弹便干净利落地正中靶心。

林晗试了好几次，最终连一发也没有射出去。

"你手不稳。"贺云霆放下枪说。

林晗自己也知道问题一堆，实际操作果然不简单，他又试了一次，还是失败。

贺云霆看了他半晌，冷硬的唇角往下压了压，然后朝他走了过来。

"介意吗？"他问。

林晗没说话。

他在想，还好自己戴了手套。

贺云霆见他不答，试探性地走了过来，两人的距离终于拉近。

林晗平时不喜欢别人靠他太近，更何况对方是这样一个有着绝对压迫力的人。可到了现在，他竟然奇异地没有排斥得太明显。

94

贺云霆伸出左手，覆在林晗的白手套上。

"抓稳。"他沉声说。

林晗便勉强定下心来，又听了贺云霆说的，深吸了一口气。

"别怕，跟着我手上的动作。"

"注意力集中。"

"砰！"

一声巨响，林晗脑子有些发蒙，回过神时，看见了与圆心分毫不差的弹孔。

"继续。"贺云霆没松开手。

林晗思维微乱，想试着跟上对方的节奏。

忽然间，闻到一阵极淡的乌木香，淡到如果不是自己走了神，根本不可能注意到。

但贺云霆的表情依旧很认真，林晗又觉得自己想多了。

时间不早，贺云霆在离开林晗后，跟陆安和确认了一下选拔的进度，还是不放心地回到了第一基地。

推开门时陆安和正帮他盯着监控，见贺云霆来了敬了个礼："目前一切正常。就是淘汰比例比去年还高，第一阶段还剩两天呢，昨天还剩一半，今天一半都不到了。"

陆安和翻了翻数据，汇报："这次统共四万人吧，现在按照淘汰规则，除了第一轮拉练都没能完成直接出局的，主动提出退赛的人里，精神力优越的人反而更多。"

"关键是许多人退出的理由就是无法吃苦……真是给他们惯的，"陆安和啧了一声，眉宇间难得带了点怒气，"说是觉得自己这样的精神力和体力还能干点别的。哦，还有人说这个不合规，打算给议会写信。"

贺云霆摘下帽子，虽然仍未开口，眼神中却多了一丝轻蔑。

机师选拔每年都有，这种情况自然屡见不鲜。

贺云霆没答话，只是脸色沉了沉，接过陆安和递过来的淘汰者名单。

帝国近年来一片繁荣，年轻人养尊处优惯了，不少人便生出了怠惰和骄逸的性子，整日纸上谈兵觉得面前有一台机甲就能开，自信地认为自己就是下一个贺云霆，结果一进基地，看着严苛的训练腿都软了，当下就要

95

退出。

如果不是身处其中，没人会看到和平之下的暗涌。

贺云霆遇刺上了新闻，他们也只会嘲讽行凶者不自量力，并顺带对贺云霆歌功颂德一番，说这样的小把戏，怎么可能伤得了他。

第一轮选拔是纯体能测试，高强度的训练能快速看出受试者的身体承受能力，要不是陆安和拉着，贺云霆估计还能弄得更严苛些。

报名的士兵在不进入第三轮之前是没有自己房间的，需要跟队友合住。

除了卫生间，几乎所有地方都有监控，教官能全方位观测新兵的一举一动。

除了基层教官会直面这些士兵，每一个环节都有专人监管，每一个细节都会计分，每人一百个积分，扣完就会被淘汰。

贺云霆手上的是已经整理过的积分表，除了淘汰的那些人，也不乏少数亮眼的人。目前排在第一位的是一个叫祁嘉木的，只因为第一次不了解规则扣了一分，其余的表现堪称完美。

天幕低垂，士兵们的训练暂时告一段落，开始分散到各个基地的食堂用餐。

贺云霆这才将视线从屏幕上移开，揉了揉眉心。

陆安和干啥啥都行，吃饭第一名，工作结束后立刻往食堂赶——虽然配餐内容都一样，但如果早点到，至少还能吃点不一样的餐后小点心。

可陆安和刚要出门，忽然有些奇怪地皱了一下鼻子。

"老大，"他狐疑地问，"您刚才跟林先生干什么了？"

贺云霆不明白陆安和为什么这么问："教他用枪。"

"没了？"陆安和似乎不信。

贺云霆不满地扫过去："没了。"

"……噢。"陆中校委委屈屈地应了，"我还以为你俩……"

"怎么了？"

"咳，没什么。"机智小陆决定守口如瓶。

贺云霆拉下脸："去吃你的饭。"

陆安和"嘻"了一声，走了。

贺云霆则打内线叫人把晚饭送过来，自己继续一人留在指挥室。

等陆安和走了，他才闲下来回想刚才的事。

他是真的为了林晗的人身安全考虑，才想要把枪给他，再教他一些基础操作。

即使不承认一些传言，他也不会否认自己对林晗确实另眼相看。

毕竟第一天到基地，加上选拔还停留在第一阶段，林晗暂时没什么事，便回了自己房间。

机师选拔期间，他的通信器是无法与外界联系的，陆安和给了他基地内线的密码，还贴心地添上了林晗可能需要的一些内勤人员的通信方式，方便林晗快速适应。

内勤组的组长听陆安和说这是上将亲自请来的机甲师，别的都不清楚，只知道一定要好好招待。

他礼貌地敲了敲林晗的房门，等林晗打开后，先介绍了一下自己，又了解到对方体质不太好，立刻表示等会儿就给林晗拿军方特供的营养剂来，效果应该比他自行购买的要好些。

内勤组长一一记下："对了，我顺便给您送晚餐来？不过因为要培养基地机师体能，这边的配餐都是统一的，如果林先生实在觉得不合口味，可以跟我说，为您另做。"

林晗不喜欢麻烦别人，更何况他对吃的也不太讲究，摆摆手："不用了，就跟大家一样吧。"

对方点点头，给林晗大致说了一下配餐的内容："基本上就是这些。不过这段时间上将个人有一份他的特供，其他人都一样。"

特供？

林晗忍不住问："是为了他的体质特别搭配的吗？跟别人的有什么不一样？"

林晗有些好奇，他记得陆安和以前说过，贺云霆这个人无趣得很，配餐几年来一成不变，换都没换过，连回自己的庄园都不懂享受，怎么现在还多了一个特供？

没想到他问出口后，内勤组长的眼角也跳了跳。

毕竟连他自己也不知道这个特供的含义。

对方恭敬又诚实地回答："其实……也没什么太大差别。"

林晗点点头，没再多问。

"对了，"这名内勤组长却忽然想到了什么，"虽然上将特供的配餐跟一般的区别不大，不过林先生您要不要试试？"一心为了基地着想、决定好好招待上将亲聘的专家的内勤组长热情地道。

既然对方都这么说了，加上林晗确实也很想知道，没多想就点了头："好，那就要那个吧。"

内勤组长连连应下，又确认过林晗暂时不需要其他东西后，就离开了房间，去为他准备。

十分钟后。

林晗一言难尽地看着面前"上将特供"配餐发呆。

主食和蔬菜肉食都没有什么特殊，烹饪方式也都简单健康。

但是——

他拿起小勺，表情复杂地戳了一下与这一份配餐看起来格格不入的小东西。

是一块用喷枪烤过的焦糖，看上去酥酥脆脆，色泽诱人。

他不知道贺云霆是从什么时候加上这个的。

林晗重新拿起餐具，试探地尝了一口"上将特供"里的焦糖。

林晗："……"

他的脑子里又回想起两人第一次见面时，对方嗓音凉薄，如刚刚消融的冰河，带着残余的冷意凛冽地流淌过自己耳边——

"好香。"

林晗把面前的焦糖推开。

第二天，林晗是被基地早晨的第一声军号唤醒的。

虽然提供给自己的房间简直豪华得像私人公寓，不过林晗认床，一晚上都睡得不是太好，最后勉强入睡后又像是梦魇了，醒来的时候头脑还有些发蒙，坐在床上僵了一会儿，才慢慢缓过神来。

关于昨晚的梦，他已经记不太清了，只感觉有什么东西一直在拼命追赶自己，他努力往前跑，却因为体力太差不得不被身后可怕的怪物追上，他无法呼救，只能眼睁睁看着自己被黑暗吞没。

林晗用手撑着额头，慢慢地忘掉这种令人厌恶的感觉。

他看了一圈陌生的房间，想起自己已经到基地了。

林晗回想了一下昨天发生的事，几乎是第一时间想到了那个"上将特供"。

贺云霆他……

想到这里，林晗的表情又变得一言难尽起来，倦意也被驱散了不少。

他简直不知该如何评价贺云霆。

林晗甚至设想了一下，如果自己没有读心术，他会怎样看待对方。

可他想了很久都没有一个明确的答案。

他索性起了床，准备开始一天的工作。

而在另一头的指挥室，陆安和先是礼貌地敲了敲门，里面没有应答。

"老大，您在吗？我找了您一早上。"

没有回音。

陆安和拨通了贺云霆的内线，过了很久，连线接通，陆安和问："老大？"

贺云霆不可能晚起，也不可能这个时候不在指挥室。

对方没有说话，陆安和只听到一点呼吸声。

一种不妙的感觉涌上来，陆安和几乎没有犹豫，推门进去。

贺云霆正沉着脸一言不发，眼神是清明的，但一眼看上去，却像蛰伏的野兽。

"老大，"陆安和试探着问，"您是不是发烧了？"

林晗今天特地没叫"上将特供"，吃完午饭后就在房间里待着没出去，一个人研究图纸，坐在桌前写写画画。

正当他准备休息一会儿时，门口忽然传来敲门声。

"林先生在吗？"是陆安和的声音。

林晗走过去开门，见陆安和笑眯眯地站在门口，手里还抱着一堆零食。

"住得还习惯吗？"陆安和用下巴点了点自己怀里的东西，"这都是我房间的私藏，怕您觉得基地太无聊，'偷渡'一点给您。"

林晗接过，说了感谢，陆安和摆摆手表示不介意。

"第一轮选拔完了有两天的休整期，到时候可能您就要忙一点了。"陆安和说，"我陪林先生聊聊？"

林晗邀请他进来，又给陆安和倒了杯水。

陆安和本来就很好相处，加上他对林晗很有好感，聊着聊着还听说可以升级自己的机甲，话难免就多了些："宙斯真的陪了我挺久，我知道它在攻击方面跟同等的高级机甲比有些弱，但我就是宁愿一遍遍给它升级，也舍不得换，这是有感情的。我都想好了，以后开不动了，就把它的钥匙存在银河陈列馆里，等老了还能怀念它，我钱都存好了——"

陆安和挠了挠头："林先生是不是觉得我挺傻的？"

林晗否认："没有，挺好的。"

"嗯？"

"我是觉得，能有东西可以存进陈列馆，挺好的，"林晗很轻地勾了一下嘴角，垂下眼，"像我思考了很久，都不知道可以存点什么。"

"对了，"林晗看陆安和似乎是想安慰他，干脆继续说道，"不知道银河陈列馆里，将军有没有存放什么东西？"

陆安和的表情僵了一下，随后说："没有。"

原来贺云霆也没有。

林晗不知道自己是什么心情，甚至不知道自己为什么要问陆安和这个问题。如果陆安和给出的答案是肯定的，自己又会有什么想法？

他想不明白，只点点头："嗯，我知道了。"

两人沉默了一阵。

过了一会儿，陆安和深吸了一口气，打破沉默。

"林先生。"他的语气骤然低下来，"我来找您……其实是有件事想求您。"

林晗展眉看他："怎么了？"

"上将他今天……生病了。"

"我知道来找您真的很荒谬，很过分，但我想不到其他办法。"

陆安和咬着牙："主要是他的脾气……根本不要我们这些人照顾，但如果是您的话，也许，可能……您要是不愿意也别勉强……我就是来碰碰运气，试一试。"

——这当然不是重点，重点是您在将军那里是不同的。

这句陆安和没说。

"我不知道如何跟您解释……但我相信，将军不会伤害您。"

"实在不好意思，林先生。"

"我的通信器开放了对您的私人紧急联络专线，要是有任何的……意外情况，我会很快出现。"陆安和又重复了一遍，毕竟把林晗叫过来是一件很抱歉的事。

"我知道了。"林晗点头。

陆安和站得笔直，眼神坚毅地看着林晗，随后右手脱帽，左手四指并拢，放在右肩，无比恭敬地微微俯身，对林晗行了一个标准的帝国军礼。

一般这样的礼多是对帝国皇族或者地位极高的权贵们使用的，如果不是那样，一个人对另一个人行这样的礼，说明这个人一定有很重要的委托或者请求，希望对方答应。

"或许对您不公平，毕竟您跟上将其实也没见多少次面，"陆安和仍然低着头，把话说完了才缓慢地抬起来，"但我找不到什么能让他好一些的方法，这才冒昧请您来。"

林晗想起陆安和刚才说的，下意识看了一眼贺云霆，对陆安和说"好"，又说"没事"。

陆安和这才恭恭敬敬地转过身，退到门口，带上了门。

等门关上以后，林晗这才回头看着坐在一旁的贺云霆。此时的贺云霆跟平时看上去好像没什么两样，可仔细一些，又能发现很明显的变化。

贺云霆眉间的情绪更冷，眸色也比往日深沉，见林晗看过来，他便抬起头，眼神锐利地盯着林晗。

要不是提前知道贺云霆烧得很重，这个眼神甚至有可能冷得让林晗觉

得不舒服。

他看不清贺云霆眼中有什么，具体说不上来，却能感觉到他现在状态并不好。

但奇怪的是，在陆安和关上门后，那种尖锐而刺痛的感觉少了许多，尽管林晗现在能完全感觉到贺云霆的压力，却没有其他更多的不适。

就好像贺云霆知道他来了，就真的放松了一些。

林晗站在原地没有动作。

贺云霆真的很奇怪。

他会试着指导自己开机甲，会挡在前面不让自己看到血淋淋的场面，会笨拙却自告奋勇地邀请自己跳舞，会说"你很特别"。

林晗依旧沉默不语地看着他。

据陆安和说，贺云霆某一次战斗下来生了病，也不告诉别人，他一个人在自己的M2742里枯坐了整整三天，最后谁也不敢问他都经历了什么。

林晗迟疑片刻后开了口。

"将军。"

林晗跟他隔了一米远的距离，尝试着叫他："听得见吗？"

贺云霆没有说话，只是冷淡地点了点头。

还好，还算有理智。

林晗松了口气。

可接下来，林晗又不知道该继续说点什么。

应该问他，需不需要我帮忙？还是直白地说，我可以帮您吗？

贺云霆的脸色冷得像能冻伤人，他什么话也没说，只是沉默地向他走来。

一般人遇上这样的情况往往都会害怕，可林晗还站在原地，没有后退，也没有其他情绪。

好像他知道，贺云霆不会伤害他。

室内的灯光不算明亮，贺云霆挺拔地站在林晗面前，低头看他。

林晗难得地有些不知所措。

"将军……"

林晗很慢地叫着对方。

"嗯。"贺云霆应了。

他与林晗对视。

林晗仰头看着他冷硬的唇角、深邃的眼神，以及湛蓝的双眸。

可是贺云霆有多难受呢？他不知道。

"将军。"林晗第三次叫他。

贺云霆的目光移到林晗的嘴唇上，无声地表示回应。

"您……"

贺云霆的动作似乎变得有些迟钝，在听见林晗叫他后，才迟疑地动了一下。

林晗戴着白手套，很轻地握了一下贺云霆的手。明明对方是个报上名字就能让整个星系为之一振的人物，现在却像个无助的孩子，要从别人温柔的动作里获取安全感。

他现在看上去没什么攻击性，一时间两人之间有了奇妙的和谐。

又过了一会儿，林晗为了不惊扰到对方，很小心地侧头看了一下。贺云霆银色的额发湿了一半，双目微阖，呼吸匀称绵长。

林晗在这一刻忽然心念一动。

现在的他会想什么呢？

以前的他总是厌恶被动地听见别人的心声，可如今贺云霆的这副模样，让他生出一分好奇，想知道对方此刻所想。

林晗知道这是不对的。

大概是贺云霆此刻没有任何防备，林晗最终还是没忍住，摘掉了手套。

就……就听一下。

听听他现在心里在想什么。如果还有别的不舒服，贺云霆不说出来，林晗听到了，也可以帮忙。林晗微窘，却还是再次握住了贺云霆的手。

——他的耳边一片寂静。

林晗有些错愕，另一只手也覆了上去，却依旧是同样的结果。

他没有听见此刻贺云霆的心声。

只有对方还算平稳的呼吸气息，在两人之间浅浅地流动着。

林晗怔住了。

听不到心声的理由只有一个。

那就是贺云霆现在什么也没有想，心中一片空白。

没有一丝压迫，也没有一点杂念。

他好像在告诉林晗——

我此刻一无所有。

第五章

最后居然是林晗先睡着的。

D-体质确实羸弱，林晗自己都不知道什么时候有了困意。等他迷迷糊糊醒来，发现已经躺在床上了。

他看了看时间，竟然已到傍晚。

贺云霆的房间很整洁，整洁得没有一点烟火气，跟他给人的刻板印象一样，无趣又乏味。

所有的东西都规规整整摆放着，只有最常用的几样东西有用过的痕迹，其他的简直像是摆设，委屈地被陈列着。

今天中午，他被陆安和叫过来，到现在营养剂也没用，晚饭也没吃，即使睡得舒服了，也不能掩盖他身体有些虚弱的事实。

林晗捡起沙发上被自己摘掉的手套，重新戴上。

他刚起身，就听见门锁响动的声音，侧头看去是贺云霆回来了。

贺云霆头发有些散乱，看上去也比之前软了几分，几缕银色的发丝不太听话地窜到前额来，衬着湛蓝的眉眼，使往日的冷淡和疏离都少了一些。

他穿着常服外套，似乎已经恢复了冷静。

贺云霆面色沉稳，手里还提着晚饭和一支大约是从内勤组那边拿来的营养剂。

林晗先眨了眨眼，叫他"将军"。

"嗯。"贺云霆走近了一些，把晚饭放到桌上，又把营养剂递给林晗，"你的。"

"谢谢。"林晗听话地接过。

这次的营养剂口味，他不是很喜欢——应该说营养剂这种东西本来就没什么口味可言，哪一种味道都难以下咽，加上林晗刚睡醒，嗓子发干，吞咽的时候还有些困难，不舒服的感觉让林晗忍不住皱起了眉头。

贺云霆看见了，愣怔片刻，才有些笨拙地倒了杯水，放在林晗旁边。

林晗喝了一口，润了润喉咙，这才勉强咽下去，把营养剂的包装扔进垃圾桶。

他看了一眼旁边的贺云霆，对方眼里似乎有什么疑惑，但又不知道怎么问出口，乍一看上去竟然显得迟疑和笨拙。

林晗见了主动解释："我体质不太好，不服用营养剂的话，身体会一直乏力，甚至影响工作。"

得到了答案的贺云霆紧绷的唇角缓和了几分，然后点点头："哦。"

过了两秒，贺云霆怕林晗刚醒会着凉，把房间里的空调打开，松了松军装的风纪扣，将外套脱下来挂好，这才重新坐下来。

他似乎还是不太会与人交流。

"我好多了。"贺云霆的声音听上去没早些时候那么哑了，"你放心。"

"你刚才忽然不舒服。"他又说，"你现在还好吗？"

林晗看着他失笑，明明现在状态不太好的应该是他，可他却想第一时间过来问候自己。

"我没事，睡得很好。"林晗说。

"那就好。"贺云霆转过头来看他，额前的碎发让他此刻的瞳仁看上去分外温和，几乎不像那个高高在上的、冷漠冰冷的帝国上将。

"其实林先生不用来的。"贺云霆敛眉，眸光便遮了一半，几乎是有些不情愿地说，"过一两天就好了。"

贺云霆本来就不会说话，要是非要说，也学不会隐藏情绪，因此林晗居然从这句话里听出了一些委屈的意味。

这个认知让他眼睛忍不住弯了起来："陆中校没有强迫我来，是我自己答应的。"

"哦。谢谢。"

贺云霆短促地说了感谢，指了指桌上的晚饭。

林晗点点头："给我带的？"

"嗯。"

果然是一成不变的标准配餐，唯一跟昨天有区别的是……

林晗看着餐盒，故意问："将军今天的这份里没有焦糖吗？"

他成功看见帝国上将浑身一僵，然后又继续装作若无其事地坐下，"嗯"了一声，好像承认了这个事实："太甜了。"

"噢。"大概是林晗现在心情很好，在别人眼里冷若冰霜的贺云霆，在他眼里完全不是那副模样，继续说，"原来将军觉得焦糖不好吃。"

"不是的。没有。"

这次贺云霆否认得很快，好像觉得自己说错了什么，想纠正却又不知怎么改。

林晗轻快地抬眼看他，只见贺云霆唇角紧抿着，脸上的表情堪称冷漠，但林晗就是感觉自己读出了一丝局促。

"……"贺云霆顿了顿，"很甜的。"

林晗忽然觉得搬起石头砸了自己的脚，陡然有一种"自己是个恶霸"的错觉。而贺云霆像个无辜纯良的人正被他逼问，非要说出个什么答案来。

这个认知让林晗心中发痒，无端生出一点大胆的想法。虽然这几年来，他跟机甲打交道的时间比跟人打交道还多，但也不代表他对这些事情一无所知。

跟贺云霆的第一次见面说不上愉快，但在接下来的相处中，林晗又觉得这人跟自己的第一印象不尽相同。

他总是看上去很冷，但有时候心思比谁都细。他不会说话，却总是做得很多。

想到这里，林晗忍不住看向一旁的贺云霆。

对方不知道林晗在想什么，也不知道自己其实在他面前没有秘密。

他的容貌依旧冷峻，可林晗知道，他的内心不是这样的。

林晗本就不是会把事情一直藏在心里的人，更不会憋着自己。

而且贺云霆还是一个如此不善言辞的人。

林晗看着自己戴着手套的双手。

先前他把手掌放到贺云霆手背上的那一刻，他差点怀疑自己的能力消失了。

想到这里，林晗思忖着。

不如就自己去求证好了。

"将军，"林晗没顾得上吃晚饭，再次摘下手套，对贺云霆笑了一下，伸手在他面前晃了晃，"你是不是有什么话想说？"

林晗的语气很自然，好像在问今天天气怎么样。

贺云霆的眉毛动了一下，看上去依旧镇定，好像只是听到了一个关于天气的提问。只是贺云霆有一点不解，林先生不是有洁癖嘛，为什么忽然又在自己面前摘掉了手套？

林先生还对自己笑。

林先生……人很好。

林晗却在想。

贺云霆现在到底在想什么？贺云霆为什么会露出疑惑的表情？

贺云霆……人还不错。

于是林先生打算读个心。

林晗注视着贺云霆的一举一动。

从刚听到这句话时瞳孔的变化，到几秒后脸上慢慢呈现出的迷茫，他都收进眼底。

其实他也没有把握。

换一个角度来说，他忽然这么问，也带着试探的性质，或者说存了一点逗弄的心思。

这话说出去谁也不信，一个专精机甲的工程师，仗着自己有读心术，想要"欺负"一下高冷矜贵的帝国上将。

自己什么时候居然喜欢用读心术来窥探别人了，还问这样的问题？林晗没来由地有些愧疚，但又实在好奇。他身体前倾，拉近了与贺云霆的距离，又装作想去拿晚饭，手指不经意地擦过贺云霆的手背。

而此刻，贺云霆也开了口。

林晗在对方的眼中看见了自己的倒影，纯粹又澄净。他有些退缩，刚想放弃这个不理智的念头——

"我不知道。"

"我不知道。"

对方的嗓音和心音同时响在林晗耳畔，然后重叠在一起。

林晗猛然慌乱地抽走了手。

"我不知道。"

而贺云霆本人，还十分诚实地把自己的心声重复了一遍。

"我明白了。"他说着，对贺云霆笑了笑，"随口说说，将军别放在心上。"

林晗拿起贺云霆给自己带的晚饭，站起来："那我就先回房间了。将军如果有什么工作上的事，可以让陆中校通知我，我一定随叫随到。"

他心情有点复杂，甚至开始有了一丝微妙的不悦。

"哦。"完全不知道林晗心路历程，反而还觉得自己的回答十分诚实的贺云霆点点头，"好的。"

在林晗即将转身离开的时候，贺云霆又叫住他："林先生。"

"嗯？"

"不可以直接联系你吗？"

林晗不知道贺云霆现在的脑回路，蒙了一下。

"我是说，工作上的事，不用通过陆安和，可以直接联系你吗？"贺云霆难得说了个长句子来表达自己的困惑。

林晗："啊？"

见林晗发愣，贺云霆补充："因为今天真的很谢谢林先生。"

林晗张了张嘴："……没事。"

贺云霆点明主旨："所以可以直接联系你吗？"

林晗继续呆立在原地："……"

"……随便。"林晗回了自己的房间。

第一轮选拔结束后，特聘的机甲师也终于可以上阵，林晗的工作就是在第二轮选拔开始前，检修需要给新兵们驾驶的机甲，并随时修理。

有时候还要根据每一个人自身的需要和精神力的不同，临时改写机甲内的程序，或者操作方式。

这项工作难度其实并不大，因为给新兵用的机甲不会是专属的高级机甲，但问题在于机甲批次多种类多，需要细致小心，机甲师要对每一款机甲都很熟，才能精准地知道修理部位并快速调整好，因此这并不是从研究院随随便便拉个人来就能做的。

林晗在第二天开始进行这一项工作。

新人们惊讶这样漂亮的年轻人居然是特聘的机甲工程师。

大家毕竟还是在贺云霆的地盘上，至多有几个胆子大的，在林晗走过来的时候好奇地多看他两眼，然后成功被教官点名批评，最后变成扣分记录表，递到贺云霆手上。

第二天选拔结束，又淘汰了一批人，贺云霆面色森冷地看着手里的记录，把名字一个一个地记了脑子里。

林晗本人倒是不在意别人的眼光，只关心自己的本职工作。在工作完成后，他便回了基地为他准备的办公室，等有了新的突发状况再出来。

这两天他都没跟贺云霆说话，本来两人地位不同，确实也没什么好聊的。

虽然林晗答应了可以让贺云霆不通过陆安和直接联系自己，但贺云霆这两天确实也忙，一来二去的，陆安和还是成了两人之间的联络员。

陆安和当然看得出这两人之间暗流涌动，林先生变得越发彬彬有礼，而老大却更加不近人情，两人的关系逐渐退到了近乎陌生人的状态。

尤其是贺云霆，这两天化身工作狂，甚至还有一天直接下场去第一基地视察。

基地新兵噤若寒蝉。

还有人私下流传，上将果然冷面冷心，十分可怕。

林晗今天也早早做完了自己的工作打算回房间。

他很明显地感觉到，当他经过那群新人时，没人再敢把目光黏在自己身上了。

林晗在心里感慨了一下这项选拔果然严苛。

可一想到严苛，他又不得不想起贺云霆。

但他大概明白了为什么陆安和能跟着对方这么久，还能在他眼皮底下藏零食，有时候会不太恭敬地叫"老大"。贺云霆的外表有一定的欺骗性，就像几天前，林晗也不会想到，这个人会带着一种近乎无助的迷茫，和他说话。

不过贺云霆还是不会笑。

林晗把这些莫名其妙的念头从脑海里赶走，完成了工作，一个人往回走。基地很大，他心里又有些烦躁，索性决定晚一会儿回去，在基地里逛逛。

他身上穿着研究院的白色制服，即使没人知道他的名字，也能明白他的身份。士兵看见他会恭敬地行礼，林晗也点头示意。

基地对于林晗来说到处都是新鲜的，他一个人逛了很久，见识了很多新奇的东西，终于觉得心情好些了，这才往回走。

结果还没走几步，就遇上了一个熟人。

"林先生！"

林晗应声转过头。

"林先生，好巧。"来人戴着一副眼镜，他看林晗过来了，特意扒拉了一下自己制服上的文工团标识，"我是上将给您找的教您跳舞的老师啊，您不记得了？"

林晗沉默了一下："记得。"

"之前听隔壁基地的说您来了，但一直没见到。"大约是在基地里的缘故，那名老师的行为举止明显比之前自然得多。

林晗刚准备随便说两句，就听见那人继续问："那林先生还要继续学跳舞吗？"

"……"他没想到这人如此执着，"不必了。"

"噢，那好可惜。"这名老师似乎还把这件事牢牢放在心上，语气颇为遗憾。

林晗看着他，忽然又想起那日晚宴上，贺云霆笨手笨脚教自己的样子。

他低头沉吟了一下，最终还是迟疑着开口："等一下。"

老师回头："怎么了，林先生？"

"将军他……"林晗语速很慢，舌头抵着上颚吸了口气，调整了一下语气才继续说，"他让你来教我，他自己学没学？"

林晗记得自己把这人打发出门时说的最后一句，是让他先把贺云霆教会了，再来找自己。

这人也耿直，问什么说什么，反正将军也没下封口令，便知无不言："有啊。我那天回去就把林先生说的话转述给上将了。不过这几天他太忙没时间，前几天还是跟着我学了的。"

林晗愣了："他……他还真跟着你学？"

"是啊，"对方点头，"我是真没想到上将想学这个，但还是教了……不愧是上将，他一点基础也没有，但学得很努力。"

"……我知道了。"林晗用食指摸了下鼻尖，"那我先回去了。"

林晗一个人走在回第一基地的路上。

他觉得自己还算聪明，可他就是弄不清贺云霆。

贺云霆学这个做什么呢？

林晗也不明白自己的想法。他一向是冷静的，也不会跟人置气，他总觉得没有那个必要。

在他反应过来后，发现居然已经走到了贺云霆的房间门前。

陆安和说，最近每天五点以后，贺云霆就不在指挥室了，会回自己的房间，林晗如果有什么事，可以直接去找他。这句话听上去像一个暗示，但林晗这几天一次也没来过。

林晗深吸一口气，敲了敲门。

"谁？"里面传来一个男声，林晗听出来，是陆安和。

"是我，林晗。"

屋内安静了许久，陆安和才"哈哈"了两声："稍等！这就来！"

林晗听着由远到近的脚步声，心里的紧张感居然开始直线上升。

在等待开门的这一分钟里，他还在想，自己要如何开口？从哪里问起？因为连他自己都不知道自己想要什么答案——从这个角度来说，自己不应该有火气才对。

可他回想起刚才那人的话，又想起贺云霆冷淡说着"我不知道"的语气，又觉得心里无端升起一点难以自抑的奇怪的烦闷。这些情绪对林晗来说，甚至是有些陌生的，连他自己也不明白该如何应对。

于是只剩下来找贺云霆这一个办法了。

啪嗒一声，门打开了。

贺云霆的房间很暗，那一瞬间光影交错，林晗一下子没看清对方在哪里。

可等他定睛，就见陆安和捧着收拾完的换药盒走出来，上面有一点干涸的血迹。

贺云霆正在穿衬衫，动作幅度不大，全身上下带着一股熟悉的冰冷气息。

"林先生好！"陆安和中气十足地打了个招呼，然后目不斜视地正步走了出去，替他们关上门，在离开林晗和贺云霆的视线范围后，火速逃离。

林晗往前走了几步，嘴唇紧抿。

贺云霆换下来的衬衫上还沾着血，这让林晗回想起，对方右肩上可怕的伤口。

可贺云霆的表情看上去依旧镇定，明明那么深的伤口，他却始终面不改色。

所以说这人真的很奇怪。

林晗脑中不断闪回那日自己看到的肩伤，再对比此刻一言不发的贺云霆，有什么情绪先一步没过了自己想要来找他问个答案的念头，直冲脑海。

林晗走到贺云霆面前，他想说，你的伤怎么样了，有没有好一点。

他来不及兴师问罪了，视网膜上只剩下对方深深的伤口，心脏像被什么东西刺了一下，来之前那些莫名的情绪无声褪去，整个人逐渐冷静下来。

他看着贺云霆的右肩，睫毛抖了一下，敛了眉眼，只余尾音一点颤抖，说道："你……疼吗？"

贺云霆手上的动作僵了僵。

在穿好衬衫以后，他又起身拿了外套穿上，直至恢复成第一次与林晗见面时那样，高傲冷淡，又拒人千里。

他不需要别人知道自己受伤的事，他仍是那个光芒万丈的人。

"还好。"这次贺云霆没有直接说不疼。

林晗刚想说那就好，又听见贺云霆补充道："不是很疼，伤口好了很多。但已经换了药，林先生就不用看了。"

这句话给林晗传递了另一种潜在的含义，要不是伤口被包好了，他甚至可以给林晗看一下——贺云霆似乎很想要向林晗证明，自己真的不是很疼。

林晗低头看了一眼自己戴着白手套的双手，终于对贺云霆弯了弯嘴角，而眉梢也染上了惯有的浅淡温和。

"前两天还不太适应基地，给你添麻烦了，"林晗对着贺云霆笑笑，"今天就是想来跟将军说这个的。"

贺云霆像是没料到林晗只是来说这个的，很慢地"哦"了一声。

两人的关系似乎各自往后退了一步，林晗想，果然越界会让人失去理智。

"那将军——"

"我——"

两人又同时开了口。

林晗礼貌地让贺云霆先说。

"我没有加焦糖了。"贺云霆眼神游移了一下。

林晗张了张嘴，一瞬间不知该怎么回复。

他看见贺云霆的嘴唇幅度很小地动了一下，好像想补充什么，上下唇微微分开，但最终还是重新变得平直。

但林晗依稀辨认出来，对方的口型是"对"。结合贺云霆此刻的神色，他应该想说"对不起"。

贺云霆想给他道歉。

光是这个认知，就让林晗有些感动。

林晗忙说："没事——我没有别的意思，如果将军喜欢，不必顾及

114

太多。"

对方听了，重新看向林晗。

"基地的配餐不丰富。"贺云霆忽然说。

话题转得有些快，林晗一下子没跟上，也不明白贺云霆为什么突然开始批判基地的饮食，这不是他最熟悉的地方吗？

林晗睫毛动了一下，如实地道："我觉得还挺好的。"

贺云霆又沉默少时，再开口时，声音明显与刚才不同——他好像想要变得不那么冷，想要把语气变得温和。

可贺云霆这么些年也没笑过几次，根本不知道该如何做，于是传入林晗耳畔的，便是一种古怪，却努力柔软过后的语调。

他的嗓音很低，语速比以前慢了一些："我这里，没有，但你……可以去找陆安和。"

"是有什么任务吗？"

"不是任务。"贺云霆终于勉强找到了适合此刻的新语速，再开口后流畅了许多。他似乎想试着提一下唇角，但他怕自己的表情吓到林晗，最后只能作罢。

"陆安和住的地方，有很多零食。"贺云霆说，"你可以去找他，他会给你的。"

林晗怔住。

原来他早就看出来自己有其他的情绪，却还是想对自己说，让自己不要生气。

这次林晗没有迟疑，眉梢眼底都带了笑意，很真诚地说："我真的没有生气，将军。"

告别了贺云霆，林晗心里也敞亮多了。

就连晚上的营养剂都变得不那么难以下咽，而认了两天床的他，终于踏实地睡了一个好觉。

第二天林晗洗漱完毕，刚换了衣服准备工作，房门就被敲响了。

陆安和手上捧了各种各样的零食，笑眯眯地送到林晗面前："林先生早上好。"

林晗看着他手里的东西，有些想笑："将军说让我去找你拿。"

而且他其实没有那么喜欢吃零食。

陆安和说："但今天老大警告我，说我房间里零食太多了，不清理一些的话，要扣我钱的。"

他的语气十分愉悦，丝毫听不出害怕。

林晗接过，道了谢，又想起昨天贺云霆说这句话的语气，心也扬了起来。

"不用谢不用谢，我还要感谢林先生让我免受处罚，一举两得。"成功解决掉零食的陆安和朝林晗挥了挥手，"那我先去指挥室了，回见。"

林晗看着陆安和哼着小曲走了，自己把他拿过来的零食放好，也出了门。

他今天不着急去基地，而是要先去机甲库里确认一下其中几个批次的功能。

机甲库和选拔的基地在两个方向，更接近后勤队。清晨，基地大部分人要么在晨训，要么被调派到第一、第二基地协同机师选拔，林晗越往那边走，遇到的人就越少。

而在距离机甲库大概还有半程的时候，林晗经过走廊，意外地听见有一个还算耳熟的声音叫他。

"研究院的林先生？"

林晗没想到会遇到这个人，因为他本就不应该这个时间出现在这里。

他恭敬地对对方行了个礼："将军的副官刚往指挥室走了，您要找他们的话，可以直接过去。"

"林先生客气。"闻天尧笑着说，"我闲得无聊才过来的，也不用跟太多人说，就是林先生能不能带个路，一起过去。"

涉及工作的事情林晗一向有点"轴"，他先是客套地也跟着笑笑："可我现在要赶去机甲库……"

闻天尧有些做作地"啊"了一声："不过我不急，我也挺好奇机甲库的，林先生要是不嫌弃我在一旁待着烦，也可以领我去看看。"

林晗几不可见地皱了一下眉。

他总觉得有古怪。

闻天尧说着，又十分绅士地对林晗做了一个请的手势，还说："上将说林先生有洁癖，不用摘手套也行。"

林晗心中一动。

贺云霆的伤还没好，而伤口之所以变得难以愈合，也是因为在王子的晚宴上被人摆了一道。

如果可以……

林晗勾了勾唇角，恭恭敬敬地摘掉手套，将手伸过去——

"没有的事。能与王子殿下握手，也是我的荣幸。"

"也许从他身上下手，会容易些。"

林晗耳边响起闻天尧的声音。他想，说不定自己真的帮得上贺云霆。

林晗脸上表情没变，只是眉梢轻轻挑了一下。

他其实并不意外闻天尧有别的心思，只是暂时不知道所谓的"从自己身上下手"代表了什么。

林晗露出一副为难的模样："可是……"

闻天尧似乎把他的为难理解成了拘束和局促，主动说："当然，不愿意也没关系，不强迫。"

这招通常叫以退为进，毕竟以他的身份和地位，正常情况下，他主动提出退让，那么对方一般都会因为他的善解人意而生出一种抱歉的情绪，反而会答应下来。但这一切的前提是，林晗的手没放在他手上。

王子殿下的掌心里有一种黏腻感，这让林晗觉得有些不舒服。

林晗听完对方这一通自以为是的心声后，淡淡笑了笑，抽出手，再开口时声音里多了一分感激："那谢谢殿下，我就一个人去了。"

闻天尧的脸色明显变了变，好像没想到事情的发展跟自己想象的不一样，但仍旧保持着风度，只能顺水推舟："好的。"

林晗对闻天尧点点头，转头就要离开。

他其实不担心闻天尧此刻会对自己做什么，说不定也只是想把自己当作一颗棋子摆布罢了。现在闻天尧只身一人，又是在贺云霆的地盘上，如果他还记得自己的身份，就不会轻举妄动。

"林先生。"在林晗即将离开时，闻天尧果然又开了口，"不过我早年在帝军大学学习时，也涉猎过一些相关知识，有些好奇，想请教一下林

117

先生，绝不打扰你工作。"

林晗收了笑，连多余的表情也不想堆在脸上："好。"

机甲库林晗前几天来过，这次轻车熟路地开了门，也没特地招呼闻天尧，自己忙自己的。

"林先生是什么时候来基地的？"在林晗休息的间隙，在一旁表现得似乎对机甲和林晗都很有兴趣的闻天尧问道。

"没来几天。"林晗说，"还不太熟。"

闻天尧又随便扯了几个话题，林晗回答得都很随意，看得出有些敷衍，不过闻天尧似乎不在意。

林晗继续忙自己的，毕竟是给新兵用的机甲，不少性能有些不稳，但稍微改一改内部的程序和参数也还能用。

过了一会儿，林晗来到一台高大的机甲面前。

第十代QT，当年与虫族那一场战役的功臣之一。

从这一代起，研究院开始尝试建立机甲中枢与机师本人精神力的链接，这样能大幅提升战斗性能，还能减少消耗。

这台机甲看上去很久没有使用过了，应该是哪里出了问题，机师本人又因为什么事没有送检，机甲系统更新换代快，估计就被搁置了。

毕竟这是自己参与研究设计的，林晗对它十分熟悉，钻进驾驶舱一番折腾后，成功启动了这台机甲。

"第十代QT，编号M2764，点火完毕，机身启动，AI中枢开启，驾驶舱准备完毕，请指示。"

林晗打算打开自检，结果手刚触到屏幕上，身旁就冷不丁传来闻天尧的声音。

"这就是当年歼灭了许多虫族的机甲吗？"

林晗本来让他进来，就是想知道他对自己、对贺云霆到底有什么打算，但工作被打扰到了，还是让他忍不住皱起眉，不明白闻天尧为什么没话找话："嗯。"

闻天尧也进了驾驶舱，看见林晗手上的动作，说："听说这是林先生当时设计的，果然厉害。"

普通人如果被帝国王子这么夸奖，估计会心花怒放，林晗停下了继续检修的手，却没有接话。他总感觉闻天尧还要继续说什么。

果不其然，闻天尧道："当年我没能跟上将一起征伐虫族十分可惜，现在看到它，还是有些激动。"

话题终于引到贺云霆身上了。

林晗装作来了兴致："王子殿下也会开机甲？"

"学过，会一些。"闻天尧好像并不打算聊这个，"我只是想到了当年的那场战役而已。"

"当时父亲和议会的那些老头子都不许我去，我就只能等捷报——说真的，那一直是我心中的遗憾。"

林晗"嗯"了一声。

"说到这个，"闻天尧的语气忽然变得奇怪起来，"当年贺上将打赢这场战役还有个原因，林先生知不知道？"

林晗和闻天尧一起从机甲库出来时，正好是午饭时间。

这次闻天尧没挑人少的地方走，于是不少士兵看见了他，立刻紧张地行礼，闻天尧则笑着一一回应，成功收获了许多受宠若惊的眼神。他果真一如往常，没有架子，平易近人。

林晗则走在他的身后。

闻天尧说自己要去指挥室找贺云霆，还礼貌地提出跟林晗一起。

机甲库里，闻天尧以一种回忆当年的语气，跟林晗说了很多。

他说贺云霆骁勇善战，有勇有谋。都是些无关紧要的话题，似乎真的只是来跟林晗随口闲聊的。

大家都说闻天尧和贺云霆一样是中立派系，既不跟主和派一样想与虫族建交，也不像主战派那样，整天想着如何用武力解决问题。

而闻天尧也确实没有提及任何一派的名字，只是一味地夸着贺云霆，说打赢这场战役的其中一个原因，是贺云霆提前截获了对方的部分情报，从而将虫族一网打尽。

但情报本身是什么，又是从哪里来的，闻天尧没有提。

如果林晗没有读心的能力，那么今天的聊天，看上去只不过是一个平

易近人的王子，对着帝国优秀的机甲师聊了些辉煌的过往。

可惜林晗在最后让闻天尧给自己递工具为由，听到了另一个人的名字。

罗琪，也就是议会中最活跃的主战派。

林晗毕竟不能停留太久，但也勉强从闻天尧的话中听出一二。

但奇怪的是，林晗原本想知道的是为什么会有人在晚宴上刺杀贺云霆，这却没有出现在闻天尧的心声中。难道这件事真的跟他没有关系？

不过能确定的是，闻天尧并不是什么中立人士。

他跟罗琪一样，是个彻头彻尾的主战派。

他想先拉拢自己，然后再从自己身上下手，让贺云霆最终也成为其中的一员。

至于为什么拉拢贺云霆，就要迂回地接近自己……林晗抿唇，原来在别人的眼中，他跟贺云霆……果然关系不一般。

林晗跟着闻天尧进了指挥室，陆安和正在吃饭，而那个在王子殿下眼中跟自己私交甚密的上将，正翻阅着手里的晋级人员名单。

见闻天尧来了，两人都站起来行了个礼，而贺云霆则把目光放到闻天尧身后的林晗身上。

林晗主动解释："我在去机甲库的路上，遇到了王子殿下。"

"对，随便跟林先生聊了会儿，"闻天尧自然地接过话，对贺云霆说，"占用了林先生一点时间，上将不介意吧？"

贺云霆不答，深邃的眼神却没有从林晗身上移开。

好在陆安和会说话，轻描淡写地跟闻天尧聊了两句，转移了话题。

闻天尧也不执着于这个话题："不过我这次就是想来看一看这一届的机师选拔，我也想知道，今年有没有什么优秀的新人。"

贺云霆听了挑挑眉，没说别的，毕竟闻天尧每年这个时候都会来。

他把手里的名单递到闻天尧手上，陆安和补充道："今天是第二轮第四天，主要考核的是预备机师的各项平衡能力和基本操控能力……"

闻天尧看了看名单，又看了看贺云霆背后的屏幕，点了点头。

"不过现在是午饭时间，王子殿下想要检阅的话，可以晚一个小时，隔壁有休息间，您要不要先休息一下？"陆安和建议道，"午饭的话，我

120

叫内勤组给您送来。"

闻天尧说"好"，又绕过陆安和走到林晗面前："那我一会儿再来。不过今天跟林先生聊得很开心。"

林晗客气地笑了一下："我也是。"

他的语气听上去很真诚，像是听进了闻天尧之前说的所有话，并相信了他是一个立场中立的优秀王子。

林晗说："不过下午我还有别的事，恐怕不能继续陪您聊天了。"

闻天尧心情很好，走到门口时还不忘跟林晗道别："没关系，林先生工作要紧，有什么可以以后再说。"

林晗点头，主动伸出手："好。"

闻天尧为了维持形象，自然不会拂了林晗的面子，跟他握了个手。

"真好骗。"

闻天尧先去休息，陆安和还有别的事要处理，一时间指挥室里只剩林晗和贺云霆两人。

林晗犹豫着要怎么将知道的信息传达给贺云霆。毕竟他了解的东西还太少，少到无法整合成一个完整的结论。他要是突兀地说，闻天尧是个主战派，这样没头没尾，贺云霆也未必会相信。

林晗犹豫了一下，还是打算等知道的东西再多一些，再找个恰当的方式告诉对方。

他见贺云霆还在工作不便打扰，而自己午饭没吃，营养剂也还没用，于是打算跟贺云霆说一声，自己先回去。

"那我也回房间了，将军。"林晗礼貌地说。

不过闻天尧总让他觉得不舒服，林晗还是抽了张纸，擦了擦手。

贺云霆隔了一会儿，才应声："嗯。"

林晗莫名觉得此刻的贺云霆好像心情不太好，试探着问："怎么了？"

"没事。"

林晗没指望贺云霆会说，也不生气："好，那我先走了。"

"等等。"林晗快到走到门口时，贺云霆像是犹豫了一会儿，还是开

了口。

"嗯？"

贺云霆表情冷淡，但林晗依然听出了一点别的意味："林先生不是有洁癖吗？"

林晗怔了一下，一时间不知道回答是还是否。

他总不能把真实情况告诉贺云霆，他主动跟闻天尧握手是有目的的。

"算了，没事。"贺云霆又说，像是不想知道答案。

贺云霆也走到门口，朝林晗伸出手："林先生再见。"

林晗看着贺云霆的动作，有些发愣。

贺云霆的动作可以说是突兀又生硬的。

林晗想，上一次两人告别的时候，也没有握手啊。

他五官生得精致，白色的制服衬得他的黑发细软，而眸子也是纯粹的黑，当他露出这样错愕的表情，看向贺云霆的时候，微微睁大眼睛，显得柔软又无辜。

贺云霆没有将目光移开，而手也悬在半空，似乎不觉得尴尬。

林晗过了两秒才领会到贺云霆的意思。

他想跟自己握手道别。

林晗现在没有戴手套。

他才刚刚说服自己，不要主动去了解贺云霆在想什么，自己也不应该一而再再而三地去窥探他的内心。

可贺云霆现在对自己伸出了手，林晗又觉得自己没法生硬地不理会。

如果自己拒绝了贺云霆，他会怎么样？会不会露出失望的表情？

但贺云霆本来就是一个不会笑的人，脸上的表情也并不丰富。

这样的话，开心难过，都看不出来。

贺云霆见他犹豫，像是提醒林晗，又像是在给自己找台阶下，绷着嘴角，又重复了一句："林先生再见。"

这句话像是一个分水岭，如果林晗不愿意，也可以只回答一句"再见"然后离开，如果林晗理解了贺云霆的意思……

想到这里，林晗忽然觉得面前的人有些可爱。

他嘴角永远平直，脸色永远冷漠——永远口不对心，永远不说自己想要什么。

林晗眨眨眼，心里忽地涌出一点绵软的暖意。即使他努力不让自己唇角的弧度勾得太明显，但笑意还是让他的眉梢弯了下来。

——是贺云霆先伸的手，不是自己非要去读心的。

他也对自己这么说。

"好，将军再见。"

林晗心里想着，把自己的手放了上去。

"是我手上的枪茧让他觉得太粗糙了吗？"

"他为什么老是握别人的手？"

林晗先是愣了一下，随后笑了。

比起娇生惯养的王子的手，贺云霆的手确实要粗糙一些。可能是自己不注意保养，也可能是完全没有时间，贺云霆手上至少有两处薄茧，林晗的食指指腹贴上去。

但他的手很暖，心里想的东西也很干净。

于是林晗没有第一时间松开，而是开了口，叫了贺云霆一声"将军"。

对方的视线移到他的脸上。

林晗想告诉他实情，但一是怕贺云霆不信，二是就算他信了，那么结合他之前的那些心声，必定更加尴尬。

可说不清是什么情绪作祟，他又不想让贺云霆误会自己。

于是林晗主动用手指碰了碰贺云霆手上的茧，状似不经意地问："这个，是练枪和驾驶机甲磨出来的吗？"

他看见贺云霆眼中的光闪了一下，随后垂下眼，说："嗯。"

心里却想的是："怎么样才能把茧去掉？"

"……"林晗没想到对方第一反应竟然是这样，思维有一瞬的迟疑，过了一会儿说道，"将军辛苦了。"

贺云霆有些疑惑地看着林晗，没有说话。

"啊。"

林晗觉得这样的交流方式实在很新奇，交握的双手是两人沟通的媒介，他会试着与贺云霆的心声对话，而即使对方不善言辞，也不会被

123

误解。

"我是说，"林晗语气轻缓，"这些都是将军荣誉的证明，我为您感到骄傲。"

"原来他不讨厌。"

见误会解除，林晗心里也舒了一口气，刚想抽回手，耳畔又传来贺云霆的声音。

"林先生人真好。"

林晗没想到忽然就被发了一张好人卡："……"

贺云霆的心声远比他本人直白得多，林晗并不是第一次见识到了。

好在这次跟前面几次比都要好，林晗也不生气。

他刚准备松开手告辞，门口却传来了响动。

"对了，老大上次您说的那个……"陆安和拎着牛奶推门进来。

一秒后，他的嘴不受控制地张大了。

他没想到刚进门就看到这样的场面——

他瞬间"啊"了一声，然后掩耳盗铃地用牛奶瓶遮住自己的眼睛，迅速转身离开现场："我突然有点事……"

他十分贴心地重新带上了门。

虽然陆安和溜得很快，但两人还是同时放开了手，还各往后退了一步。

林晗也是第一次面对这种情况，感觉有些尴尬。他摩挲着食指指根，没有抬头看对方。

林晗觉得有些困，忍着倦意打算跟贺云霆道别，但不知是工作太久，还是用读心术也会消耗体力，总之他踉跄了一下，身体一软，不受控制地往前栽。

好在贺云霆眼疾手快拉了他一把，林晗这才没摔倒，重新站直。

"林先生好娇弱。"

"……"认为自己并不娇弱的林先生皱了皱眉。

他刚想说话。

"还好没摔倒，不然会很疼。"

贺云霆放开林晗，又看了看对方，这才说："林先生就在这里休息吧。我叫人给你送营养剂来。"

林晗眨了眨眼，想拒绝。

但D-的体质让林晗犹豫了，毕竟如果自己再慢慢走回房间，说不定真会因为没力气而摔在走廊上。

"我不会打扰林先生。"贺云霆又补充了一句。

他边说，边笃定了林晗不会拒绝，点开通信器，吩咐人送营养剂和午饭过来。

毕竟是贺云霆亲自发的指令，不到三分钟，内勤组长就吭哧吭哧带着他要的东西，敲门进来。

林晗靠在沙发上，见贺云霆先给自己倒了杯水，然后拿过营养剂，拧开了以后才给他递过来："林先生吃完后就好好休息，我——"

贺云霆抬头看了一眼指挥室。

隔壁的休息间被闻天尧占用了，他的身后是复杂的操作台，一个个光屏上显示着各种各样的数据，而指挥室内的通信器也会时不时响起，总之，指挥室不是适合午休的地方。

贺云霆思索了一下。

过了片刻，林晗看见贺云霆将操作台旁边那张属于自己的高脚转椅移过来，挪到沙发前升到最高，尽力为林晗挡住光。

不过一个椅子毕竟遮不住什么，贺云霆想了想，找来了自己的披风。

平日里只有出席重要场合才会用上的披风，此刻被他随意地展开，搭在椅子上，为林晗撑出一小片安静昏暗的空间。

林晗恍惚间有一种错觉，这个一直板着脸，看上去十分不近人情的男人，一直笨拙而沉默地照顾着自己。

林晗从进入帝军大学以后就都是一个人，能一个人提前完成学业，一个人设计，一个人工作，一个人独立生活。而这一刻他竟然说不出话来。

他过了两秒，才发出声音："……谢谢。"

贺云霆嗓音低沉地"嗯"了一声，没有再说话。

大概是真的累了，林晗原以为自己会失眠，结果服用完营养剂，就困得靠在沙发上睡着了。

125

意识朦胧间，时不时有人进出指挥室，但声音都很小，不知道是不是贺云霆特地吩咐过。

他的身上还盖着对方的外套，外套带着若有若无的乌木香，像是一种神奇的助眠剂，让他在冗繁而躁郁的梦境中寻得安眠。

他是被另一个声音吵醒的。

闻天尧踏进门时没有注意到那安静的一隅，一推门就扬着声音跟贺云霆问好："上将下午好——"

林晗皱了皱眉，但仍然没有睁开眼睛。

他不知道贺云霆说了什么，闻天尧的声音这才稍微小了一点："好的，我知道了。"

林晗不想因为自己影响到贺云霆的工作，刚准备揉揉眼睛起床，就听见闻天尧似乎在跟贺云霆闲聊，而话题还是关于自己的。

"林先生精神力很强，但体质太弱了些，是应该好好休息的。"闻天尧说。

闻天尧的语气让林晗感到不舒服，他说："既然上将这么关心林先生，那不如我——"

这次林晗终于听清了贺云霆的话。

"不必了。"贺云霆声音冷淡，听不出情绪。

闻天尧大概没想到贺云霆会这么说。

"我不是那个意思。"他掩饰尴尬般咳嗽了两声，又说，"我只是想着可以帮上忙，毕竟林先生这样优秀的人放眼整个帝国都是极稀少的。"

"哦。"林晗听见贺云霆这么说。

不知为什么，他听见这声十分不屑又带着点其他情绪的回应，有些想笑。

他甚至在想这个时候的贺云霆会是怎样的表情——对，应该还是一如既往的冷漠不耐。

于是林晗开始想，那贺云霆在想什么。

不过贺云霆的心思实在令他捉摸不透，比如总在不适宜的地方有不适宜的想法。

这时林晗才想到，与其说自己跟总是不在一个频道的贺云霆聊得来，不如说他们握手时，"聊"得才算顺畅些。

闻天尧似乎对这件事十分上心，但从林晗的角度看，他不过是想刻意把自己跟贺云霆的关系拉近，然后再一起往罗琪那边靠罢了。

只是林晗不太明白，现在闻天尧在民间的声誉不错，又是王子，今后的路所有人都可以预见，更何况在帝国，议会就算看上去有多么民主，最后权力最大的仍然是皇帝。退而言之，只要闻天尧继续保持中立，直到上位，无论是主和派还是主战派，都不能干扰他的选择。

那他为什么非要在还是王子的时候就急切地选择其中一派——并且还是以消灭虫族为目的的狂热主战派？

这一点，林晗没有想通。

闻天尧似乎想再夸一下林晗，但贺云霆这次连"嗯"都没给，只是声音又放低了一点，转移了话题。

闻天尧好像在看贺云霆递过来的东西，过了一会儿念了一个名字："祁嘉木。这次选拔，我很看好这个人啊。"

林晗这两天好像听过这个名字，据说此人是这一批机师中最亮眼的一个，不管是什么测试都是最优，几乎没有扣分项，一骑绝尘。

第二轮的选拔内容是针对机师个人身体素质和平衡能力的检测，即使现在大部分宜居的星球都是存在引力的，但伴随战舰长时间在宇宙间航行，加上各种作战的不确定性，克服失重并在失重的环境中继续冷静准确地操作，也是机师必须要具备的素质。

今天的训练模拟了残酷的无引力环境，选拔者既要承受来自太阳系的高频辐射，又要适应令人痛苦的失重状态，他们在模拟舱内接受训练，且按照训练要求完成各种难度的操作。

闻天尧看着分屏上的一格格画面，不少人适应不了这样的虚拟环境，有人跪坐在地上发抖，有人开始趴在舱内护栏上呕吐，有人呼吸急促嘴唇青紫，被一旁的随行急救医疗队打开舱门抬走。

只有少数人还保持着基本的冷静，并强忍着各种不适完成操作。

闻天尧饶有兴致地凑近了其中一块光屏："太优秀了。"

他看的那个屏幕，里面正是之前谈到的祁嘉木。

那是一名年轻的军人，无论是身材比例，还是脸部线条都令人瞩目，

127

即使现在身处虚拟的极端环境中，他脸上的表情依然十分镇静，只是偶尔被失重和眩晕压得咬一咬牙，再无其他反应。

祁嘉木眼神坚定，动作也很稳，即使额前渗出了冷汗，虚拟舱的各种指示也能一一完成。

"第二轮的考核他的分也是最高的，"闻天尧说，"如果他能一直坚持到最后，上将的精英编队里一定也少不了他吧。"

林晗本以为闻天尧会和贺云霆聊些什么自己不能听的内容，可闻天尧说是来随便看看，好像就真的是来随便看看的。没有任何指向性的话，语气也平静和善，就像帝国的子民们说的那样，保持中立，受人爱戴。

贺云霆也在认真观察着屏幕中祁嘉木的一举一动，没有回答闻天尧。

闻天尧像是习惯了他的冷漠，并不在意："不过我听说将军曾经比他还要优秀。"

贺云霆眉头皱了一下，眼神也平静无波。

而闻天尧慢条斯理地补充道："所以林先生欣赏您，也是再正常不过的事。"

闻天尧的话题转得太快，林晗突然被提及，有些茫然。

一旁对闻天尧爱答不理的贺云霆，这次终于说话了。

"没有。"贺云霆声音很低，语气也没有感情，"林先生对我没有好感。"

林晗听到这里愣了一下，他不知道自己现在应该是个什么心情，身子僵了一下，交叠在一起的双手也动了动。

他的动作很轻，但因为不小心碰到了贺云霆军装外套上的肩章，还是发出了细微的声响。

闻天尧似乎没有听到，还对着贺云霆说："我刚才在机甲库跟林先生聊了很多，他说——"

"等等。"贺云霆却像是听见了林晗那边发出的声音，打断了还在自信地滔滔不绝的闻天尧。

对方不明所以，但还是停了下来。

然后林晗听见了独属于贺云霆的脚步声，往自己这边靠近。

林晗有些茫然无措，一时间不知道是不是要直接坐起来，还是闭眼装睡。

如果直接起来，会不会让贺云霆尴尬？闻天尧又会说些什么？

林晗还没想清楚，但贺云霆的脚步声已经近了。

他没空多想，还是选择闭上了眼，并开始平复呼吸。

但由于刚才不小心动了一下，加上现在林晗有些紧张，沙发位置也并不宽敞，他手没握住，贺云霆外套就滑落到了地上。

林晗身上覆盖着的温度一下子消失了，周身骤然变冷，让他下意识蜷了一下身子，眼睫因为不安而颤抖了一下。

闻天尧大概是看见了贺云霆向这边走，疑惑地叫了一声："上将？"

这次贺云霆没有说话，像是怕吵到林晗。

即使闭着眼，林晗还是感到一阵带有压迫感的气息向自己逼近。

不过一想到对方是贺云霆，他原本有些紧张的情绪便又消散了。

贺云霆走到林晗面前停了下来。

林晗在沙发上靠右侧躺着，左手轻轻叠在右手上，因为失去了贺云霆外套的遮盖有些冷，双腿轻轻地蜷了起来。

他穿着纯白色的制服，紧闭着眼，细软的黑发温顺地垂落在额前，嘴唇微张着，睫毛好像动了一下，看上去有种毫无杂质的纯真。

林晗不知道贺云霆是不是想来叫醒他，正犹豫着应该怎么做时，他感到面前高大的身影蹲了下来，然后拿起外套轻轻拍了拍，又重新盖到了他身上。

正在努力装睡的林先生："……"

不过贺云霆没有久留，做完这一切后又重新走回操作台，这才回答闻天尧之前的那个问题。

"林先生只是基地特聘的专家。"

他不在乎被闻天尧看到自己的举动，却不愿意让闻天尧妄加猜测林晗与自己的关系。

他宁可否认。

闻天尧的声音听上去似乎有些遗憾，但看见贺云霆对林晗的态度后又变得轻快："上将也不用灰心，林先生——"

"虚拟舱时间到了。"

这是贺云霆今天第二次直接打断他。

贺云霆接通了陆安和的通信器，交代了两句，说"马上就来"，然后冷淡地对闻天尧说："王子殿下不是来看选拔的吗？我现在要过去了。"

闻天尧便不再跟贺云霆纠结那个话题："好。"

两人不再多聊，片刻后，就一前一后离开了指挥室。

贺云霆是后走的，他好像犹豫了一下想往林晗这边看，但又不愿让闻天尧再多说话，最后还是没有停下，只是关门时放轻了力道，再快步离开。

等重归安静，林晗才坐了起来。

他不知道闻天尧什么时候走，但他一定要找时间，告诉贺云霆这件事。

林晗下午继续回去工作，只是开始留意着旁人的话。

直到今天的选拔结束，林晗回到自己房间吃完了晚饭，也依然没有得到闻天尧离开基地的消息。

如果直接拨通贺云霆的私人专线，闻天尧还在的话，又坐实了对方口中的话。

林晗看了一眼自己身旁苍青色的外套，又想起陆安和说的，贺云霆这段时间都忙，有时候晚上都会留在指挥室。

而贺云霆今天离开的时候身上只有一件衬衫，也不知道有没有时间回去拿衣服。

林晗想着今天闻天尧说的话，心里还是不安。

即使他没有看到那个场景，也能从贺云霆的语气中感受出不耐烦，他不知道两人离开后又聊了些什么，贺云霆又是怎样的心情。有没有厌恶，会不会生气，或者说……是否被说动。

想到这里，林晗还是没能等到明天，抓起贺云霆的外套，就开了门往回走。

正逢解散休息的时间，不少人看见林晗想打招呼，他却一概没理，只径直朝指挥室走。

林晗脚步越走越快，到了后面几乎是小跑着过去的。

他体力本来就不好，等他走到指挥室门口时，终于忍不住撑着膝盖喘气。

还没等他平复好呼吸，指挥室的门开了。

贺云霆仍然穿着单薄的衬衫，看见林晗时，脸上终于有了一些别的神色。

贺云霆湛蓝色的眸子闪了一下，叫了他的名字："林晗。"

林晗还在喘气，喉咙有些发干，暂时说不出话，把手里的外套推到贺云霆的面前。

见贺云霆接过了衣服，林晗走进指挥室看了一圈，确认没有第三个人以后，缓了缓终于平复了呼吸："我来……给将军说个事。"

"王子殿下说了什么，你都要想一想再听。"

贺云霆像是惊讶林晗为什么要直接找自己说这个。

"我有些话要跟将军说，"林晗也是一时冲动就过来了，还没组织好语言，只能一边说一边抬头与贺云霆对视，"但我不会骗你，将军可以相信我吗？"

贺云霆看着他。

他似乎真的体力很差，跑过来时又太急，只能张着嘴喘气，脸上也带着微红，眼眸很亮，像帝国纯粹又珍贵的黑曜石。

贺云霆伸出手想要扶一扶林晗，可又怕自己动作太突兀，最终只能继续板着脸，唯有湛蓝色眼睛泄露了极少的一点担忧情绪。

但他理解林晗忽然来找自己一定是有话要说，他走过去把指挥室的门关上，又确认了一遍没有打开室内与外界联系的通信器，这才对林晗说："什么事？"

他没有第一时间提及闻天尧，也没有说"嗯"或者"相信"。

"相信"这个字眼，在贺云霆的人生中几乎没怎么出现过，命令和使命才是刻在他生命中的词汇。

基地里他是决断者，是发号施令的人，即使陆安和跟了他最久，在称呼或者某些事情上可以稍微放松一点，但也从没有半分逾矩。

他的话就是命令，无人会有异议，更无人可以违抗。

至于对帝国，无论皇室还是平民，他从来忠诚坚毅，没有其他情绪。

他一向直来直往，陆安和有时候会说，他对比那些平常人，身上少了许多东西。

因此，贺云霆不太明白这个词汇意味着什么，而他天生严谨，一时间竟不能立刻回答能或不能。

即便如此，他看着面前的人，他几乎不愿多思考，想立刻就说"能"，说"我相信你"。

但他不能。

对方口中的人身份地位都很高，即使他并不喜欢闻天尧，也无法否认他以后会继承帝国皇位的事实。

比起效忠皇室，他更想效忠整个国家。

林晗看见贺云霆的眸色变了又变，也重新组织了语言。

有那么不太理智的一瞬，他想跟他说，自己有异能，只要他伸出手，触碰到别人，就能知道对方当下在想些什么。

如果贺云霆不信，他就抓着他的手，一句一句读出对方此刻的心声。

但他不能。

对方这样冷漠矜贵的一个人，自己未经允许就知道了他的心声。

林晗看着对方湛蓝色的眸子，忽然生出许多不忍的情愫。

"我说……"林晗换了一种方式开口，"我能告诉将军一些事，至于是否相信，全凭将军自己决定。"

贺云霆上次送他的枪还放在身上，自从那天贺云霆说了那番话以后，林晗开始刻意不在话里用"您"，有时候替换成"你"，有时候替换成"将军"。

为了让贺云霆相信，林晗只能稍微将事情说得严重一点。

"王子殿下之前就来找过我，不止一次，"林晗保持着冷静，"今天他来之前，我在上班时听到了他在通信器里说的事。"

贺云霆安静地听着，眼神专注。

"实不相瞒，我是想过上次晚宴上刺杀的事是不是他所为，"林晗道，"我之前说过要帮将军，所以开始留意。他今天来找我，不停地提起你。"

林晗看见贺云霆挑了挑眉，依旧紧闭着唇。

"有些过程我不便告诉将军，但我以我的职业素养和性命担保——我接下来说的话都是真的。"

"他跟将军不一样，他并没有保持中立……我听到了他和罗琪先生有过联络。"

贺云霆神色陡然一凛。

"刺杀的事也许跟他真的没有什么关系，因为他的目的——"林晗吸了一口气，停下来缓了缓，有些不好意思地继续说，"他想利用我接近将军，他觉得……你比较欣赏我，从我这里入手，让您……让将军，归顺到罗琪先生那一边。"

林晗这句话难得说得磕绊。

他又试着补充了几句，勉强把从闻天尧那里听来的信息都说给贺云霆听。

林晗对于议会的这两个派系其实也只是有所了解，深层的关系他并不知道，但无论如何，他还是想要将自己能听见的，都告诉对方。

如果自己没有这个能力，事情真的如闻天尧计划的那样，贺云霆不再中立，政局会有怎样的变化，对帝国究竟是好还是坏……他都不知道。

林晗说完，才平复呼吸道："这是我知道的全部。我不知道这些信息对将军有什么用，但如果不告诉你，我会过意不去。信与不信都取决于将军，我只是想要来告诉你这个事实。"

贺云霆手指动了一下，然后朝林晗走过来。

"我知道了。"他说，"我会考虑。"

没有直接说信，也没有直接说不信。

说不失落是假的，但林晗还是笑了一下，对贺云霆鞠了一躬。

选拔第二阶段正式结束，又是一轮残酷的淘汰，如今剩下来的基本是人中翘楚，精神力和体力皆为上乘。

而那个叫祁嘉木的选拔者依旧位列榜首，并和第二名拉开了很大差距。

第三阶段就是机甲实测，一批批机甲开始分配给这些通过了两轮选拔的机师，开始全新的测试。

不同于第一阶段的体力和第二阶段的虚拟舱测试，第三阶段所有的训练都是模拟实战训练，因此风险不小，消耗也巨大。

这一阶段林晗也最忙，需要频繁地进行调试和修整，有时候还因机甲的批次不同，临时根据机师的精神力重新将新的数据输入系统，经过核算和试验后，再交给所属机师。

林晗这一天在训练场上，看到了那个传说中这一批次中最优秀的人——祁嘉木。

他的精神力已经算很高了，而随机配给他的机甲是之前的批次，林晗便要用祁嘉木的精神力样本，稍稍改造一下。

"林先生好。"祁嘉木看起来很年轻，即使在训练时看起来非常坚定，但跟人沟通时仍带着一种未脱的少年气。

他很有礼貌，把自己的精神力样本交给林晗："辛苦林先生了。"

林晗对他点点头说"不用"，然后开始工作。

由于之前有不少新兵因为视线一直黏在林晗身上被扣分，这次再没人敢偷偷看他，各个目不斜视，准备训练。

贺云霆走进训练场时，满意地看见这一幕。

由于是模拟实战训练，又是第一天，作为指挥官的他没有继续留在指挥室，而是随着陆安和巡视进入第三轮的这些预备机师。

名单贺云霆心里有数，一个一个扫过去，并没有发现什么异常。

训练场开始宣布第三轮的各种注意事项。

林晗动作很快，等他处理好系统从机甲里钻出来时，贺云霆正好站在他的面前。

上次见他还是两天前，林晗礼貌地跟贺云霆打了个招呼，没有再打扰他，自己回去继续工作。

因为第三阶段的任务比较杂，林晗的房间离现在的训练场还有些距离，为了方便，他没选择回去，而是留在训练场内的操作室，观察这些机甲有没有异样。

林晗今天实在有些忙，没顾得上跟贺云霆说话，只是一直在训练场和操作室间奔波，有情况了就下去查看，处理好了又回来。

直到今天的所有训练完成，林晗才走回操作室，准备拿上今天的工作记录回去休息。

他推开门，就看见原本应该已经回去了的贺云霆坐在椅子上，手里拿着一支营养剂。

见林晗来了，贺云霆没有多说话，而是将手里的东西递给他。

"谢谢。"营养剂果然是被拧开了的，林晗不用费力，对贺云霆道了谢。

贺云霆表情不变。

那天之后，闻天尧没有再来过，而两人像是有了默契，不约而同地没有提这件事。

林晗还好，这几天太忙没有顾上，更何况那天临走前，他也听到了对方心中"应该相信"的话。

这就够了。

但贺云霆没有。

他这两天一直处于一种奇怪的纠结中。他知道不能贸然说出相信林晗的话，但由于那天自己没说出来，他又一下子找不到一个理由，打开两人之间微妙的沉默。

林晗用完营养剂，准备回自己房间。

"将军，我先走了。"他不知道贺云霆此时在想什么。

对方点头。

两人之间的气氛变得怪异。

林晗看了看一言不发的贺云霆，总觉得他这两天有些奇怪。

毕竟不读心的话，他也看不出来什么，但直觉告诉他，贺云霆不太对劲。他好像想跟自己说话，却最后因为笨嘴拙舌，欲言又止。

他原本很排斥被动听见别人心声这件事，因此才总是戴着手套。

不过贺云霆不一样，即使林晗完全不知道每次对方到底在想些什么——他也不会觉得难受。

林晗心思动了动。

不如试试。

说不上什么情绪，林晗走到贺云霆面前，看着坐在椅子上的男人，像上一次两人告别时那样，伸出了手。

135

"将军，"他语带笑意，声音轻而快，莫名让贺云霆想到自己庄园里还未开放的紫色郁金香，总能给人一种浅淡又自如的愉悦，"把手给我。"

贺云霆的表情很微妙，即使看上去依旧一副冰冷不可靠近的模样，却还是很听林晗的话，依言照做。

他的手很大，也很温暖，即使经年的训练让它生了厚厚的茧，却有着跟别人都不同的、令人安心的触感。

青年笑得很淡，但眉眼很温和，他的手指修长莹白，落在了贺云霆的手掌上。

在这一刻，他忽然有一种冲动。

林晗的指尖带着淡淡的凉意，在触到贺云霆掌心的那一刻开口道："如果我说，我会读心术，将军心里的想法我都知道……你信吗？"

林晗感到原本只是松松握着他五指的手忽然攥紧了。

虽然是头脑发热，但他确实是想告诉对方这个事实，无论贺云霆相不相信。

今天第三轮选拔刚开始，贺云霆又亲自下场来巡视，因此不像往日一样只着常服，而是穿得非常正式。

贺云霆右肩肩章下方和衣服纽扣间佩戴了一条金色的绶带，悬在苍青色的军服上，落下浅浅一道阴影。

他的表情没有变化，抓着林晗的手却下意识动了动，泄露出了主人此刻并不冷静的心绪。

林晗感受到了对方指尖的轻颤，直到听到了耳畔的心声，才迟钝地明白贺云霆好像在紧张。

"读心术是什么？"

"我现在想的，林先生会知道吗？"

"怎么办？"

"怎么办？"

"林先生要怎么样才能知道我在想什么？"

"可是林先生让我相信他。"

林晗没想到一向沉默寡言的贺云霆现在心理活动如此丰富："……"

"那他会不会生我的气？"

"我之前说过过分的话吗？他还记得吗？"

"林先生要是真的生气了怎么办？"

"等下去问问陆安和还有没有零食。"

此刻贺云霆心里的话源源不断地往林晗耳边涌，一句接一句，都透露着与他本人完全不符的担忧和小心。

林晗甚至想，贺云霆真的记得自己以前想过什么吗？

他想把听到的话告诉贺云霆，不是为了博取他的信任，而是单纯地想跟他分享这个秘密。

"我……"他斟酌着开口，想把刚才听到的话对贺云霆说。

林晗眨了眨眼，抬头看他。

贺云霆心中不平静，林晗自己当然也好不到哪里去。

林晗看着贺云霆的双眸，嘴唇微动："我没生气……"

我是想要来告诉你这件事的。

原以为贺云霆听见这句话应该就能明白林晗所言非虚，可不知是对方没注意，还是太紧张沉浸在自己的猜测里，总之他没有回应，只是依旧望着林晗。

在贺云霆眼里，面前的青年穿着白色的制服，那双湿漉漉的黑眸专注地看着自己。

贺云霆也曾经疑惑。

自己从未见过他，却总是忍不住被他吸引。

他无数次流连银河，却未曾见过如此纯粹耀眼的星。

贺云霆这样想着，先前的紧张便褪去不少，转而变成更直白的心声——

"林先生的眼睛真漂亮。"

林晗没想到贺云霆的心声忽然变了，于是堆在嘴边的话忽然就变得难以出口。

而也就是在这个时候，贺云霆嘴唇动了动，终于对林晗开了口。

"——那林先生说说，我现在心里在想什么？"

他的嗓音比他的心声听起来更冷淡些，也没了那股不安，就好像只是

在平静地、漫不经心地提出疑问，并不相信。

"他应该没有听见我心里想的。"

"他真的能读到吗？"

林晗难得有些慌乱，垂下眼："我……"

"林先生？"

贺云霆又叫了他一声，像是催促，又似乎是在确认自己的想法，生怕林晗真的能猜到自己在想什么。

林晗没有说话，贺云霆的心声永远比他的言语更加坦然热烈。他不知道自己是什么模样，也不想让贺云霆看到自己这个模样，于是他偏过脸，想要抽回手。

可不知是不是故意的，贺云霆没有给他抽回手的机会。见他要逃，贺云霆下意识握得更紧了些，有力的指节牢牢扣住林晗的手，不愿让他挣脱。

"林晗。"这次贺云霆没带称呼，而是直接叫了名字，"为什么不看着我？"

谎言总需要演技修饰，可内心想的什么，是不能说停就停的。

就连贺云霆本人也不能控制自己的心声，即使知道林晗可能真的有读心术，却无法不去看他此刻的眼睛。

明明第一次林晗听见的心声比这还要过分，最后也没有生气，现在他却思维停滞了片刻，说不出话。

偏偏贺云霆心里的话刚说完，嘴上又重复了一遍之前说过的请求，像是一边试探林晗，一边自欺欺人地坚定自己的想法："林先生知道我在想什么吗？"

知道，都听到了。

但林晗张了张嘴，发现竟然没有办法把贺云霆刚才说的话复述出来。

他原本想"哄一哄"贺云霆，结果却弄得自己心中慌乱，无所适从。

林晗觉得自己的脸好像更红了，终于随便说了一句搪塞过去："我猜将军现在心里想的……是明天的训练内容。"

"还好，林先生不知道我在想什么。"

这次林晗猛地把手从贺云霆手中抽出来，再往后退了一步，不再看他。

贺云霆的心声瞬间消失了。

林晗低头看着自己的脚尖。

他没办法把那些话复述出来，可他还是想要帮助贺云霆。

但他找不到突破口了。

正逢晚间的军号响起来，林晗终于说："那么将军，我走了。"

好在这次贺云霆没有沉默太久，他先应了一声，然后等到林晗走到门口时，叫住了他。

"你说对了。"贺云霆声音没有起伏，好像之前那些心声都不是他自己的一样，"我刚才的确在想训练内容。"

林晗没有出声。

"林先生，我想明白了，"贺云霆说，"不论是你之前说的那件事，还是今天的话，我都相信你。"

林晗推门的动作僵住了。

"以后要是有什么事，都可以来跟我说，我相信你。"

林晗的情绪平复了一些，然后点点头，重新看向贺云霆湛蓝色的眼眸："嗯。"

"谢谢将军。"

接下来的几天林晗确实很忙。由于选拔进行到了第三阶段，林晗一直在训练场之间奔波，贺云霆则继续留在指挥室，没有再过来。

而与之前有不同的是，士兵们发现，那名清瘦的、好像有洁癖的特聘机甲师，最近没有戴上那双白色手套。

林晗也会在偶尔闲下来时想起那天的事，他觉得这样也好，毕竟当时他也只是一时冲动，想起当时贺云霆的心声，如果林晗真的忍住情绪，全复述出来了，结局也不一定会有现在好。

那就这样吧，林晗想，至少他跟贺云霆之间，有了一种名为信任的东西。

林晗不知道自己对贺云霆究竟抱着一种怎样的情绪，但他时常会想，也许到了某个时刻，他还是会告诉贺云霆这个事实。

而贺云霆这两天没空想别的，完全是因为之前林晗说的关于闻天尧的话，——得到了印证。

"老大，"陆安和在通信器里说，"这两天我偷偷问过了，又找人问到了最近王子殿下的行程，虽然没有通信记录，但还是能查到一些蛛丝马迹。"

"他跟罗琪先生有联络不是一天两天了，在我们击溃星盗之前，他们就已经搭上线了。"

"以前没人察觉，是因为每次他在与罗琪接触后，总会用一些其他的事情遮过去，要么装成探访的样子去议会，要么直接跟姜连那边联系。一来二去的，就没人往那边想，只有对比才知道线索。"

陆安和把最近查到的线索发送给贺云霆："但无论是庆功宴还是晚宴上的刺杀，他似乎都没有参与过，也是真的不知情。"

"知道了。"贺云霆淡淡道。

陆安和汇报完，还是很好奇消息的来源："林先生居然连这都能知道，如果不是他提醒，我压根不相信，闻天尧会是罗琪那边的人。太奇怪了，上次议会罗琪还在拼了命地指责虫族蛮横无理，就算赢了一次战争，也缺乏教训，当时你记得吧，闻天尧也在场，还劝他冷静些呢。"

"不过不管怎么样，还是谢谢林先生能把这些消息告诉我们。"陆安和说。

两人又交流了几句，贺云霆挂断了电话。

他没具体跟陆安和说林晗是怎么知道那些消息的。

但陆安和好像也很信任林晗，没有多问，结果按照他说的查下去，还真的没错。

贺云霆看着手中的资料，回想起那一天。

他也是第一次对人说出"信任"。

他的经历让他没有办法很快地相信任何人，可是在林晗说出他会读心的时候，还是有了别的情绪。他到现在也不知道当时林先生为什么要这样对自己说，但在那一阵情绪过去后，贺云霆心里又奇异地变得平静。

贺云霆会对帝国的子民负责，也永远有着自己的一份坚持。

但在触到对方手心的那一刻，贺云霆又觉得，无论如何，林晗都不会骗他。

虽然"信任"这个词看上去虚无缥缈，可他对林晗说不出拒绝的话。

贺云霆做好了准备，就算林晗骗了自己，他也能继续对帝国忠心耿耿——但在有那个可能之前，他想先遵从内心。

所以，即便后来林晗说错了他的心声，在对方将要离开的那一刻，贺云霆还是叫住了他。

虽然你可能真的不会读心术，但我还是选择相信你。

第六章

第三轮的选拔还在继续。

林晗逐渐适应了基地的生活，每天定时定点用营养剂，安安心心工作，不忙的时候还可以顺便继续鼓捣之前在研究院设计的新机甲，生活倒也逐渐变得规律。

由于第三轮的任务多半需要林晗在训练场盯着，即使他几乎不怎么跟那些士兵聊工作以外的事，但还是渐渐与他们熟悉起来。

林晗望着训练场内的机甲发呆。

他之前偶然听说，贺云霆最早的时候也是这么过来的，他当时的成绩放到现在，依旧没人能超越，当时的训练内容比现在要残酷得多，他却以第一名的身份坚持了下来，直接进入了精英队……最后一路披荆斩棘升到现在这个位置。

他当时，是个怎样的人？会不会跟现在一样？还是说，有很大不同？

每天都有人淘汰，每天都有机甲损坏，每天都有士兵因为各种各样的理由而被扣分……林晗有时候看着这些士兵训练，都觉得这个赛制过于严苛，更别提第三轮过后，还有最具不确定性和最残酷的第四轮。

林晗听说第四轮是实战演习，但最关键的是地点不再局限于基地内，而是直接将这些通过第三轮选拔的机师扔到广袤无垠的星际，进行最后的磨炼。

就算基地会尽力保证他们的安全，但谁也无法预料会发生什么——星盗、虫族以及各种奇怪的变异生物……在星际中，资源永远是最大的矛盾点，而在星球与星球的间隙，那些无法划分区域的灰色地带，往往潜藏着无法预估的危险。

　　一般在第四轮里，特聘的专家会留在战舰上或者指挥中心，为了保障安全，一般更倾向于远程指导。

　　甚至有一年，某个特别惜命的机甲师直接申请不参与第四轮实训，最后也审批通过了。

　　不过现在还是第三轮，林晗暂时没有想那么远。

　　而且再怎么样也是演习，危险虽有，但这些年来也没出过什么大事。

　　这天，林晗结束一天的工作，刚从训练场出来，就迎面遇上了本次选拔一直名列前茅的祁嘉木。

　　"林先生好。"祁嘉木对着林晗笑，"今天也辛苦您了。"

　　他的五官看上去并不锋利，现在是晚饭时间，训练暂告一段落，大家还在休整，祁嘉木的表情放松下来时，有一种带着阳光的少年气。

　　他很有礼貌地跟林晗打招呼，毕竟最近在第三轮，他是最麻烦林晗的那个。

　　林晗看着他年轻的脸。

　　这几天祁嘉木的机甲总出故障，不是内部程序失灵，就是精神力连接异常，因此林晗有一半的工作时间，都是在帮祁嘉木调试机甲。

　　其实他本人训练成绩一直很好，几乎没什么失误——但大概是枪打出头鸟，在私下里，他也是不少新兵看不顺眼的对象。

　　打压和结党无处不在，而这样优秀的人，要么被众人巴结，要么一撮人发现巴结不了，就转而攻击。

　　祁嘉木在选拔中的表现太亮眼，而他本人看上去虽然没有贺云霆这样不近人情，却也不算好相处——他不会跟你多聊什么，遇见任何事都是同一副表情，不会结交朋友，一个人独来独往。

　　渐渐地，有了小团体的人就开始有了别的想法。

　　但基地规矩多，选拔还有扣分制度，大家总不能明着打压，但又忍不住想动点手脚。

143

而第三轮的选拔，终于让他们找到了机会。

他们开始借着各种理由"参观"祁嘉木的机甲，然后在某些细节上做手脚——这样祁嘉木要么自己受罪，要么就要请机甲师帮忙调整修理。

基地里明眼人都看得出来上将对林先生格外照顾，且之前偷偷观察林先生的人都被扣了分，而祁嘉木的机甲总是出事，林晗就会频繁地跟他接触。

不少士兵窃喜，这不就是往上将枪口上撞吗？

林晗不傻，大概能猜到一二。

他不知道祁嘉木为什么总是不说，自己又不好直接点明，只是淡淡地说了一句："有什么问题随时可以说，自己要注意安全。"

祁嘉木垂下眼，"嗯"了一声："谢谢林先生。"

告别了祁嘉木，原本要回房间的林晗想了想，转了身，往另一个方向走去。

走进贺云霆房间时，对方身上还穿着来不及换下的作训服。

这几天两人没怎么见面，见他来了，贺云霆没说话，只是眼神中流露出了一丝疑惑。

"将军，"林晗没打算绕弯子，直接切入正题，"我有事要跟你说。"

陆安和正在一旁吭哧吭哧地吃零食，听见林晗这么说，眼睛都睁大了，嘴里还包着东西像个仓鼠，不知道该不该走。

怎么，林先生终于开窍了，打算拯救自家老大了吗？

贺云霆扫了此刻正用眼神表达各种情绪的陆安和一眼。

——吃你的，不用走。

迅速理解了贺云霆意思的陆安和恨铁不成钢地回了一个眼神，心说我其实是想出去的。

他咽下嘴里的东西，喝了口水说："林先生您说，不用管我。"

林晗点点头："我今天接到了王子殿下的通信。"

陆安和听到这个，立刻收起了漫不经心的姿态："提到这个，还没来得及跟林先生转述这两天的事。"

陆安和随即对林晗说了他对闻天尧的私下调查："综上，我们确认了闻天尧确实跟您说的相符，他的确不属于中立派——因为消息需要验证，还请林先生见谅。"

"没事。"林晗点点头，毕竟贺云霆现在看上去还是不相信自己有读心术的，而自己的话毕竟涉系帝国王子，查一查很正常。

林晗说："他今天……跟我聊了一些，关于第四轮实训的事。"

第四轮实训毕竟是最关键的一环，能不能筛选出最优秀的机师要看这一轮，因此一般基地都会派出战舰，把那群新机师送到边区，再通过演习，实时观测每一位机师的情况，最后选出最优秀的人员留下。

陆安和"嘻"了一声。

林晗继续道："但王子殿下说，他也会一同前往，还托我向将军问好。"

贺云霆眉头皱了起来，神色不耐。

"我听他的意思，"林晗说，"似乎是想在战舰上，再进一步向将军示好。"

在闻天尧看来，林晗是个好操纵的人，而在外人看来，王子频繁与上将往来，不过是两个秉持中立态度的人的社交罢了。

没人会知道闻天尧盘算的不过是贺云霆手中的兵权，是持有帝国最精锐机师的机甲部队。

"我知道了。"贺云霆开了口，"谢谢林先生。"

林晗点头，说了句不客气，正打算离开，就又被贺云霆叫住了。

"林晗，"贺云霆抬眸看他，语气没有波澜，"如果实在不想去第四轮实训，可以提前回研究院。"

毕竟也不是没有过这样的先例。

陆安和补充道："林先生别担心，第四轮实训虽然会去边区，但您只要在战舰上远程指导就好。"

林晗笑笑："既然是基地特聘我来的，就没有事情没干完提前退出的道理。放心吧，我没有那么娇生惯养。"

贺云霆却只看着他，眸色深沉。

林晗不知为什么被他看得有些心慌，站起身来想要告辞："而且陆中

校说了，只要在战舰上就是安全的——如果我不去的话，若机甲突然出些什么问题，你们没法解决。"

当然，闻天尧也要去现场，这样一来，还可以顺便听听他到底想要做什么。

这句话林晗没说。

"嗯。"片刻后，贺云霆才开口，"那到了战舰上，林先生跟着我。"

"不要离开我的视野范围。"

贺云霆在说最后一句话的时候，林晗终于听出了一丝命令的意味。

就好像这才是他平时与人沟通的语气，之前传入自己耳中的那些心声，都遥远得像另一个人。

但林晗并不觉得不舒服，正因为他听过贺云霆其他的心声，此刻才能明白，对方只是不想有任何意外发生。

他点点头，应道："好。"

毕竟陆安和还在场，林晗没有再往前走，而是站在门边跟贺云霆道了别。

反正，现在贺云霆想什么，自己应该大致能猜到。

林晗想。

第三轮训练周期比较长，而在月末，所有参与选拔的士兵，终于有了半天的喘息时间。

一般这种时间大家都在休息，也有一些士兵的亲属会选择这个时候，来探望自己引以为傲的家人。

毕竟只有半天时间，且来基地探望需要层层申请，批复很慢，过程也麻烦，因此能来的人其实并不多。

林晗就是在这天看见祁嘉泽的。

那是一个看上去十分瘦小的少年，模样清秀，个子不高，露在衣服外面的纤细四肢有一种近乎病态的苍白。他脸上没什么表情，一步一步走得也很慢，像是在思考什么，又似乎什么也没想。

那时候林晗正在为第二天要用的机甲做最后的检修，忽然听见有人朝训练场外叫了一声。

"阿泽！"祁嘉木隔着人群叫着他的小名，扬起脸对他笑，举起手挥了挥，示意他过来，"哥哥在这里。"

毕竟这几天祁嘉木时不时会与自己说话，林晗有些熟悉他的声音，这才抬眼望去。

而前来探望的少年听见这个声音，整个身体像是过电般僵了一下，这才缓缓抬起头，神色有些茫然，努力循着这个声音，开始四处寻找源头。

"哥……"他嘴唇动了动，喃喃道，然后终于看见了祁嘉木朝他不停挥舞的双手。

"阿泽，这边。"

祁嘉泽原本平静无波的眼眸终于亮了起来，唇角也一点一点上扬，终于像恢复了生气一样，步伐加快，开始向着对方奔跑，脚步笨拙，速度却越来越快，最后险些栽倒在自己哥哥面前，被祁嘉木一把扶住。

林晗原本觉得没什么，只感觉这个弟弟看上去有些呆滞，收回了视线，继续钻进机甲工作。

可就在他转身时，却看见了那瘦小的背影。

虽然他一下子没有看出什么异常，但他的直觉告诉他，这人有些古怪。

祁嘉泽正在跟哥哥说着什么，嘴唇动得很慢。

为了不引人注意，林晗走进驾驶舱内，关上舱门。

因为这段时间他都活跃在训练场内，没有人会对他起疑心，大家都知道林先生业务能力很棒，机甲有什么问题到他手上都能很快解决。

林晗戴上头盔，启动了机甲，再小幅度地调整视窗。

他虽无意偷看兄弟两人的会面情景，但还是将视野窗移到了靠近祁嘉泽的位置。

明明他什么也不知道，却总有一种不安涌上心头。

林晗一边在心里给祁嘉木道歉，觉得不应该这样观察他的弟弟，一边还是点开了放大功能，通过机甲视野窗看着他们的一举一动。

祁嘉泽看上去年龄不超过十八岁，发梢像是褪了色，虽然是黑发，却透着一种不健康的光泽。

祁嘉木眼睛有些发红，表情也不如林晗之前看到的冷静。

林晗听不清两人在说什么，但他总感觉两人之间的沟通有些奇怪。

祁嘉泽从来不会主动开口，每次都是对方说了很长的一段话后，他才会迟钝地点头或者摇头，然后开口说话。

找不到异样，以为自己多心了的林晗正打算把视野窗撤掉。祁嘉泽忽然毫无预兆地转过身，眼睛直直地盯着林晗所在的机甲。

这种猛然被注视的感觉让林晗心头一惊。

他现在戴着头盔，又是在机甲内部，还隔了视野窗，祁嘉泽是不可能看得到自己的，最多只能观察到这台机甲的某个侧面。但祁嘉泽的眸色很淡，瞳孔比一般人略小，看上去总让人觉得不舒服。

不过他只盯着林晗的机甲看了两秒，又重新转过身，好像跟祁嘉木聊完了，开始一步一步地往基地外走。

林晗的心脏怦怦直跳，不由得有些紧张，但还是继续盯着祁嘉木离开的背影。

对方走得很慢，步伐均匀，连垂下的双手摆动的姿势都如出一辙，让林晗总觉得……他像一个被输入了指令的机器。

在祁嘉泽快要走出训练场时，林晗终于在他身上发现了异常。

他的头发稍长，也没有好好修理过，但林晗还是注意到了他的后颈——

有一个很深的、陈旧的伤疤。

林晗回到房间以后，还是没有办法忘掉那个男孩。

不光是他后颈上的伤口，那缩小的瞳孔、僵硬的表情，以及不太协调的步子，都让林晗心生疑虑。

是做过什么手术，导致有了不可逆的损伤吗？

但林晗清楚地看见了那个疤痕，不像是最近才产生的，倒像是陪伴了主人数年，只是伤口太深，痕迹没法消除。

可他那么瘦小，那么脆弱，看起来一点威胁也没有。

林晗想起第一次跟贺云霆见面时，那名趁对方受伤、故意用门狠狠地撞上贺云霆右肩的侍者。

那个人看起来也没有任何攻击性，甚至比一般人还要瘦弱一些。

至于闻天尧举办晚宴那一次，由于贺云霆不让自己面对那个场面，林晗没能亲眼见到。

他心中疑惑渐深，忍不住搜索了一下贺云霆遇刺那天的新闻。

可令他感到奇怪的是，铺天盖地的报道中，没有一张现场照片，只有一两家媒体公布的那名行凶者的信息。

林晗看着光屏上的报道，行刺者纤弱清秀……至于后颈处有没有伤口，林晗无从得知。

而在这一天之后，原本就已经位列第一的祁嘉木似乎更加拼命起来。

有人说每天天不亮，祁嘉木就一个人到了训练场，晨练时间比任何人都长，而整天的选拔中，祁嘉木从不失误，每一项指标都努力追求完美。而在一天的训练结束后，他也是最后一个离开。

有些人感到不解，他明明已经是第一名了，是不是太想进贺云霆的精锐部队了，要在选拔期间就引起贺云霆足够的重视。

即便如此，那些眼红的人依旧会对他的机甲做手脚，但祁嘉木都一言不发地忍受下来，然后更加努力地完成各项任务。

在第三天有人弄坏了祁嘉木的语音指令程序时，林晗终于有了修理他的机甲的机会。

"麻烦林先生了。"林晗走近驾驶舱，祁嘉木站起身来，礼貌地说。

祁嘉木刚要离开驾驶舱给林晗让位置，就被叫住了。

林晗说："小问题，不用走，几分钟就能好。"

祁嘉木闻言，听话地负手立在原地，安静等林晗处理："好。"

林晗眉眼动了动，突然有些紧张。

他处理故障的速度很快，祁嘉木全程也一言不发，但好歹林晗这几天算是跟他接触次数比较多的，在他迅速处理完问题后打开机甲的自检程序时，轻描淡写地问道："前两天那个男孩，是你的弟弟吗？"

林晗敏锐地观察到祁嘉木的双手猛地握紧了，片刻后才开口，嗓音发涩："……是。"

"怎么了，林先生？"他有些不安地问。

149

"没什么，"林晗随意道，好像只是闲聊两句，"就是感觉你弟弟身体不太好。"

祁嘉木声音紧了紧："他从小体质就差，后来我到核心区来上学，有很长一段时间没见过他。"

"嗯。"林晗不经意地问，"没有去治病吗？"

"有的。"祁嘉木答得很快，"有的，林先生。"

林晗修好机甲站起身，明白对方估计不会再答什么了："好，那希望你的弟弟平安。"

只是一句最简单的话，可祁嘉木在听见林晗这么说后猛地敛下眼，深吸了一口气，像是在调整情绪，等重新抬头对林晗说话时，眼尾带着一抹被死死压住的红："谢谢林先生。"

林晗的手停在半空，最终还是收了回去："没事。"

他是想用自己的能力打探一下这兄弟两人究竟有什么难言之隐。

可大概是祁嘉木的眼神太真诚，他见到的表情太悲伤，林晗忽然就有些不忍。

就算伤痛也是别人的东西，自己不应该不问自取。

林晗在训练结束后找到了贺云霆。

这些天他时不时会往指挥室或者贺云霆的房间走，基地的许多人都在讨论林先生果然是上将亲自请来的专家，待遇就是不一样。

林晗不太在意这些言论，只是站在贺云霆面前，还是提出了困扰了他两天的疑问："我有事想问将军。"

陆安和吃饭去了，房间里只剩贺云霆一个人，他将外套挂好，这才转过身回答："怎么了？"

林晗本想直入主题，可话到了嘴边，最后却变成了："将军的肩伤……怎么样了？"

贺云霆大概没想到林晗来找自己第一句话是这个，顿了一下："已经快好了。"

又过了两秒，贺云霆好像想到什么，又生硬地补了一句："谢谢林先生关心。"

不管怎么样，这个答案都是好的，林晗舒了一口气："那上次行刺将军的人……查到底细了吗？他是不是，后颈被破坏过？"

贺云霆挑了一下眉，但又很快恢复冷淡："是。林先生怎么知道？"

林晗迟疑了一下，还是把自己那天看到的事大致跟贺云霆说了。

"我总觉得很奇怪，又联想到将军上次遇刺的事，这才过来的。"林晗说。

这次贺云霆陷入了很长的沉默。

林晗以为贺云霆在回想，没有打断他，却在漫长的静默中，听见了贺云霆的回答。

"——知道。"

"但是已经没法查证了。"

林晗没想到贺云霆居然给出了肯定的答复："是什么……"

这样后颈受损的人有多少？都经历过什么？

可贺云霆的表情没变，只是语气更加冰凉："……抱歉。"

"军方机密，不能告诉林先生。"

林晗张了张嘴，最终还是什么也没说："好。"

贺云霆湛蓝色的眼中没有情绪，林晗不知如何形容自己的心情："那么，我先走了。"

贺云霆看着林晗。

在林晗走到门口时，贺云霆还是叫住了他："对了，林先生。"

"第四轮实训，需要重新核对所有登上战舰人员的信息。"贺云霆说，"本来想让陆安和通知你，不过你既然来了，就直接把最新的个人信息传过来吧。"

林晗愣了一下："好。"

这次贺云霆没再挽留，两人也没有握手。

第三轮选拔正式结束，最终留在基地的新人机师不到两百名。

而他们即将面对的第四轮实训，才是他们能否最后留在这里的关键。

基地已经在做准备了，这次选定的演习地点位于M星系偏远的边区，与奇行生物星系毗邻，稍远处则是一些管理疏松的自辖小星球。

151

在出发前，基地给了众人一天半的时间修整，但仍旧不开放与外界的通信，目的只为了让即将出发的众人做好准备。

林晗难得闲下来，一天没出门，一个人在房间里继续查阅着相关资料。

林晗本就不爱社交，来基地之前几乎就是研究院和家两点一线，接触的人也不多，要一下子回想刺杀的情景，他还真没多少印象。

基地的内网是全程监控的，因此林晗搜索的范围有限，在他现在查到的信息中，几乎没什么特别有价值的。

一切重新陷入僵局。

林晗不觉得贺云霆拒绝告诉自己是件多么过分的事，他有他的坚持，自己虽然好奇，也不能不顾别人的感受。

他只是隐隐有些不安。

但他相信贺云霆能处理好一切，也相信如果他真的需要自己，一定会提出来。

林晗靠在沙发上，看着相框。

他眯着眼睛有些犯困，在从相框内母亲的面容上移开视线抬头看向窗外时，忽然想起了今天的日期。

是母亲还在时，每年都会温柔地说"晗晗生日快乐"的日子。

林晗忽然就失了些兴致，整个人越发深地陷进沙发里。

母亲去世以后，他就没怎么过过生日，可大概是之前的生日所获得的幸福太多，就算林晗刻意不去回想，也总能记得这一天。

母亲说，晗晗不要忘记，妈妈每年都会对你说生日快乐的。

林晗眼眶有些发涩，他闭了闭眼，轻轻地呼出一口气。

妈妈，我的每个生日都还算快乐。

林晗不知睡了多久，忽然被一阵敲门声叫醒。

他睁开眼，窗外的天色开始变得暗淡，而敲门声很有耐心，执着地一下一下叩着。

刚才的睡姿不太好，加上一下子过了晚饭时间，又没有用营养剂，四肢开始发沉，变得酸软无力。

林晗站起身，疑惑地走到门口。

贺云霆站在门外，身形高大，见林晗忽然开了门，还有一瞬的愣怔。

"将军？"倒是林晗先开了口，"出什么事了吗？"

没想到贺云霆隔了好一会儿才很轻地摇头："没事。"

"今天是林先生生日？"

林晗愣了一下："将军是怎么知道的？"

贺云霆迟疑着说："从林先生上次传过来的资料里偶然发现的。"

林晗看着他。

贺云霆似乎有些紧张。

好在林晗没打算让贺云霆站在门外尴尬："先进来吧。"

贺云霆穿着常服，银色的头发有几缕垂到额前，即使看上去还是十分冰冷，但在晚霞的映衬下，竟然也像被镀上了一层不属于他的温柔的暖光。

林晗关上门："今天的确是，不过……"

不过您来做什么呢？

贺云霆在原地站了一会儿，忽然从随身的军裤里拿出什么东西。

"我是来给送林先生生日礼物的。"他道。

林晗正要给贺云霆倒水的动作僵住了。

他转过身，抬眼看他。

只见贺云霆笔直地站在自己面前，神色冷淡，语气却有种不易察觉的紧张。

林晗看向贺云霆的手："这个……"

"有一次出任务时遇上陨石坠落，当时为了躲避，在某个小星球上待了半天。"贺云霆解释道。

大概是因为不善言辞，贺云霆在每次说长一些的句子时，语气总变得跟平常不同。

好像此时他不再是那个高高在上的冷漠军人，身上背负的东西短暂地被卸了下来，他也可以是一个有血有肉的普通人。

贺云霆说："当时为了等陆安和归队，随手捡了一块带回来。"

当时返程经过另一处时，他意外发现了那颗最大最亮的陨石没有被大

153

气层烧毁气化，而是跌落后留下了一个深坑，陨石的碎片散落其中。

　　说不上有什么特殊的意义，但贺云霆也没有扔掉它，而是一直放在基地里。

　　"最近都待在基地，没空出去，也找不出什么好一些的东西能给林先生的……想了想，就干脆拿了这个。"

　　贺云霆向前一步，摊开手掌——那是一块其貌不扬，一半光滑、一半粗糙的墨绿色陨石，上面有着来自数万光年外的星星的气息。

　　它可以只是一块陨石，但也可以是一颗星星。

　　贺云霆将那枚流星的碎片放到林晗的掌心："生日快乐。"

　　同时心里的声音响起——

　　"有些机密暂时不能告诉你。"

　　"但还是希望林先生不要不开心。"

　　贺云霆将陨石放在他的手上。

　　林晗掌心的东西还带着贺云霆的温度，而他本人的思绪还停留在对方说出口的"生日快乐"里，有些恍惚。

　　他太久……没有听过这几个简单的字了。

　　他低头看着那块绝对称不上好看的、形状独特的石头，胸腔好像被什么轻而温柔的东西填满了。但大概是心脏空了太久，陡然装了别的东西，在这一刹那，有种奇异而酸软的情绪冲上来，再扩散开去，一直蔓延到林晗的指尖。

　　林晗用五指将那块小石头包住，垂下眼，低声说："谢谢将军。"

　　他以为自己把祁嘉泽的事情对贺云霆说，对方就会告诉他关于刺杀的相关信息。

　　可他告诉贺云霆是自愿，不代表对方就要违背原则，对自己透露机密。

　　这个道理林晗明白，但他没想到，贺云霆居然会如此小心翼翼地来找自己，原因只是觉得自己会生气。

　　贺云霆见林晗许久没说话，刚才的局促未消，好像还产生了误解，以为林晗不喜欢自己送的东西。他停顿了一下，解释说："林先生别嫌它丑。"

林晗闻言，抬眼看他，想说自己没有。

"……它真的是一颗星星，没有骗你。"贺云霆没等林晗开口，补充道，"林先生要是不喜欢，有机会的话，我再去找一块。"

反正还有许多机会。

林晗听到这里，才终于明白了贺云霆话里的意思。他终于扬唇笑起来，纯净的黑眸闪着光，胜过那日贺云霆见过的明亮星辰。

"谢谢将军的星星，"林晗握着这颗来自数万光年外的礼物，"我很喜欢。"

贺云霆这才像是放下心来——而他不再紧张后的表现，就是表情重新变得漠然。

但林晗却不再觉得这张脸有多么不可接近，反而对自己能触及贺云霆冷淡背后细腻柔软的情绪，而感到一丝窃喜。

这些小秘密，只有我一个人知道。

林晗见对方还站在原地，似乎在思索着什么。

"将军？"林晗叫他，"怎么了？"

他看见贺云霆神色中有疑惑。

林晗回想起来，陆安和曾经说过，将军从不过生日，应该说，连自己的生日是哪天都毫无印象。

贺云霆问他："这种日子……除了送礼物，还要干什么？"

这么一说，贺云霆生日那天也没有好好过。

不仅没好好过，还差点被人刺杀，导致肩上的伤口迟迟不愈。

林晗在这一瞬有些后悔，自己那天不应该对贺云霆有情绪，或者说，至少应该再多陪一陪他的。

林晗回想了一下："好像也没什么。母亲还在的时候，会买个蛋糕，然后让我许愿。"

林晗说着说着有些不好意思："……不过那都是很多年以前了，现在看来还蛮幼稚的，那时候许的愿望也都简单，好多都记不清了。"

他勾了勾嘴角，重新看向贺云霆，对方表情不变，又似乎若有所思，他不愿贺云霆再为自己费神，主动说道："明天就要出发了，将军现在应该很忙吧。"

155

"能听到'生日快乐'已经很好了，"林晗说，"其他的都不必准备了。"

"可是，"贺云霆开口，音调低缓深沉，好像在做最简单的陈述，"……林先生，没有许愿。"

"我之前听人说过，流星也能实现愿望。"贺云霆道。

林晗看见贺云霆握着水杯，有些粗糙的手指一下一下敲打着杯缘，水面漾起一圈涟漪，与他此刻的呼吸频率重合到一起。

"林先生可以试试看，"贺云霆转过脸来看他，"如果可以的话，我也许能帮忙实现。"

"……希望林先生心想事成。"

最后这句话听上去终于有了些贺云霆专属的、不解风情的味道。

他不知道许愿是要放在心底的，只是单纯地想要帮他实现愿望。

林晗看着贺云霆，有许多话渐渐堆了上来。

比如，您到底是怎么看我的？

林晗看了贺云霆好久，看到对方终于有些不自在地移开视线，他才闭上眼。

三秒后，林晗重新睁眼，对着贺云霆笑，说："好了。"

对方似乎没弄明白为什么林晗不愿意把愿望说出来，但最终没有追问，只是又在他房间里待了一会儿才准备离开。

直到贺云霆走之前，他还是不放心地跟林晗最后确认了一遍："如果林先生实在不愿意参加第四轮实训，现在退出还来得及。"

"将军，这是我的工作。"林晗无奈地看着他，不过还是好奇地问了一句，"不过一般实训大概需要多久？我好多拿些营养剂。"

贺云霆思考了一下："一切顺利的话，大概半个月。"

林晗点点头，在贺云霆走后，开始准备起来。

他没去过太多地方，小时候和母亲住在Q区，长大以后就来了核心区，其他地方都只在视讯和新闻上见过。

边区听上去有些可怕，但他却隐隐有些兴奋，想看看不一样的夜空。

第二天清晨，基地全员警戒。

无论是否参与第四轮选拔，所有士兵都穿上了庄严的正装，站得笔直，做登舰前最后的准备。

　　林晗不属于任何一个方队，只站在场地外。

　　闻天尧果然如他所说，也到了现场，但既要启用基地战舰，即使是皇室血统也要与所有人一同登舰。

　　他身着一身华服，袖口和衣领处是精致的皇室花纹，站在离方阵不远处，一言不发。

　　即使只是演习，但启用战舰约等于出征，军士们将在临行前宣誓，效忠帝国。

　　周围一片肃静，无人有半点轻忽。

　　不多时，伴随着一阵沉稳的军靴声，众人目光应声而动。林晗看见穿着一身苍青色军服的贺云霆走进来，面容冰冷，背脊挺直如青松白杨，手里握着象征最高荣誉的帝国权杖，每一步都带着绝对的威严，在众人面前站定。

　　他看见对方军服上的勋章与绶带，以及冰冷的闪着光的上将肩章。

　　他看见贺云霆左手垂在腿侧，缓慢而果决地抬起右手，以一种坚韧庄严的姿态抵在心口，眼神凛冽，薄唇微动。

　　"吾等以生命起誓——"

　　千千万万的士兵肃容，右手以同样的姿势抵在心口，此刻所有人的心脏频率汇于一处，心情激荡，共同宣誓。

　　"吾等以生命起誓——

　　"信念与忠诚赋予帝国，以光铸剑，以星作矛，以血为刃，行于混沌之银河，踏遍赤焰之深渊，愚蠢与罪恶终将化作灰烬，唯荣耀与胜利终归吾身！

　　"唯荣耀与胜利终归吾身——"

　　军士们的宣誓回荡于基地内，闻天尧也摘帽，嘴唇紧抿，对所有士兵行皇室礼仪。

　　仪式结束后，林晗也跟着大家到了基地的最北边，开始登舰。

　　贝尔法斯特号是帝国最辉煌的军舰，可以承载无数小舰与机甲，其军备与武力也堪称顶尖。早在前一天，舰载机甲已经准备完毕，而以防

万一，攻击力卓越、战功显赫的M2742和拥有顶级防御力的"宙斯之盾"也已经运载上舰，所有参与人员接受过最严苛的检查后方可登舰，再根据职位与身份，进入到每一个不同的领域。

林晗跟随贺云霆与陆安和直接进入贝尔法斯特号的舰长室。闻天尧不在此列，去了低一级的指挥舱。

从基地一直巡航到边区，大约需要三天时间，待选拔的新人机师们难掩兴奋，在可活动的区域内不停奔走，满面通红。只有祁嘉木紧绷着脸，比平日还要严肃许多，看不出任何激动的情绪。

林晗透过舰长室的监控看着他。

自己也是第一次登上这种级别的军舰，且因为贺云霆开了口的关系，还特例让他一直跟着他。

贺云霆身兼贝尔法斯特号的舰长，一旁的副手除了陆安和，还有战舰的副舰长叶凌。

在与下方的操作台进行过一番沟通后，巨大的引擎轰鸣声响起，战舰离地，驶向往边区而去的专属星道。

每年这种时候都是帝国子民最兴奋的时候，他们无意发动战争，但却以贝尔法斯特号为傲，而能驱动战舰的，就是每年的第四轮机师实训。

他们虽然不能近距离接触战舰，可无数人还是自发地来到了离星道最近的位置，目送这一艘巨大的战舰远行，有人欢呼，有人惊叹，有人眼含热泪。

而在一阵失重之后，贝尔法斯特号终于驶入了属于它的星道，战舰开始提速，带着帝国未来最精锐的军士们，往宇宙未知的地方飞去。

是一场轰轰烈烈的航行，又像一次壮丽盛大的流浪。

一切都有条不紊地进行着，在做好铺垫及加速后，贝尔法斯特号终于稳定下来，开启自动巡航，众人也得以松一口气。

战舰配备了与基地同等规格的内勤、充足的物资与空间，让机师们在这三天拥有了久违的轻松。

林晗很好奇。

他是第一次登舰，也是第一次航行于太空。更何况，他还是在舰长室内，以一种不同的眼光看着这一切。

跟他想象的相同，又不同。相同的是，宇宙果然如他所想的广袤浪漫，即使受星道所限看不见太远的地方，他依旧热血沸腾；而不同的则是他的心境。

第一天白天的航行平静无波，因为星道距离问题，还在帝国M星境内行驶。

而这一天晚上，当林晗想要回到休息室时，却被忙碌了一天的贺云霆叫住了。

"林晗，"贺云霆音色沉沉，叫他的名字，"你想不想近距离看一看星空？"

林晗闻言停下脚步。

他迟疑了一下："可是现在……"

现在什么也看不到。

而且林晗也曾经不止一次地看过这一成不变的星空。

贺云霆却没有直接回答，反而问了他一个与此无关的问题："你有没有听过艾尔茵尼霍星云？"

林晗回忆道："好像听过，但没什么印象。"

"那是在边区才能看到的奇景。"贺云霆往舷窗外望去，看见一片黑沉的天，"现在还在星道穿梭，看不见。"

林晗"嗯"了一声，又听见贺云霆说："我之前见过两次。如果这次能见到，想带林先生看看。"

林晗总觉得贺云霆在那次生日后，对自己说的话逐渐变得多了些。

他开始试着说出自己心里想的，虽然还是很生硬。

大概是看见林晗今天一天都在不停地往舷窗外看，贺云霆解释道："第一天是看不到的。明天战舰飞船跃迁成功后，林先生就可以看到了。"

林晗没想到自己的举动居然被贺云霆留意到了，于是点了点头。

好奇与渴望，都是真的。

他知道自己的体质，是注定无法航行于星河的。

可他就是无法自控地想看到，那些遥远的星云与浪漫而孤独的星球。

"林先生跟我来。"贺云霆说着，给了林晗选择的权利。

如果他不愿意，可以现在就回到自己的舰舱。

林晗跟着贺云霆一路向上走，来到一处不大的房间。

"这是以前用来观测的房间，"贺云霆解释，"不过后来战舰升级，许多功能都合并在一起，不再需要专人来此观测，就闲置了。"

林晗走了几步，打量着房间四周。

"这里也是最佳的观测平台之一。"贺云霆说。

不用穿上宇航服，也不用打开星航仪。在这安静的一隅，就能最大限度地与太空接触。

"我当时第一次看见艾尔茵尼霍星云，也是在这个房间。那时候已经在返程了，只来得及看到一个侧影，现在想来还有些遗憾。"

林晗好奇地问："为什么遗憾？后来不是又见到了吗？"

贺云霆不置可否："可每一次的艾尔茵尼霍星云，都是独一无二的奇景。"

"不过我不知道什么时候可以遇到——也许是抵达边区的那天，如果林先生愿意的话，我想邀你一起看。"

贺云霆有些时候说的话十分直白，林晗是经不住呼吸一快："好。"

"那我明晚在这里等你。"

"不要告诉其他人。"

战舰跃迁比想象中顺利。

第二天大家开始适应战舰的生活，闻天尧似乎有点犯晕，一天都没出房间，还好随行带了医生，进去看过后说并无大碍。

贝尔法斯特号行驶在自己专属的星道，在漫长的白天过后，它终于开始找到适合的角度与空间回缩，最后成功跃迁，开始光速飞行。

在一阵极致的黑暗后，他们终于进入了想要的轨道。

跃迁时整艘战舰除了指挥室和舰长室，所有的舷窗均自动关闭，等一切归于平静后，已经过了许久。

即使现在已经没有昼夜之分，但林晗一直数着时间，走向前一日与贺云霆约定好见面的观测室。

而贺云霆已经在那里等着他了。

"你来了。"他说，"这是今晚的星空。"

贺云霆走到特制的观测窗前，按下了升降按钮。

被遮住的画面一格格浮现出来，在这个并不大的观测室中，林晗终于隔着一层特殊玻璃，看到了曾经离自己万分遥远的星空。

——这是他第一次如此近距离地直面星空。

不同于他在帝国见到的一成不变的星空，此刻他们穿梭在银河中，巨大的战舰在此刻变得宛如尘埃，而经过他们身边的是各种各样大小不一的星云。

每一颗星辰都独一无二，每一片星云都美得令人心惊。

有的星球很小，靠反射其他恒星的光，有的内部正在灼烧，有的还在飞速转动。

林晗幻想过很多次流连星河的场景。

在梦里，在想象里。

却没有一次像现在这样，被某种突如其来的感动包裹。

他胸口剧震，心跳加速。

他曾经奢求的星际尘埃，此刻一一列于眼前。

那种感觉太强烈，林晗不知道从何而起，只觉得鼻尖酸软，心口发疼，几乎要落下泪来。

无关其他情感，只是这一刻的他忽然被宇宙包围，催生出一种难以名状的悲伤。

在这一刻，林晗想了很多，想自己热爱的事业，想他曾经奢望过的机甲驾驶，他开始觉得自己浅薄，觉得无所适从，觉得宇宙广袤无垠，而自己渺小得可怕。

他咬牙想忍耐，他还想再看看这片星空。

而贺云霆似乎察觉到了异样。

"林先生？"贺云霆语气有些急切，"你还好吗？"

林晗想说还好，想说没事，但在这一刹那几乎连说话都觉得无力，奇异的窒息感涌上来堵住他的喉咙，让他张口欲言，却终究没有出声。

而在窒息感过后，接踵而至的就是冲击神经的晕眩，林晗闭了闭眼，

想甩掉这种感觉，但在昏沉的失重感中脚下一软，向前栽去。

一只有力又温暖的手拉住了他。

贺云霆将林晗拉向自己，想用另一只手扶住他，却又怕冒犯，最终只是一只手抓着他，另一只手虚虚地拦在林晗身后，又未曾触及他的身体。

"林先生？"

林晗听着那个声音，努力从难言的哀戚中抽离出来，勉强定了定神："嗯。"

"我没事。"他说。

他是真的没有别的想法，只是在这一瞬感到了莫大的震撼，再被这震撼席卷，没入渺小的尘埃中。

自己在宇宙中，究竟是怎样的存在呢？

而贺云霆像是知道他此刻在想些什么，蓦地开了口："我第一次看见星空时，也是这样。"

林晗有些吃惊，抬眸看他。

"太空晕眩症，"贺云霆替他解释，"我当时也有，林先生别怕。"

那时候的贺云霆，还太年轻，太无畏，有着令人羡慕的体质和精神力，更有常人难以企及的能力和意志。

机师选拔的前三轮没有任何人是他的对手，所有人的目光都在他的身上，他虽寡言，却也有着少年人的自负与骄傲。

那时的贺云霆总觉得世界都是他的，年轻气盛又心怀梦想。

直到他第一次登上了战舰，第一次接触到星空。

他像是被什么东西攫住了呼吸，强烈的窒息感包围了他。自己那一刻显得如此渺小，连一点存在都不配拥有。

人类努力多年的成果在太空中根本不值一提，或喜或悲，或大或小，都比不过一颗恒星死亡后煅烧出的碳基。

贺云霆第一次陷入恐慌和怀疑，并产生了强烈的晕眩感，为自己的渺小感到卑微而无望。

"当时到了边区，第一次在太空中驾驶，我所有的战斗技巧像是全消失了，差点连最简单的操作都无法完成。"

林晗心中莫名涌上悲伤，像是想与对方共情。他没有说话，只是安静地听着。

"我当时和你一样，甚至比你更严重——我开始回忆很多无谓的事物，想借此冷静。"贺云霆站起身，他的身后遥远的地方，有一颗没有了聚变反应的白矮星，光芒浅淡，却有着炽热的温度。

"但当我真真正正试着航行时，我又忽然冷静下来了，很奇怪，就是那一瞬间的事。"他看着林晗的脸，似乎想要朝他露出一个安抚的笑，却因为不会这种表情而放弃，只继续说，"因为没有什么不会消亡。"

林晗心中一动，看向贺云霆的眼睫也颤了一下。

没有什么不会消亡。

贺云霆说。

"宇宙和我们没有什么不一样。"

天地蜉蝣，沧海一粟。

战舰会化为碎片，而坚不可摧的机甲也终将变作齑粉。

他们和恒星的结局没有不同。

"但无论如何，我们都拥有现在。"

林晗看着他，眼神逐渐从迷茫变得清澈，像是被最澄净的甘霖洗过一般，再望向那片冰冷又深邃的眉眼。

他想，贺云霆身上有种他自己都不知道的单纯。单纯到说出这样的话时，也是另一种浪漫的哲学。

对方没有别的思绪，而在自己玩笑般地提出问题时，也依旧认真地思考后，才说"不知道"。

林晗常常想，贺云霆是不是自己都不知道他的潜意识里的某些心声。

这些年他一个人肩负着家国责任，独自行走在黑暗中，会不会被深而厚的重担压得无法呼吸，会不会被星星点点的迷惘不停地击打考量。

可他就这样走过来了，将附在身上的淤泥一把扯下，扔进深渊，再带着希望，重新站在阳光里。

他知晓银河辽阔浩瀚，却也能从中获得安宁的静谧。

林晗忽然觉得自己之前那些虚无的感慨都变得不值一提，所有形态的粒子碎片都将融入宇宙，构成永不止息的轮回。

"你看，"贺云霆扬起脸，"那是距离我们不远的尘埃星云。"

163

　　林晗也跟着看过去，淡蓝色的星云聚集在一起，它们连名字也没有，仅仅依靠反射附近恒星的光，才能被人们看到。

　　"它们现在就在我们眼前，但谁也不知道，这些光亮，究竟经历了多少亿年的漫长旅行，才能抵达这个世界，与我们相遇。"

　　这次贺云霆的语气平静，没有紧张，没有冷漠，只是低沉又轻缓地诉说着。

　　这是他曾经怀疑过的东西，现在他想让另一个人不那么焦虑迷茫。

　　"我们生于短暂的现在，我们也是宇宙的星尘。"

　　"林晗。"贺云霆叫他的名字，眸光跨过亿万光年星海，坠入这一瞬间的巧合，"不用怀疑存在的意义。"

　　"你就是存在本身。"

　　两人安静了很久。

　　贺云霆像是用了所有能想到的话，一字一句，想要帮助他。

　　他是真的没有其他想法，只是看见林晗不舒服，诚恳地向他挖出曾经也困扰过他的东西，摊开来，再对他说出自己的理解。

　　林晗觉得眼眶有些发涩，他知道贺云霆只是想安慰他，想告诉他存在的意义。

　　可宇宙本来就是无尽浪漫的。

　　原本被无垠星海震撼到的心像是沉到了底，当他快要被这种没来由的悲伤淹没时，贺云霆站在他面前，用最简单的话，捧着双手，将他的心重新捞了上来。

　　如果说银河的粒子——或者星星的生死，最终都将变成宇宙的轮回的话，那他和贺云霆也许很久就认识了，他们可以是互相拥抱着太空的尘埃大气，也可以是两颗遥遥相望的恒星。

　　先前那些眩晕感渐渐消散，但林晗还是有点发软，干脆抱膝而坐，望着观测室窗外的星空。

　　贺云霆站在原地看他，好像还在担心他的状况："林先生？"

　　林晗"嗯"了一声，深呼吸了几次，努力将那阵眩晕感从脑中排除："我好多了，没事。"

　　贺云霆绷着唇角，眼神却没有从林晗的身上移开。

"真的好多了。"林晗很轻地勾了一下唇角，放低的声音，在这一方小小的空间中回荡着，有种羽毛般的质感，"我进大学以前，是真的想过要开机甲。"

贺云霆安静听着。

"不过别说你们基地这样的训练了，我连入学的体测都差点没过关，"林晗苦笑了一下，"但我不甘心啊，我就每天蹲在帝军大学的机甲训练室和格斗场那边看。我想看有没有我能试着驾驶的机甲，最低等级的都行。"

"那个时候我一天还只需要一支营养剂，觉得自己撑一撑，应该也能坚持。我不想放弃。"

"帝军大学的格斗室里，我不知道你还有没有印象，全是一群年轻气盛的人。"林晗说，"我只能每天偷偷地找个角落看。"

"后来我终于等到一个机会——我等大家都走了，那里面只剩我一个人，我想去试试，想开一下。"

贺云霆依旧站在离林晗不远的地方，没有接话，他的背后是存了亿万年的无垠星系。

林晗眼睫颤了颤，看着贺云霆，也看向他的身后："我找了一台连中阶都算不上的机甲，四比一的那种，当时的驾驶舱没有现在的这么先进，很多程序和动作都需要手动完成。"

"我当时很自信，毕竟理论知识我一直是第一，我能记下所有复杂程序的操作模式，觉得这样的简易机甲，一定能轻轻松松驾驭。"

"后来……"林晗声音低下来，"我轻车熟路地启动机甲，点燃引擎……"

"也就到此为止了。"

"除了这两项，我连最基础的动作都没法完成，机甲被我开得东倒西歪——我试着用精神力操纵，但还是不行，我根本没法驾驭它，怎么都不可以。"

"可是，我不死心啊，我一个人在半夜尝试了好久……最后还是徒劳无功。"

林晗看见贺云霆眨了一下眼，眸光黯了些许，像是替他难过。

"说不沮丧是假的，我一个人在宿舍难过了好久，连这样低阶的机甲都没法开。当时觉得不就是金属嘛，为什么我做不到。我当时太痴迷银河了。"

林晗停顿了一下："我是不是说太多了？"

"没有。"像是怕林晗难过，贺云霆回答得很快，"后来呢？"

林晗说："后来……其实也没有消沉太久。"

"我当时想，如果不能驾驭它们，那就试着打造它们。"

"这样一来，我也算见过银河了。"林晗说完，看向贺云霆，"我这个想法是不是还挺奇怪的？"

"不奇怪。"贺云霆沉声道。

林晗抱膝坐在地板上，仰头看贺云霆，听见他重复了一遍。

"不奇怪。"贺云霆说，"林先生很好。"

"而且现在……你也见过银河了。"

林晗唇角的弧度不自觉地往上提了一分，说："嗯。"

贺云霆没再说话，他本就不是会活跃气氛的人。但林晗觉得很自在，这样的沉默让他感到安心。

战舰仍在平稳地飞行着。不知过了多久，林晗眨了眨眼，终于流露出些许困倦的神色。

贺云霆像是察觉到了："我送林先生回去。"

"好。"林晗点点头，不过没站起身，反而对贺云霆说，"明天就到边区了吧？"

"嗯。"

"艾尔茵尼霍星云什么时候会出现？"林晗缓缓道，"如果有机会的话，我也很想看。"

林晗看见贺云霆短暂地思索了一下，回答："会出现的。"

贺云霆好像又恢复到了之前的说话模式，有些话喜欢简短地说两遍："会有机会的，也会出现的。"

"好。"

林晗还保持着看上去很乖巧的抱膝坐姿，仰头看着贺云霆与他身后的星空，小声开口："将军。"

贺云霆垂眸看他，没有说话。

林晗对他笑，弯着眼睛，显得温和又柔软，伸出手："拉我一下。"

说他现在腿软无力也好，任性也罢，他知道贺云霆一定会拉住他。

贺云霆怔了一瞬，果然听话地很快走近了一步。

他轻轻用力，林晗也十分配合地撑着地板，重新起身站稳。

"谢谢将军。"林晗说。

第三日的航行也还算顺利。

林晗醒得很早，前一晚的太空眩晕症完全消失了，又或许是见过了银河，变得越发有精神。

贺云霆给了他进出舰长室的权利，不过他每次进去还是会礼貌地敲门，得到允许后才进去。

他今天进去时，贺云霆已经穿戴整齐地坐在指挥位上了。副舰长叶凌坐在一旁，见林晗来了，礼貌地打了声招呼。

战舰上的物资充足，陆安和找内勤组要了一份非常丰盛的早餐，此时正在角落大快朵颐，顺便帮贺云霆看监控。

"林先生用过早餐了吗？"陆安和果然更关心这个，开始向林晗推荐今日特供，"不知道是不是我自己的问题，我总觉得比在基地好吃。"说完还小心翼翼瞟了贺云霆一眼。

见自己老大没有其他反应，陆安和放下心，将最后一块甜品塞进自己嘴里。

"吃过了。"林晗对陆安和笑着说，"谢谢陆中校。"

两人正说着，门外传来一声"报告"，一个林晗没有见过的年轻面孔走了进来。

倒是陆安和看他的眼神亮了几分，招手叫他："老季！"

年轻的军官看了陆安和一眼，不过还是先走到贺云霆面前敬了礼："将军好。"

他向贺云霆汇报："舰载机甲全部到齐，所有机师就位，等到了边区，可以即刻执行任务。"

贺云霆点点头。

林晗循声看去，那名军官是少校军衔，站得笔直，神采奕奕，嘴角带

167

笑，脸上有对贺云霆的尊敬和些许紧张。

"边区目前气温稳定，可以着陆，未发现星盗出没，已经与奇行生物星系取得联系，对方说与往年一样，不会介入演习实训，请上将放心。"

"舰上所有机师身体状况良好，演习专用武器装弹完毕。"

奇行生物星系毗邻边区，上面生活着不少奇行异种，有没有自主意识的低等奇行生物，也有可以与人类沟通交流的高等奇行生物。它们共同的特征是可以适应该星球的恶劣环境——奇行生物星系气候恶劣，日均气温都在六十摄氏度以上，大气层稀薄。

这些生物有的长着尾巴和耳朵，有的只能爬行，有的甚至连四肢都没有，像个奇怪的圆球一样在地面上滚动。

它们的饮食与生活习性也与人类大不相同，甚至在它们之间，高等生物和低等生物也有截然不同的习性。

不过虽然外表千奇百怪，但奇行生物性格温和，不会主动介入任何星际纷争，因此与帝国达成协议，每年一次的第四轮实训可以选择在两星交界的边区进行，它们为帝国提供方便，帝国也会在一定程度上保护它们不会频繁地受到星盗的袭击。

他又汇报了一些基本情况，贺云霆一一听了，确认没有意外后，打开授权光屏，按上自己的指纹："好了。"

那名军官眼神很亮，带着期盼又带着一点羞赧，兴奋道："收到任命！保证完美执行任务。"

贺云霆点头不再说话。

片刻后大概是指挥室那边有些小情况，贺云霆从座位上站起来，往指挥室走。

毕竟他的军衔最高，他在的时候屋内气压总要低一些，等他关上门，陆安和立刻朝着年轻军官挥挥手："老季老季，快来。"

副舰长叶凌也对着这名年轻人笑："又是一年不见，看上去更精神了。"

"那是，"陆安和接话，"也不看看是谁的兄弟，都升衔了。"

他拍了拍那名年轻军官的肩："对了，介绍一下，这位是……"

"林先生好。"还没等陆安和说完，青年自己走过来对林晗打招呼，眼睛很亮，笑起来露出小虎牙，"来的时候就听过您的名字了，第一次见，有点紧张。"

他顿了顿，挠挠头才发现忘了自我介绍："我叫季萌，这次来配合第四轮实训的指挥安排。"

陆安和像是怕林晗觉得这个名字奇怪："林先生，老季名字就是这样，其实也挺可爱，您别介意。"

贺云霆不在，大家都放松了一些，叶凌也帮着说了两句："季萌跟老陆之前在军校是上下铺，感情特别好，不过后来调去了别的地方，一年也就能见一次了。"

林晗看着面前的年轻人，意外地觉得人和名字还挺搭，季萌脸带着红，大概是看到林晗还有些激动，声音清朗："对，但我现在用的机甲还是林先生造的那一批，现在见到真人太开心了，抱歉。"

大概是他的热情确实感染了林晗，他忍不住也笑着跟他问好。

林晗这几天没有戴手套，但在季萌伸出手时他没有拒绝，于是他听见了这位年轻少校带着崇拜的心声。

"啊啊啊，我真的见到林先生了！"

"我好激动！"

"我每年都负责这个，今年是第一次见到您，"季萌抽回手后，还是没忍住表达自己的兴奋，"不好意思林先生，今天太开心了，既见到了老朋友又遇上了您。"

季萌给人一种朝气蓬勃的感觉，林晗不介意地摆摆手："没事。"

季萌开始跟陆安和叙旧，看得出两人的确是多年好友，感情很深，直到贺云霆回来，季萌才重新变得紧张，话也少了些。

虽然陆安和跟着他时间久了，什么都敢说，但季萌不常见到贺云霆，还带着一种至高无上的崇敬，见他来了，便重新敬了个礼，告辞回岗。

贺云霆没说什么，看了林晗一眼，又重新回到位置上坐下。

一切继续有条不紊地进行着，期间闻天尧终于上来巡视了一次，又很快离开。

而半天后，伴随着声声巨响，战舰开始降速。

它逐渐驶向目的地，停靠在边区专属的位置……

一年一度的实训演习即将开始。

169

第七章

Chang ming

第四轮实训的内容听上去并不复杂。

所有机师被分为AB两队，训练分上下两场，第一场属于演习，机甲内装填的是演习用的模拟弹药，类似正常的军事演习，双方敌对，最后根据模拟弹药的覆盖面积、剩余人数，选出获胜一方。

失败的一方除了表现特别优异的会留下来，其余的全部淘汰。

获胜的一方则有新的考验，每年都不太相同，根据实际情况而定。

最后通过所有训练的人，才能真正成为基地的一员，拥有属于自己的机甲。

战舰停靠在边区，在经历一番清点后，舰载机甲被编上号，分好组，开始最后的核对。

因为登舰的时间要晚一些，林晗之前没有检查过季萌的机甲，在正式开始前，为了保险，林晗还是领了编号，去了一趟季萌的机甲。

林晗进到季萌机甲舱里的时候，对方正在轻声哼着什么歌。

明明已是少校军衔，季萌的声音还是跟他的名字一样，带着清澈的少年感。

他口中哼着的曲调听上去是首有些年头的民谣，旋律带着异域腔调，像是回忆，又像是诉说。

"……少年漫步树林外。"

170

"我与少年初见，云影共徘徊。"

"……青春的时光一切诚可待……"

林晗只模模糊糊听见了几句，季萌便收了声，有些不好意思地朝他点头。

"林先生见笑了。"

林晗也回了个笑："很好听。"

"真的吗？"季萌于是也笑了起来，露出小小的虎牙，"读书时听过的歌，连名字都记不清了。听说是很久以前流传下来的，很喜欢，还加到机甲的播放器里了。"

林晗问："真的？"在接收到对方闪着光的眼神后走到他的机甲舱前，帮他调试。

季萌的高级机甲是林晗两年前跟同事一起研发的，特征是载有双联炮，能在很短的蓄能时间里，自由切换近战专用的光速脉冲炮和远程使用的集束激光炮。在防御系统上也有加强，虽然不如远近闻名的"宙斯之盾"，但对比许多同类机甲已属上乘。

林晗忽然有些好奇地问："你的机甲有名字吗？"

季萌像是愣了一下，片刻后才说："有的。"

他的表情像是回想到了什么："之前还被人笑过，说我的机甲跟我本人的名字一样女生气。"

也许季萌的名字真的曾经让他收到不少闲言碎语，林晗顿了顿："不说也没事，抱歉。"

"红莓。"季萌却主动说了，"它的名字叫红莓。"

季萌有些局促地问："是不是很难听？"

"没有。"林晗放柔了声音，"很好的名字，也一定有它的意义。"

林晗轻车熟路点开操作台，听见机甲AI系统传来柔和的女声——

"你好，少年。"

"红莓K1，自检程序已启动。"

有些AI的语音程序是可以人为设定的，季萌紧张地看了林晗一眼，发现对方并没有对自己的语音系统有任何意见，这才放下心来。

因为是演习，装填的都是模拟弹，防御这一块便没有特殊改进，只沿

用了平时的装备，但已经够用。

林晗检查过操作台和内部系统，确认没有意外后，离开了机甲舱，回到战舰甲板上。

至于新人机师所用机甲的校验，由于工作量很大，通常都是先由基地检查，如果有意外情况，才会上报给特聘的机甲修理师，而林晗没有收到异常报告，且登舰的全程都有专人看护，一切都按照流程进行。

除了亟待考察的准机师们，战舰上还有一些基地的军士，虽然不多，但有一半都是精英队的，就是为了防备可能出现的突发情况。

除此之外，作为王子的闻天尧也带了自己的一波精锐，一同上了战舰。

季萌很快也从自己的机甲上走下来。

陆安和跟他打了个招呼，两人毕竟一年只能见一次，有太多的话聊不完，陆安和又是个不拘小节的跳脱性子，搭着季萌的肩说个不停，从基地小事聊到自己最近又囤了什么零食，从训练日常聊到自己的"宙斯之盾"。

而季萌就一直笑着听，也不打断，只是偶尔在对方需要回应的时候很配合地补充几句。

"真的，我太难了，"陆安和凑在季萌面前哭诉，"就这段时间，差点，足足两次，我就要失去我的'另一半'了——"

季萌自然知道陆安和口中的"另一半"是什么，问："怎么了？"

陆安和哭丧着脸："它差点就要被拆了！"

季萌不知道个中缘由，很自然地说："可是林先生在呀，要是真的出了问题，要早一点找他才好。"

"……"陆中校有苦说不出，毕竟他再怎么无拘无束，也不能拆自己领导的台，说就是因为林先生，自己的"另一半"才两次落入虎口，只得委屈道，"下次一定，下次一定。"

季萌像是觉得这样的陆安和很有趣，看着他直笑。

陆安和没好气地瞪他一眼，又没法真的生气，只得无奈地装作发泄一般，拍了拍季萌的后背："行了老季，就知道笑我。"

"这么多年了还这样。"

不过两人没能闹腾太久，很快人数清点完毕，贺云霆从舰长室出来，季萌便朝他敬了个礼，回到自己的岗位上。

第一场AB两队演习即将开始，由于还是在边区靠近帝国的位置，勉强称得上安全，因此一般不需要指挥官亲自下场，只需与前线保持密切联系即可。

季萌在归队的时候还回头看了一眼，叶凌正朝他挥手，而陆安和也在对他挤眉弄眼，还比着口型，也不知在说些什么。

在这一刻，林晗忽然想起刚才他在机甲舱内听见的歌。

——青春的时光一切诚可待。

林晗也许不知道他唱到的少年是谁，但至少此刻，他们都参与过彼此的青春。

AB两组已经分好，祁嘉木被分在A组，分配给他的是最常规的QT机甲。

每台机甲不尽相同，但为了保证公平，功能上并没有很大的差异，最主要考验的还是机师本人的操作水平。

季萌重新登上了自己崭新的红莓，以领航机的身份，带领AB两组来到他们的待命位置。

红莓这次的任务除了密切实时汇报实训情况，还有一项任务是在AB两组作干扰。他的机甲不属于任何一队，但不论是哪一队，如果可以用模拟弹成功击中红莓，并判定攻击有效的话，那所在队伍可以获得高的加分。

但一般这个加分项没多少人能拿得到，毕竟都是第一次参与实训，能在稀薄的大气层和引力中勉强完成任务就不错了，没几个人能追着红莓跑，顺便击中加个分。

AB两组就位，季萌也回到了自己的位置。

他在通信器里向战舰汇报："红莓K1，机师季萌，准备完毕。"

"指挥舰副舰长叶凌，准备完毕。"

"指挥舰沟通师陆安和，准备完毕。"

"指挥舰机甲师林晗，准备完毕。"

……

所有岗位负责人员一一汇报结束，在通信器短暂的静默后，一个冰冷

173

的声音响起。

"指挥舰，总指挥贺云霆。"

"演习开始。"

两组机师都出动了，有的机师果然还是没法立刻适应此处强烈的失重感，发动引擎后甚至有两三架机甲没法正常驾驶，摇摇晃晃得快要摔倒。但也有一些天赋极佳的机师一次成功，行云流水般操作着机甲离地，并迅速上升、加速，开始往目标地带移动。

战舰上，所有人都紧盯着准机师们的一举一动。

闻天尧也上来了，但为了不影响演习，他也只是沉默地在一旁看着，没有出声。

红莓升到一个安全位置，观察着AB两组的行动，一边向战舰汇报："两组即将会合，A组自行淘汰一名，B组两名机师因身体不适弃权，汇报完毕。"

"收到，继续执行任务。"陆安和回答。

很快，短暂的适应期过后，两组人员纷纷靠拢，也有一些队员选择从侧翼包抄，试图偷袭对方的一两架机甲。

所有的战术都是被允许的，只要你能带着你的小组赢得这场演习胜利。

B组有一台机甲率先发难。它发现了正试图关闭雷达系统，想要与B组更进一步接触的A组某机甲，该名机师当机立断，发动脉冲枪，直直地攻向对方。

A组的这台机甲正想反击，然而不知是机师不太熟练还是最后操作失误，一个闪避不及，防御盾也没立起来，就这样干脆地被B组的机甲击中，没有杀伤力的模拟弹在触到金属面时发出不轻不重的声响，再在A组的机甲面上爆开。

"A组M15，淘汰。"

M15上的机师大概也没想到会如此干脆地被淘汰，机甲臂才刚刚抬起来，连一枚流弹都来不及打开，就这样被宣告了失败。

M15的机师认命地缓缓下降，而击中它的B组成功加分。

那名B组的机师操纵机甲臂，做了一个抱拳的姿势。

"这次有点激烈啊。"陆安和看着撤下装备的M15，说道。

而与此同时，B组机师重新浮空，大概运气太好，竟然发现了一旁的红莓！

这样的好机会自然不能放过，这台机甲立刻重新开始蓄能，想要继续用刚才的方法，击中红莓，获得加分。

不过季萌可不是M15一样的新兵，早就察觉了对方的意图，轻轻松松地在空中一避，向他袭来的模拟弹通通扑了空。

接下来不论那台B组机甲怎么努力，都没法攻击到他分毫。

叶凌忍不住笑："怎么感觉老季在耍着新人玩儿。"

"这不是他每年最喜欢做的吗？"陆安和也说道，"能击中他的没几个，反而会因为想获得加分最后本末倒置，被其他人偷袭，这种剧情每年都能看到，太常见了。"

不过这次的B组机甲没这么傻，在发现自己与季萌之间实力悬殊后果断选择放弃，继续寻找A组的下一个目标。

正在此时，新一批的A组机甲也陆续赶到。

"A组M34，淘汰。"

"A组M09，淘汰。"

季萌在通信器内不停地汇报着演习结果。

陆安和有些不解："不是吧，今年A组这么弱？都淘汰三台了，一台都没开一枪，就这么全凉了。"

贺云霆依旧紧盯着战况，眉头紧拧。

连续消灭了三台A组机甲的那名机师现在很明显有些兴奋，整个人与机甲都处于一种热血沸腾的亢奋状态。

而忽然间，一台A组的机甲不知从什么方向猛然加速冲了过来。

B组机师反应迅速，立刻朝着对方连发两炮，这次的这名A组机师与别人不同，身手敏捷地一一躲过。

它甚至都没出手，也不需要开防御盾，对方都没法碰到他。

"这人有点东西啊。"陆安和看了一眼编号，A组M21。

而正在与B组交战的这台M21，像是突然发现了不远处正在一旁观察的红莓，登时打算扔下B组不管，引擎轰鸣，朝季萌冲过去。

"什么情况？"陆安和张大嘴，"他后面还跟着敌人呢，这都不打，就这么想要老季的加分？"

季萌在通信器中轻笑："没事，我看着呢。"

M21像是认定了季萌才是他的目标，一边灵活地躲过身后的袭击，一边启动了机甲的高级攻击等级。

演习时是可以改变机甲的攻击等级的，但由于实习都是模拟弹，所以威力其实大同小异，一般人都会优先追求击中，而不会费力地去开启更高等级。

林晗在这一刻忽然觉得有些不对劲。

也许是机甲师的直觉，他看见M21胸前的主炮开始蓄能，发出一阵炫目的白光——

不对，不对。

模拟弹没有这么亮的光。

林晗心头一凛，没来得及想别的，倏地站起来，对着通信器道："季萌！快打开光盾防御——"

"轰——"

他的话音未落，同一时间，所有人听见边区上空传来一声震耳欲聋的巨响。

周遭陷入寂静。

M21里面的机师似乎自己都没反应过来发生了什么，僵硬地悬在空中。

那声轰鸣不是什么模拟弹，而是……真正用于作战的重金属MEGA粒子主炮。

爆炸声响彻上空。

"嗡——"

"嘀、嘀、嘀。"

属于红莓的通信，切断了。

"红莓K1，红莓K1，听到请回答。"

"红莓K1，是否运用应急程序，是否自动开启驾驶舱机师保护？"

"红莓K1，听到请回答。"

陆安和声音都在发抖，到了后面根本无法再用标准的通信模式传讯，几乎是用嘶吼的声音对着通信器喊道："老季！老季你听到了吗！"

"老季你应我一声啊！"

林晗在短暂的失聪中缓过神来，他没空再说什么，而是打开机甲之间的紧急连线——那是在发生意外后，由上级战舰对可能损毁的机甲发出的紧急通信，有特殊密钥，不需要对应机甲直接回应。

他努力冷静，双手平稳地一次一次输入程序。

"嘀。"

"嘀……嘀……"

"嘀——"

三分钟后，干扰项被排除。

原本刺耳的杂音消失了，而与机甲的紧急视讯也重新打开。

林晗来不及看贺云霆骤然紧绷的唇角，也不看陆安和突然泛红的眼眶。

红莓的情况骤然呈现在众人面前。

在清晰的彩色影像里，季萌还穿着机师服，只有紧闭的双眼和没有生命波动迹象的曲线，残忍地宣告了这一事实。他的防护罩已经打开了，可他根本不知道对方开启的是战时最高的攻击等级，连机师自救系统都没有弹出来，只是象征性地打开了一层防御能力最低的光罩，根本防不住重金属MEGA粒子炮的袭击。

季萌连痛苦都来不及，好像睡着了一样，除去嘴角流下的血迹，身上几乎看不见一点伤口。

满室沉默。

他们再也听不见季萌的声音了。

取而代之的只有一直回响在通信器中的、还未来得及关闭的播放器。

林晗心中一紧。

那是他之前听见的，季萌口中哼唱过的民谣。

程序是冰冷的，它不知道机师的情况，仍在之前设定好的系统里，周而复始地播放着机师生前选择的、宛转悠扬的旋律。

"田野小河边，红莓花儿开；

177

“我与一位少年漫步树林外。”

不知从何时起，一只蝴蝶扇动了它的翅膀。

为什么？

为什么会有粒子炮？

为什么明明用于演习的机甲，会变成荷枪实弹的攻击？

在一片寂静中，贺云霆是最先做出反应的人。

他的表情似乎只在接通通信的那一刻有了变化，很快就恢复成最初的冰冷，打开了所有机甲的备用通信器，宣布演习终止，所有机甲立刻卸下武器库，降落到最近的奇行生物星球边境，全员原地待命。

由于引力稀薄，红莓在受到攻击后还没有立刻坠落，而是悬在上空，前胸已经片片碎裂，金属块飘浮在空里，缓缓下降。

陆安和像是没法接受这个事实，死死咬着牙，双眼充血，一言不发。

所有机甲开始缓慢地收起武器，包括那台袭击了红莓的A组M21。

但全场脸色最难看的，竟然是闻天尧。

他满脸难以置信的表情，甚至带了点惊恐，眼睛睁大，不自觉地后退了一步。

可现在没人去管他。

事发的地方距离战舰有一定的距离，而负责人季萌已经无法再发出声音，陆安和浑身发抖，对贺云霆敬礼：“我现在就过去。”

“报告上将，我申请接替季萌少校职位，继续负责此事。”

贺云霆眸色深沉，点了点头。

即时任命通过后，陆安和抓起自己机甲的钥匙就要往外冲。

“原地待命，随时联络。”贺云霆对身旁的叶凌交代了一声后也站起来，“我也去。”

贺云霆走到门口时顿了顿脚步，回过头：“林先生也留在这里。”

林晗其实想跟着去，可是最后看了一眼身旁的闻天尧，还是沉默着点了头。

贺云霆和陆安和动作很快，没过多久，林晗便从舰长室的屏幕上看见了M2742和“宙斯之盾”以最快的速度落在事发地。

A组和B组的机师都从驾驶舱里走出来，有人刚到现场还不明所以，但看见站在面前的帝国上将，还是下意识地抽了口气。

　　而陆安和则驾驶着宙斯，将红莓接了回来。

　　直到看见陆安和双手抱着已经没有了气息的季萌出来，所有人才后知后觉地意识到事情的严重性。

　　A组的机师除了那台M21，其余人都集合到一起，一眼扫过去，祁嘉木竟然也在其中。

　　不知出于怎样的心态，林晗心头的某根弦在此刻松了松，生出一种庆幸。

　　两分钟后，M21的机师才双腿打战地扶着舱门，跌出来。

　　林晗对这副面孔不太熟悉，想了一会儿才想起来，那是一个实力逊于祁嘉木的新兵。

　　其实综合实力并不算差，但大概是祁嘉木吸引了全部注意，自己便没能顾得上关注他。

　　"不是我，不是我，真的不是我……"他看见陆安和怀中人的那一刻像是吓傻了，语无伦次地不停辩解着，"我是真没想到能击中，我只是想得分，我只是想得分……"

　　陆安和听见声音，抬起头，语气冰凉："那你为什么要用最高攻击等级？"

　　那个新兵几乎吓得跪在地上："我不知道！我不知道！我只是听说这样命中率会高一些，A组已经被击落三台了，我，我只能试一试，我从始至终都不知道弹药被替换过啊！我没想杀人！"

　　陆安和在听到"杀人"两个字后，双臂紧了紧，克制情绪，才红着眼眶说："你也知道……是杀人……"

　　那人还在苍白无力地解释，一双军靴停在他的面前，正在求饶的人忽然下意识地噤了声。

　　贺云霆站在他面前，明明神色没有陆安和那般焦急愤怒，音色也冰冷，可就是让对方吓得声音都拔高了两分。

　　"带回去。"他说。

　　而此时的舰长室，林晗却开始打量闻天尧。

179

这才是他留在这里的理由。

对方脸色看上去很不好，嘴唇发白，满眼都带着惊惶，可大概是为了维持自己的形象硬是撑住了，什么也不说。

叶凌还在负责沟通，林晗四下看了一眼，后退一步。

"王子殿下。"他主动开了口，语气平静。

闻天尧大概没想到林晗会主动找他说话，诧异了一下才勉强稳住心神回应："嗯。"

"听说王子殿下不是第一次参与实训了，"林晗脸上逐渐显现出一种疑惑不解的表情，好像真的只是单纯好奇这个问题，"以前也会有类似情况吗？"

"不，不。"闻天尧答得迅速，"以前从来没有过。"

他回答完以后发现自己语气太过紧张，很快重新定了定神，对林晗露出一个得体的笑："林先生不要害怕，这次一定是意外，真相如何，一定能很快查清。"

"好。"林晗听后，像是如释重负一般，"那我就放心了。"

他脸上的神色像是放松下来，然后朝闻天尧一笑，伸出手似乎想表达感激："谢谢王子殿下。"

闻天尧不知道林晗为什么会做出这个动作，为什么感谢自己时会想要与自己握手，但长久以来的习惯，让他还是下意识也伸出了自己的手，礼貌地回握了一下："不必言谢。我们都想尽快知道真相。"

"好。"林晗抽回手，耳边是刚才对方的心声。

"不可能。

"不可能。

"我真的只是来监视他们的。

"罗琪也说了，不会有意外的啊。"

两个小时后，由于演习突然中止，所有机甲暂时返回战舰。

林晗从舰长室出来，开始对这些机甲一台一台地检查。

B组的机甲没有任何问题，包括武器库。而A组所有的机甲，武器库都在所有人不知情的情况下，全部替换成了具有真正杀伤力的武器。

180

也就是说，当时只要任意一台A组的机甲发动攻击，都会导致演习失控。

可为什么偏偏是季萌？

林晗核查完所有机甲，已经过去了许久。

中途他连饭也来不及吃，只象征性地补充了两支营养剂，勉强保持身体机能。

他的体力一如既往地差，等他做完最后一台机甲的检测，又打算马不停蹄地去找贺云霆，告诉他自己之前听见的事。

问了两个人，他才辗转来到贺云霆所在的一处指挥舱。

林晗敲了两次门，在表明身份后，里面才传来一句"请进"。

他推门进去，看到了满脸颓色的陆安和，以及一如既往面色冷淡的贺云霆。

林晗听到了一些事件的后续。

目前没人知道是谁替换了演习用的模拟弹，而那名开了火的M21机师已经在多方盘问后精神崩溃，只不停地强调，是自己的家人告诉他，在演习时攻击红莓，就能获得加分。

"我真的不知道别的事情，我只是太想拿到加分了，真的……"到后来，那人嘴里就只剩下这一句话了。

林晗走进来，关上门。

谁都没有说话，空气中带着压抑的沉默。

他向前走了两步，决定直接说明来意。

"我敢肯定，不是闻天尧。"林晗没有去解释为什么这么快就知道了这个消息，也没再强调自己会读心这件事，只是平静地向面前的两人陈述着，"你们没回来的时候，我已经核实过了。"

林晗不知道两人能够相信他多少，但还是决定帮一帮忙。

"嗯。"出乎意料地，贺云霆没有任何怀疑，而是低沉地应了一声，"我明白。"

的确不可能是他。

主战派再激进，目标也不过是虫族，现在身处边区，根本看不见虫族的影子，而奇行生物更不可能有什么威胁，他们没有破坏这一场演习的动

机和逻辑。

陆安和靠着墙，滑坐在地上，眼神空洞无力，与之前判若两人。

林晗不忍看他。

"林先生。"陆安和声音冷淡，像是失了生气。

林晗垂眸看他，只点了点头，连安慰的话也说不出来。

陆安和没有哭，甚至连原本发红的眼眶也消失了，只是嗓子还哑着，声音带着控制不住的颤意。

"林先生。"陆安和重新整理了情绪，"您对于闻天尧，知道多少？"

林晗答得坦诚："不多，但我能保证给你们的信息都是真的。"

"我知道，我没有怀疑您的意思。"陆安和停顿了一下，"……帝国早就不像表面上看到的那样了。"

"老季他没有一点问题。如果非说他有什么错，那就是他今年刚升了衔，又一直负责这个。"

陆安和呼了一口气，用一种重新将伤口揭开的疼痛的语气继续说："他最合适了。"

林晗听见"合适"两个字，心中莫名有些刺痛。

"再高一点，目标是老叶，是我，甚至是上将，代价都太大。"

"可如果仅仅只是参与这次训练的准机师，那又显得不够力度，就算被问责也翻不出水花来，毕竟只是还没正式进入编队的新人。"

"所以，所以……"陆安和仰头，说话的时候嘴唇都在颤抖，道出最后的结论，"他最合适了。"

"——只能是他。"

"能引起足够的重视，又没有太大的风险。毕竟是借新兵的手。"

"真是太会算计了。"陆安和终于笑了，带着嘲弄和鄙夷，"太棒了。"

林晗看着他，又想起季萌曾经哼过的旋律，一时间连一句劝慰的话也不忍心说。

"林先生。"此刻陆安和的话好像格外多，他先是看了一眼贺云霆，见对方没有任何其他表情后，才迟疑地用一种听上去有些奇怪的语气道，"如果我说……这一切早就都被人安排好了，不是一天两天，而是经年累月的阴谋……"

贺云霆终于有了动静，他侧头看了陆安和一眼，却不知道是在嫌他说得太多，还是单纯地想知道他接下来会说点什么。

陆安和却最终只叹了口气："可我还是不知道，对方究竟是什么目的。"

"罗琪……究竟想要做什么呢？"

说完这句之后，陆安和像是终于承受不住，说了一声"对不起"，推门离开。

在关上门的那一瞬，林晗听见了一声压抑许久的呜咽。

而贺云霆就像没有感情似的，自始至终，都没有变过表情。

屋内只剩两人。

贺云霆的神色冰冷一如往常。

过了很久，贺云霆才说："林先生还好吗？"

他的语气听上去没有异样，今天发生的事像是对他没有造成任何影响。林晗"嗯"了一声，说没事。可总有一种不安萦绕在他的心头，久久不散。

贺云霆太冷静了，从事情发生的那一刻起，他就是最快做出反应的人。不论是发出指令还是分配任务，都冷静得……像一台没有感情的机器。

而他现在看上去也是这样，神色冷漠如常，像林晗第一次见他时那样。

可林晗在这一刻就是觉得，不止如此。

"将军。"林晗叫着对方。

贺云霆低眉看他，湛蓝的眸中似有倦意。

林晗回想起事发后的这一整天，贺云霆永远是那个最漠然、最无情的，好像这名下属的死并不会对他内心产生丝毫波动。

他抬了抬手。

林晗在心里说，就算卑劣也好，他却还是冲动地想在这一刻了解对方。

183

他真的如表面一样冷静吗？

林晗试探着伸出食指，很轻地搭在贺云霆的手背上。

可刚碰到对方，林晗就被一阵强烈的情绪淹没了。

这情绪带着浓烈的悲伤，差点要将林晗吞没。

就好像是……

他与贺云霆接触了太多次，以至在他的手放到对方手上时，不仅仅读到了对方的心声，还触电一般地产生了一种类似共情的感受。

痛他之所痛，哀他之所哀。

他在碰到贺云霆的一刹那感受到了对方的痛楚，一种难以言喻的感觉透过两人相触的指尖传递开来，一直蔓延过林晗的每一寸神经。

林晗闭了闭眼。

而先于心声的，是一声叹息。

贺云霆明明此刻仍旧是面无表情的，林晗却在心里听见了他的叹息。

不仅如此，他似乎在这短暂的接触中，意外地窥探到了太多复杂的情绪。

那是一种深深的无力感，是一种愧疚，一种自责。

而贺云霆把苛责与叹息都藏了起来，收进心底，再用心血为这些牺牲的战士，铭刻一座座墓碑。

然后他重新站起来，像不会有其他情绪那样，告诉自己，不可以无力，也不可以悲伤。

——因为他所向披靡，因为他战无不胜。

可在那一声叹息背后，林晗清楚地听见了对方的声音。

"是我的错。"

"我没办法对安和说什么，因为……是我的错。"

"将军。"林晗忽然出声。

贺云霆的手指动了动，似乎还沉浸在心中的那些情绪里，下意识不愿让林晗碰到。而也就是此刻，林晗重新伸出手来，反手牢牢扣住了对方想要挣脱的五指。

贺云霆像是知道林晗能读心似的，还是想逃，却被林晗死死握住，无法松开。

他的心声也接连不断地涌入林晗脑中，从自责到悲痛，每一句都没有漏掉。

林晗抿着唇，一时没有开口。

对方告诉过自己存在的意义，他差点忘了，贺云霆也一样是个普通人。

贺云霆的心声中甚至开始出现林晗没有听过的名字，都是曾经在战场上失去性命的军士。

对方也许只是一个再普通不过的士兵，贺云霆却一一记下，然后在此刻近乎自虐地从记忆里挖出来，再将这些名字往心口上戳。

他不知道是不是每次有部下牺牲，贺云霆都要这样鲜血淋漓地循环一遍，但他至少知道，不论哪一次，贺云霆都一定像现在这样，面上冰冷无情，好像不会被这样的情绪左右分毫。

只因为他是立于巅峰的领袖，他的欢乐与喜悦就应该被责任与诘问埋葬。

可他就应该如此吗？

"将军。"林晗收紧了手指，清晰感受着对方瘦削的指骨和手上的薄茧。

他呼唤贺云霆，却又不知从何安慰。

他本想说他懂得，却无法对着这样的贺云霆开口。

"你看看我。"林晗说。

而贺云霆第一次如此直接地抗拒与林晗对视，好像在逃避什么，他偏过头，脸色冰冷得不像话，唇线绷得很紧，目光闪烁。

林晗叹了一口气，最终还是没能继续说下去。

他想宽慰对方，却不能以这样的形式。

贺云霆没法闲下来，他还有太多事要处理。

他的通信器响个不停，林晗知道还有太多地方等着他，在此刻他连休息都是一种奢望。

林晗慢慢松开了贺云霆的手，低下头去，也不再要求对方与自己对视。

185

他朝贺云霆笑了一下："将军先去忙吧。"

如果此刻别的安慰都无法奏效，那么自己至少还能对他微笑。

贺云霆低低地应了一声。

而直到他关门离开时，都避开了视线，没去看林晗。

听见关门的声音，林晗心里说不上难过，只是有些心疼。

他尚且能服用营养剂、休息调整，贺云霆却不行。

毕竟已经到了边区，即使已经出现了牺牲与伤亡，但一切却不能因此停下来。

陆安和再难过，也不得不接过季萌剩下的工作，真相要查，但事情不能发酵得太大，演习也不能停太久。

而在这之前，他和贺云霆走到了那名"杀人犯"面前。

战舰中有一个简化了的审讯室，M21机甲的机师就被关在里面。

他叫严铭，经历过一整天的精神打击，他现在已经变得有些神经衰弱，在五人询问的这段时间里，他不停地在自言自语着，内容无非还是那几句话。

两人进去时，闻天尧明显表示出了想要跟随的意思，可这次贺云霆态度异常强硬不说，连陆安和也没了往日打圆场的举动，只是沉默地看着贺云霆对闻天尧表示拒绝。

王室的权力说小也小，说大也大，如果闻天尧硬是摆出自己王子的身份硬闯，贺云霆也不一定奈何得了。但最后闻天尧还是没进审讯室，只是眼神游移地说："如果上将跟那名士兵有话要说，那我就不进去了吧。"

贺云霆却不吃他这套，一言不发地跟陆安和进了审讯室。

两人走到严铭面前时，对方明显激动了起来，但口中还在不停地重复着："我没杀人，上将，我没杀人，我真的什么都不知道……"

在询问中，严铭的精神越来越紧绷，到后面几乎到了崩溃的地步。

"我家庭情况不太好，我知道如果进了基地，至少能好好地养活家人……我一开始的目的，真的只是这样而已。"

"于是我进了基地，我真的想努力做好，想努力做到第一。"

"但是，我们不管怎么努力都赢不过祁嘉木，我承认对他有偏见，我不喜欢他那副模样，可自己的实力又不如他……渐渐地，不少人开始排

186

挤他。"

"也就是这个时候，我觉得我的家人变得奇怪起来。上次探视，我母亲神神秘秘地来找我，说我只要在第四轮实训中表现亮眼，就一定能进基地，他们也会以我为荣。"

"我跟母亲说，祁嘉木太强了，我怎么可能做得比他还好。结果她说，没关系，你换个目标就好了。"

"我承认被蛊惑了，因为能压过一直遥遥领先的第一名，谁不心动呢？"

"她告诉我，只要在第四轮中追着监测机甲，追着他攻击，用最高的攻击等级，这样命中率就能高很多，而且模拟弹也不会造成伤亡。只要击中了红莓，她保证我就是演习中最优秀最耀眼的一个。我真的没有别的想法，是我的家人一直这样告诉我的……"

"你确实成了最耀眼的那一个。红莓因为相信不会有人真的开最高攻击等级来对付他，甚至最后一刻，开的防御盾都是最低等级的，这才没躲过去。"陆安和冷冰冰地说，"你就没有想过，你的母亲为什么会突然对你说这些？又是从哪里得来的信息？据我所知，你没有来基地之前，一直生活在Q区吧。"

严铭嘴唇猛地颤抖了起来，似乎才明白过来："对啊……她怎么会知道得这么详细……"

"那天她一来就跟我说了这些，我承认因为总被祁嘉木压着，没有立刻想明白……"严铭好像这才想明白，"当时她的语气听上去太有欺骗性，我没想到……"

严铭倏地站起来，手撑在桌上："那母亲人呢？她说不定被什么人控制了，中校，快派人保护她，肯定不会错的！"

"晚了。"一直沉默的贺云霆只说了两个字。

"在你成功击中红莓的那一刻——"陆安和也别过脸，"当我们联系上你在Q区的家人时，发现他们都已经……"

没了呼吸。

他没说下去。

严铭也没让他说下去。

187

一小时后，贺云霆与陆安和走了出来。

而在他们身后，则是严铭凄惨悲痛的哭号。

这太奇怪了。

除了严铭，所有准机师的家庭背景又被重新排查了一遍，并没有什么特别之处。

究竟是谁在暗中做推手，竟然能利用严铭的嫉妒心理，笃定他一定会不顾一切地袭击红莓？

又或许说……从登舰一开始，就有一只眼睛在牢牢地盯着他们。

他们又重新陷入被动。

两人已经很久没合眼了，可好像都不觉得累："我……我去处理一下老季的遗体。"

陆安和没等贺云霆说别的，立刻补充道："求求你了老大，让我一个人去吧，我再跟他说说话。"

边区离帝国实在是太远了，现在的情势又太不明朗，连完完整整地将他带回帝国，陆安和都不能保证。

贺云霆看了他许久，最终只是点了点头。

林晗没想到贺云霆会到观测室来。

他知道自己能做的有限，在做完所有分内工作后，为了不给别人添麻烦，又或许有别的理由，林晗还是来到了几天前的这个房间。

那时候一切都还很平静，星空也近在咫尺。

林晗觉得有些恍惚。

而在恍惚间，他听见了有人推门而入的声音。

贺云霆就站在他面前，好像也对他会出现在这里感到惊讶。他的脸上几乎看不见什么倦色，许久没休息了，他的军服上却还是没有任何褶皱。

两人对视着。

明明几天前林晗还抱膝坐在这里，对贺云霆伸出手，让他拉自己一下，可半天前，两人间的气氛又变得微妙而古怪，一时间谁都没有说话。

"……不休息吗？"最后还是林晗先开了口，"将军好像还没睡过觉。"

188

贺云霆的嘴唇很轻地动了一下，摇摇头。

"林先生怎么会在这里？"

现在明明看不见星空。

林晗思考了一下："因为这里安静。"

像一个秘密基地。

贺云霆没有接话，林晗看着他的表情，终于从一成不变的面容中，捕捉到了些许倦意。

"……没有进展吗？"他试探着问。

贺云霆说："算是。"

林晗仍跟之前一样，抱膝坐在地上，仰头看贺云霆："或许将军可以考虑让我帮一帮忙……"

他的声音越来越小，因为除了闻天尧，他也不知道谁最可疑。

祁嘉木吗？还是其他人？

林晗思考着，却见贺云霆向着自己走了两步，停在他的面前。

贺云霆垂眸看他："林先生。"

"我之前说，到了战舰上，你紧跟着我。"贺云霆放慢了语速，"可以吗？"

他不知道下一秒又会有什么意外。

林晗自然没忘记这句话。

可现在贺云霆的语气听上去没了之前的笃定，反而多了一份小心翼翼。

连他也在害怕被拒绝吗？他是不是还是对季萌的死没法释怀，还在自责中反复拉扯，最后折磨自己？他是不是总是这样？

林晗在这一刻像是重新感受到了半天前对方心中的悲痛，再看向贺云霆时，眼中便多了点不忍。

他忽然很想拥抱他一下。

他这么想了，也这么做了。

林晗仰起头看他，嘴角带着笑。

贺云霆不解其意，却还是听话地走过来，再俯身。

于是林晗一伸手，便很轻松地将对方抱住了。

189

贺云霆像是愣住了。

"没关系的。"林晗说，"就一下。"

他其实想说别难过，想说自己也在，可当他将手放在对方背上时，又忘记了这些。

"林先生。"贺云霆低哑的嗓音从林晗耳后传来，像松林薄雾里最干净的一捧雪，因其悬于空中而显得高洁，却又因其高洁而变得冰冷又难以融化。

"你会读心术吗？"贺云霆嗓音中的悲伤并不浓烈，与他此时的心声一样。

"他会听见我心中所想吗？"

"他会看见我的懦弱，洞悉我的卑劣吗？"

林晗沉默着，他不仅能听见他在想什么，甚至因为两人触碰过太多次，他几乎可以与他产生些许的共情，知道他牢牢记住所有牺牲过的军士，再在心中为他们立一块碑。

"……我不会。"

林晗张了张口，却无法将这个事实告诉贺云霆。

他无法再在他心头插上一刀，血淋淋地让对方再重复一次这样的心路历程。

贺云霆像是被安慰到了。

林晗感知着环绕住自己的温暖，耳畔却是贺云霆不断苛责自己的心音。

即使自己努力过，贺云霆还是没法释怀。

"没关系。"林晗再一次对他说，"难过也没有关系。"

"你无往不胜。"

贺云霆许久没有说话，也不像之前那样，拼命地想要挣开他。

直到过了很久，林晗终于听见了一声很轻的回应。

"……嗯。"

林晗也不再说话，此刻没有人会来打扰他们，好像他们可以在静默中获得抚慰，在黑夜里抓住希望。

即使他知道，推开这扇门，贺云霆依旧要面对焦头烂额的现状，即使他努力保持着中立，却无法避免纷扰繁乱的派系争斗。

即使泪水永无止息，即使红莓不再盛放。

即使无边的夜，依然漫长。

最后松开时，谁也没有多说什么，贺云霆好像在离开的那一瞬又恢复了往日的冰冷，但细看上去，又似乎跟之前不太一样——那就说明这个拥抱是有效果的。

林晗想，那就够了。

他对贺云霆一笑："将军要是觉得累了，随时可以来找我。"

他的视线扫过那双手："也再不用客套地与我握手——只要你想，随时都可以。"

如果这样，就能分担一点贺云霆的悲伤。

贺云霆像是怔了一下，抬眸看他。

"不用考虑什么，"林晗偏头说道，"如果将军觉得那样会好一些的话……"

"谢谢。"贺云霆只回答了这两个字，也像是对之前林晗所说的话的默许。

他想看见他笑。

一定会有这么一天的。

林晗想。

贺云霆离开了观测室后，继续投身于工作中，像是不觉得累。

林晗短暂地补充了一下睡眠，再回到舰长室时，发现几人似乎在争执什么。

陆安和的声音从通信器里传来："刚联系了奇行生物星系，对方说这几日气候不佳，能见度极差，况且……咱们刚刚才在边区出了变故，它们给出的建议是，演习还是不能再继续了。"

奇行生物星系对帝国说不上崇敬，但经年的合作关系也让它们不会凭空给出这种建议，既然对方这么说了，必定是确实不适合继续演习了。

更何况，突发的意外让所有人都措手不及，而军士们又太想把季萌的遗体带回去。

191

　　贺云霆好像对这件事并不意外，似乎他也是这么想的。他手撑在指挥台上，眉目中看不出倦色，完全想象不到他已经许久没合眼："我知道了。"

　　为确保安全，A组的机甲已经全部回收，B组由于已经确保了安全，有些准机师还是不愿意放弃这个机会，在贺云霆没有给出明确指令的情况下进行着散训。

　　可还没等贺云霆说话，闻天尧却先一步开了口："上将，大家都已经这样不辞辛苦地来了边区，更何况第四轮演习一年就这么一次，如果不筛选出最优秀的机师编入军队，岂不是……"

　　他的意思很明显，他觉得演习不应该就此停下。

　　贺云霆没有感情地转过头看他："那王子殿下的意思是，您来承担这次季萌少校的事故责任？"

　　他从前对闻天尧只是爱答不理，难得用这样的语气反问他。

　　季萌死了，却有人连责任也不愿意担。

　　闻天尧脸白了白，下意识地摇头，用一种十分官方的语气推脱说："季萌少校出了这样的事，大家都很难过……"

　　林晗看见贺云霆听了这句话，脸色暗了一分："所以？"

　　闻天尧似乎说这种话很拿手，他神色定下来："陆中校已经接替了他的工作，所以不该就此停下，毕竟这是为基地选拔精英机师的机会，不能轻易说走就走。"

　　在这一刻，林晗忽然觉得古怪，他觉得闻天尧有时候有种自己都不自知的蠢，他好像总把维护自己的形象和地位放在第一位，却忽略了许多原则上的问题。

　　"奇行生物星系都说了气候有变，要是有星盗乘虚而入怎么办？"贺云霆一字一句地说，"所有的准机师都是在基地经过了三轮选拔脱颖而出的，谁来对他们的生命负责？"

　　闻天尧似乎还想说什么："可是严铭也是机师之一，却因为他的操作误伤了……"

　　贺云霆比闻天尧高了半个头，语气彻底冷下来时，低头看着他，军帽帽檐给他的眼神更笼上一层冰凉的阴影，让他给人的压迫感更甚。他没等闻天尧说完，直接打断了他："但他们首先是我的军士，其次才是帝国的军士。"

"严铭的事还没有查清楚，就算要审判，也要最终回到军事法庭，在证据确凿的情况下定罪。"贺云霆不常对闻天尧说这么长的话，即使声音其实跟之前没什么变化，但就是让闻天尧下意识地躲避开他的眼神，"还是说，王子殿下想要越俎代庖？"

闻天尧语气一下就变了："上将你这话是什么意思？"

贺云霆却不再理会他——大概也只有他，才敢对帝国王子露出这种神色。

"叫B组所有机师即刻起停下所有训练，按编号全部返回战舰，清点人数后统一撤离。"

"不管现在在哪里的，都召回来。不要让机师离开机甲。"

边区气候本就是帝国所管辖的星系中最差的，巨大的昼夜温差、强烈的紫外线和稀薄的大气层，即使在漫长的进化中，人类已不像许多年前住在地球上时那么娇弱，却也几乎没人愿意在不穿防护服的情况下，暴露在外。

而星盗之所以比较好辨认，就是因为他们的军备零散，面貌也因为总经受着恶劣气候的洗礼，变得黢黑粗糙。

闻天尧脸色很差，似乎想坚持什么，却碍于贺云霆的压力没有继续开口。

林晗不禁猜想他来这里的目的。

他说是监视，那监视谁？有可能是贺云霆，有可能是叶凌，又或者是这些准机师……

双方的关系看上去剑拔弩张。

而此时，这些天一直待在闻天尧旁边的人忽然开了口。

"上将不用那么生气。"那人笑得礼貌疏离，文质彬彬，"王子殿下的意思，也只是觉得机会难得，不愿意就此放过而已。"

闻天尧听见有人出来缓和气氛，脸上尴尬的表情消退了些。

但贺云霆明显不吃这套，只是淡淡地瞥了一眼开口的人，又转过眼去。

　　毕竟有人给台阶，闻天尧便顺势下了："席远，不用说了。"

　　那名叫席远的人是闻天尧的贴身副手，众所周知，副手的作用千千万，给自己老大圆场算一半。席远的存在感并不强，有时候闻天尧甚至都不让他跟着，今天也是因为出了事，才会一起来舰长室的。

　　不过听说席远虽然低调，但确实是闻天尧的得力助手，不然闻天尧也不会在战舰上也带着他。

　　席远听见闻天尧这么说，立刻点了点头："那就都听上将的。刚才那些不过是王子殿下的建议。"

　　说完这句，席远礼貌地后退一步，不再多言。

　　闻天尧最终也没能继续坚持，眼睁睁看着贺云霆把所有的机师依次召回，再取下他们的编号，重新归回战舰。

　　陆安和回来时带着残破不堪的红莓，而季萌的遗体却放在他自己的"宙斯之盾"中——红莓破损严重，且没有了密闭功能，把季萌放在这样与外界接触的环境中，遗体很容易腐坏。

　　于是陆安和把自己机甲的冷气开到最大，再用全密闭的方式将季萌放在里面，这样就能在有限的条件里，尽可能地将他完好无损地带回帝国。

　　陆安和的表情已经和缓了下来，甚至在跟叶凌说话时，偶尔还会露出笑意，只是笑容里总少了些什么。

　　有贺云霆在，执行命令总是很快，不出半天就全部完成了。

　　有的准机师回到战舰时，脸上不免露出一丝迷茫的神色。

　　就这样了吗？

　　拼尽全力通过了三轮选拔，在即将要获得结果的当口儿意外突生，只能撤走，回去深入调查。

　　边区的黄昏总是萧条而凄凉的。这里没什么住民，除了远方边界线驻守的军士，就只余污浊昏暗的黄沙。

　　林晗只是有些遗憾。他可能看不到贺云霆说的艾尔茵尼霍星云了。

　　舰长室指挥室重新就位，在清点人数后，即将返航。

　　从边区回去的路线又与来之前不同，他们在第一天就可以跃迁，在跃迁成功后，返回能比来时少用一天的时间。

　　林晗服用了一支营养剂，重新回到舰长室。

闻天尧不在，贺云霆专心致志地盯着面前的屏幕，通信器里不断传来各项准备就位的汇报声。

林晗侧头看他，贺云霆面沉如水，只是眉间终于有了一丝很淡的倦意，他眨了眨眼，把这最后一点疲惫也甩在身后。

变故也是在这一刻发生的。

战舰还未移动，却在同一时间发出令人心惊的刺耳警报声——

帝国对虫族的戒备永远是最高等级的，有些警报是刻在程序里的，在面临紧急情况时不需要拉响，便会自动发出。

而现在正是如此。

这不是一般的警报，是在只有遇见虫族时，才会发出的尖锐警报。

贺云霆的眸光重新变得冰冷，抓起通信器刚想说话……

已经不用开口了。

一秒后，战舰外部的显示屏已经传来了画面。

一只通身黝黑的巨大生物不知什么时候出现在了战舰的不远处，它的一对触角翕动着，口器尖锐锋利，而八足也都带着可怖的机械倒刺，令人生畏。

那是一只体形硕大的……巨型机械沙虫。

在绝对的一秒寂静后，整艘战舰卷起轩然大波。

虫族永远是进化论里一个无法解释的奇特存在，除了少数虫族已经进化出了类似人类的神智，还分化出了各个种类，大部分都是无智慧的虫子。除了最常见的沙形虫，还有甲壳坚硬的蚧子虫、久居深海的水形虫、多翼虫，繁殖能力超强的钻形虫，以及许许多多连名字都叫不上的其他类别。

即使有些高等级的虫族已经有了神智与独立思考能力，其天性也是绝对暴戾的。

面前的这一只，无疑是危险程度为SSS之一的巨型机械沙虫。

它们的足肢已经变得如钢铁般坚硬，肢端尖锐无比，且许多虫族身上都带有毒性，正常的人类在它们面前根本就不堪一击。

虫族中只要带上了"巨型"两个字的，都是正常虫族体积的十倍以上，且某些巨型机械沙虫的足肢甚至能穿过这些人类为了抵御它们所制的

金属，刺透机甲的心脏。

而击败所有虫族的关键条件都有一个——毁掉它们的大脑。

某些虫类的再生能力已经趋近完美，即使削掉它们敏感的触角、赖以行动的足肢，只要大脑没有毁灭，它们总能重新长出，继续战斗。

特殊的警报仍在刺耳地响着，这只巨型沙虫步态甚至称得上是悠闲的，像是宣示自己的到来一样，此刻正用自己可怖的足肢，扬起漫天黄沙，缓慢地向人类靠近。

"全舰防御系统已经开启，P-1型核聚粒子光束炮……只有一枚。"叶凌表情凝重，同时检查了战舰上所储备的弹药和武器，因为最初的目的只是实训和演习，虽然常规的弹药自然必不可少，但战略级别的粒子核弹在没有指令的情况下是不能被装填的，毕竟无论是谁，事先也不会想到会有虫族在这里出现。

但现在并不是思考这个问题的时候。

"电磁炮蓄能准备。"贺云霆命令道，顺便在此间隙转头看了一眼新兵所在舰舱的监控，不少人也已经发现了异常，甚至开始紧张起来。

他们中许多人都是刚进入基地的新兵，就算三轮选拔已经证明了他们是比常人优秀了许多的准机师，但亲眼见过虫族的却寥寥无几。

有人开始坐不住，但由于沙虫还未完全靠近，透过他们的舷窗并不能看清，只能在原地着急，口中还默念着什么。

"Beauty-2型电磁炮充能完毕。"

"所有主炮准备就绪。"

整个舰长室和下一层的指挥舱都还算冷静，开始一一部署战斗方式，叶凌甚至还补充了一句："'美人二号'准备发射。"

林晗也是第一次见到虫族，在最初的震惊后渐渐镇定下来，眼睛虽然还盯着这只巨型虫看，但他却发现自己并没有想象中的那样有太多惧怕的情绪。

巨型机械沙虫的甲壳十分坚硬，一般的榴弹根本对它造不成多大的伤害，而在大家开始着手准备攻击时，门忽然被急促地敲响了。

这个时候肯定不会有没眼色的军士上来直接请示，想也能想到是谁。

贺云霆面色忍不住冷了一分。

门开了，闻天尧带着自己的副手急切地走进来。

"贺上将！"

闻天尧的声音带着极度的愤怒，他对虫族的恨意在这一刻几乎掩盖不住："为什么会有虫族？！来之前不是已经跟奇行生物星系说好了吗？"

席远站在他身旁看着他发怒，皱了皱眉头，想要提醒他注意身份。

不过很快闻天尧自己也意识到了这个问题，他努力平复了一下情绪："在着陆之前不是已经确认过了吗？是谁确认的？为什么会有这样的不实信息？"

闻天尧嘴快，这次来也不过是监视，一下子忘了最早的负责人就是红莓的机师，季萌。

他不说这句话还好，说出来后陆安和的脸色也变得十分难看。

但他闻天尧地位尊贵，陆安和总不能直接顶撞，只是说了一句："奇行生物也没说要帮我们看着虫族。"

"负责这个的军士已经死了。"贺云霆语气森冷，"不如王子殿下对着他的尸体好好问清楚？"

闻天尧瞳孔收缩一瞬，似乎没想到贺云霆会这么说。

他克制了一下情绪，露出一个自己之前练习过许多次的笑："当然，我不是那个意思……"

"传令给战舰上所有人，全部退到内舱。"贺云霆继续命令着，"十秒后发射第一枚Beauty-2型电磁炮。"

"是！"

闻天尧在原地跺了跺脚。席远神色不变，没有制止。

林晗站在一旁冷冷看着，回想起自己之前读到的内容。

结合之前的心声和闻天尧现在的表现来看，他是真的不知道会有虫族埋伏在这里。

可是总有哪里不对。

虫族为什么会被引到这里来？数量究竟有多少？是巧合，还是有人故意为之？巧合暂不论，如果真的是有意为之，那这样做的目的是什么？

林晗紧紧皱着眉头，有了一个猜想。

毋庸置疑，与这样一只巨型虫遭遇的事实，等回了帝国，必然是瞒不

住的。

但他们顺利回到帝国的条件，就是要消灭掉虫族，才有可能到跃迁点跃迁，返航。

而主和派几天前还在公共电视节目上表示，要接受高等级虫族的示好，现在谈判还没成型，边区这边就先打起来了。

这样一来，主战派完全不需要再在议会上费什么口舌，群众都会偏向他们这一方——这时候罗琪再用力鼓吹一下虫族的险恶，以及这次战斗的战况，渲染一下气氛，主和派基本就翻不出什么花样了。

而恰好，闻天尧就在这次实训中。

再恰好，他本人就是一个隐藏的主战派。

闻天尧往日在民众中的形象就很好，大家都称赞他没有架子平易近人，而现在他又直接参与了这一事件，只要多加煽动，平民们必然会更加拥戴他，认为他就是未来的君王。

那这样他的地位就更难撼动。

——但问题是，从林晗的读心内容来看，他本人似乎是真的对这件事一无所知。

莫非……闻天尧只是一个幌子，一个光鲜亮丽的、用来挡枪的幌子？

对方的目的从来不只是要扶闻天尧坐稳位置，而有更大的野心……

这样一来，似乎就暂时说得通了。

林晗相信贺云霆也能想明白这一层，因此连告诉他的打算都没有。

现在他才是主心骨，自己不能让他分心。

而贺云霆与他像是有了某种层面的感应，林晗看见贺云霆的表情也变了一下，转头冷淡地对闻天尧说："王子殿下只要好好待在战舰上，自然能保证安全。"

此时，Beauty-2型电磁炮的倒计时也进入了尾声。

"3、2、1……"

"轰——"

随着一声巨响，被戏称为"美人二号"的电磁炮在主炮的推进下，以极快的速度冲向那只沙虫。

而这种等级的沙虫自然也不弱，它甚至能在一定程度上知道人类想对它做什么，即使电磁炮自带追踪功能，瞄准了它的大脑，但它还是在这一瞬收起全部的机械足肢，又升起进化过后的甲壳——

砰！

火炮与钢背相撞，火花四溅，但这只巨型沙虫只是浑身抖了一抖，硬生生挨过了这一足以毁灭无数建筑的攻击。

贺云霆知道这一发肯定不奏效，沉稳指挥着继续进攻。

电磁炮不停地蓄能、发射，有些目标并不是沙虫的脑仁，而是它的其他部位。这只沙虫在再次躲避了两枚电磁炮后，像是终于被激怒了，沉下脑袋，令人浑身起鸡皮疙瘩的复眼密密麻麻地转动着，伸出口器，发出一声巨大的嘶吼——

下一秒，它所有足肢并用，用一种几乎不能被肉眼捕捉的速度开始移动，飞快地向这边奔来！

"转MEGA粒子炮。"贺云霆的语气没有丝毫变动，而叶凌也十分了解他的战术，之前就已经蓄能完毕，就等着这一刻。

开启了防护罩的战舰像一块坚不可摧的巨型屏障，而在屏障之间撕开一个口子，旋转发射的白光几乎和此刻正在向这边奔来的沙虫达到同一速度，以一种硬碰硬的姿态，猛然攻向它。

整艘战舰似乎都颤了一下，而在硝烟和碰撞中，被料到了所有行动轨迹的沙虫连最后的吼声都没发出来，猛地被粒子炮击中，坚硬的甲壳由于足肢的运动没能立刻保护住最关键的部位，最终被击中大脑——

它钢铁一般的足肢不动了，一声巨响过后，轰然倒地。

所有人都松了一口气。

闻天尧脸色缓和了几分，勉强镇定下来："那么，上将……"

他的声音止住了。

因为……警报声并没有因为这一只沙虫的丧生而停下。

虫族警报是根据收集到的虫族脑波波动发出的，这说明——

不止一只。

闻天尧脸色逐渐发白。

地面开始摇晃，黄沙仍在肆意扬起，而边区的天色本来就阴沉，此刻更是变得昏黑幽暗，像是某种极为不祥的预告。

三秒后，又一只巨型机械沙虫，重新出现在显示屏中。

但不同的是……这次的数量，起码有五只以上。

在它们的身后，甚至还有更多的其他虫族。

这个规模，再也不能被称为"偶然"了。

"上将，"叶凌紧急汇报道，"目前战舰内部的弹药还剩一半，但如果这些虫族一起攻上来的话，就不一定……"

"现在全速前进，行驶到跃迁点需要多久？"

"至少半天。"

贺云霆眉毛动了动："汇报一下跃迁点和能量储备的情况。"

战舰的信息在跃迁点是有记录的，而跃迁最需要的就是足够的能量。

叶凌一下子没明白贺云霆为什么忽然问这个，但在联系上指挥室后还是如实回答："跃迁点目前一切正常，可以供应跃迁所需的8万单位能量。"

贺云霆问："如果发射P-1型核聚粒子光束炮，最低耗能是多少？"

"6万单位。"叶凌如实说。

贺云霆终于拧紧了眉。

"怎么了？"一旁的闻天尧像是急了，"上将，你还愣着做什么！先发射武器，然后再后退啊！后退到跃迁点——只要成功跃迁，不就什么事都没有了吗！"

林晗却只看着贺云霆，连他自己都说不上来，为什么会对贺云霆有如此大的信心，好像别人说的都不算，他只相信他的话。

而现在贺云霆半天没有开口，一定是有什么新的问题。

闻天尧语气越发焦急："撤退啊！跃迁啊！不是还有一发光束炮吗！有了它，这些虫子算什么！"

"希望王子殿下有一点基本的判断力。"贺云霆像是终于忍无可忍，这次连看都没有看他，"既然虫族都能出现在我们面前了，您以为到跃迁点就能逃出去吗？"

闻天尧突然噤声。

"我敢保证，现在的跃迁点，虫族只会比这里多，不会少。"

而现在战舰所剩的能量，如果用来轰掉这些虫族，堪堪赶得上在跃迁点跃迁。

可如果跃迁点真的有别的虫族，如果数量真的比这里还多，那么没了P-1型核聚粒子光束炮的保驾护航，这些机甲和机师就要统统被困在跃迁点，没有足够的弹药，又无法行动，而帝国派来支援的时间肯定要更久……

那么在等待支援的时间里，这艘战舰就是个任人宰割的活靶子。

现场重新陷入寂静，只有警报声依旧不绝于耳。

贺云霆却像是突然做了什么决定，站了起来。

叶凌顺着他的动作抬头，张了张嘴："上将……"

明明是常见的动作，他却觉得不妙。

"所有现役机师听命，包括还没有得到选拔结果的准机师。"

贺云霆打开了全舰通信。

"你们的机甲此刻就是你们唯一的武器。也许很多人这是第一次来到这里，虽然没人愿意如此，但事实是，你们现在必须驾驶着它，去抢回唯一的跃迁点。"

"B组机甲不是实弹。"他自嘲地嗤了一声，不知是不是在"庆幸"有人做过手脚，才能让他们有一半的荷枪实弹，"从A组机甲那边分一半，装填上去。"

贺云霆转头对叶凌说："带着所有机师全速前进。P-1型核聚粒子光束炮留着，给跃迁点最后一炮，即使炸毁了也没有关系。"

陆安和的脸色也变了："什么意思？"

"如果有必要，那就炸掉跃迁点。"贺云霆声音冷然。

闻天尧怔住了："可是现在这些又怎么……"

"我去拖住这些东西。"他说，"如果真的到了需要炸毁跃迁点的时候，千万别犹豫。"

"也不用等我回来。"

"林先生，你现在有两个选择。"贺云霆却没有回答闻天尧的话，语气带着惯常的冷意，好像他只是在帮林晗拧开一支营养剂。

林晗不闪不避地对上他的双眸。

他看见贺云霆拿起自己机甲的钥匙，走到自己面前。

201

那把钥匙他见过，钥匙所属的机甲他甚至还开过。

——在修理室。

"要么留在战舰，如果危险清除，也可以第一时间回到帝国。"他说，"但因为已经没有多余的机甲，而且他们的首要任务，是夺回跃迁点。"

他的意思很明确，这些机师都是新人，陆安和和叶凌又忙着指挥，不一定能够顾及林晗的安全。

贺云霆偏头看向满眼黄沙的荒芜星球。

边区虽然占地面积很大，但由于气候恶劣，人烟稀少，总带着一种悲哀的萧条感。

陆安和终于明白了什么，他咬了咬牙站起身："……让我来，我可以拖住。宙斯的防御是最高级的。"

虽然它的攻击力并比不上M2742。

这句话他没有说。

"你带着叶凌，负责指挥这些机师。"贺云霆看着监控中已经开始骚动的新兵们，"知道吗？"

陆安和心中其实知道根本没法反驳贺云霆的决定，但还是忍不住说："可是如果跃迁点真的有虫族怎么办？如果真的炸毁掉跃迁点，您又怎么回来？"

"不用担心我。"

陆安和满眼都是担忧，却又无法违命。

"而且，"贺云霆忽然低头说了一声，"你还要带着他回去。"

陆安和脸上重新浮现出一种悲伤又无奈的神色。

他明白贺云霆口中的"他"，是那个还躺在自己机甲里的少年。

这一场变故来得太快，没有给任何人反应的时间。

悲伤和叹息都是空洞的东西，即使这已经是季萌能拥有的唯一了。

贺云霆偏过头，不去看陆安和的表情。他站在林晗面前，继续说。

"要么跟着我，"贺云霆看着林晗，手里握着M2742的钥匙，眸子里是青年的身影，"缺点是，我们不一定能赶得上大部队的跃迁。"

林晗觉得这个问题不需要犹豫。

留在战舰上的他并不能做些什么，反而还要因为自己无法参战，而浪费其他兵力。

战争面前每一个生命都是平等的，不分高低贵贱。

他想起贺云霆的机甲，忽然觉得第二驾驶舱真是个不错的选择。

林晗刚要回答，就听见贺云霆平静地说了最后一句："我不能保证别的，但只要我活着，就没什么能伤到你。"

就算是闻天尧也开始慌了。

他膝盖一软，在自己都没反应过来的情况下，后退了一步，但还算能稳住心神。

闻天尧很快站定："上将是这里的最高指挥，要是就这么出去，回不来了怎么办？"

"防御护盾开到最厚，主炮由电磁炮换成投射炮，能量能省一点是一点，"贺云霆一边给叶凌下指令，一边还顺手整理了一下衣领，"那么王子殿下来开？还是想让大家一起困在跃迁点？这样给虫族当晚餐的时候还能让它们挑一挑。"

即使他脸上的表情没有变化，但在场对贺云霆稍有了解的人都知道，他能说出这种带刺的话，几乎代表他现在已经十分生气了。

很明显闻天尧也不至于傻成这样，他先是下意识地不满了一瞬，但还是做好了表情管理："那我能帮上什么忙？更何况林先生这样，不会驾驶机甲的话，也应该留在战舰上。"

"据我所知，您登舰时不仅带了亲信，还有自己的机甲。"贺云霆说，"到时候没人能顾得上您，还请王子殿下让他们保护好您，好好留在自己的机甲内。"

闻天尧的机甲是在他成年时拥有的，在当时也算是顶级配置了，不过比起定位明确的近战型、远战型或防御型机甲，专属于王子殿下的机甲则是全能款，但每一方面都不够突出，换一种说法就是中看不中用——不过对不需要真正参战的人来说，足够了。

"可是……"闻天尧还想说什么。

"林先生是国之栋梁。"贺云霆最后扫了他一眼，不想再理会，重新把目光放在林晗身上。

别人无暇顾及，那他会倾力保护。

他还在等一个答案。

战舰开始缓缓上升，而在同时开启了防御盾和攻击主炮的情况下，整艘战舰在启动时比来时要摇晃得更厉害，伴随着引擎激扬而起的黄沙，几乎淹掉一半的视野。

"我跟你走。"林晗不愿意让贺云霆等太久，"将军不用特地保护我的安全，专心御敌就好。"

于是贺云霆方才的那一阵不耐也被抚平，他的眉眼依旧不带绪，声音却缓和了一些。

他抬起手，似乎想做点什么，最后收了回来。

"好。"他说。

战舰下层在听命后已经开始启动应急程序，并着手准备所有还在舰上的机甲——因为不止M2742，所有的机甲，无论功能和等级，再没人给他们训练的时间，近在眼前的战争会逼迫着他们适应。

贺云霆开始对叶凌和陆安和下命令，陆安和跟他最久，许多事不需要点明也能理解，倒是省了许多口舌。

"总之，保持最低耗能，往跃迁点开，一定要保留够跃迁的能量和P-1型核聚粒子光束炮的发射能量。"贺云霆最后交代道，"……不惜一切代价。"

"刚才已经向帝国发送了请求援助的信息，但就算援军全速出发，到达这边的跃迁点的时间还是太漫长了。"

贺云霆扬起下颌，看了看显示屏中还在向这里逼近的五只巨型机械沙虫，语气沉了下来，对陆安和说："如果真的有人救不了，别去救。记住，最终的目的是要大部分人能够完成跃迁，一起回家。"

陆安和只抿着唇看他，没有说话，也不需要说话。

曾经有人诟病过为什么一个上将的副官军衔只是中校，但只要是在基地待过的人都知道，那是陆安和自己的选择。

那是同生共死后才有的默契。

"我相信你的判断。"贺云霆最后说。

做什么取舍，下什么决定，他都相信。

贺云霆并没有说明他什么时候会回去。

陆安和双腿并拢，向贺云霆行了一个军礼："得令。"

他知道贺云霆即将面对的危险，也知道贺云霆的计划。

——因为在他的计划里，根本就没有考虑过自己能赶得上跃迁的事。

他需要单枪匹马去面对五只巨型虫族，而在他对敌的同时，战舰却在飞速撤退……

机甲的速度再快也比不过全速行进的战舰，而跃迁点到底有多少虫族还未可知。如果少，那么战舰解决得快，也不会在原地干等着贺云霆，会直接开启跃迁；如果多，那么一发P-1型核聚粒子光束炮过后，这个跃迁点就被直接损毁，再不能提供跃迁。

"就算……就算赶不上，通信也一定不要断。"陆安和说，"支援部队会第一时间与您取得联系，获取位置，坚持住……一定不会有事的。"

陆安和低头又重复了一遍："一定不会有事的。"

他不愿再承受一次痛苦了。

"嗯。"贺云霆只是简单地应了一声。

"所有机甲就位，让机师到顶层的甲板上来。"贺云霆对着通信器说。

下一秒，他打开了舰长室的门。

贺云霆站在门口，他的身后是依旧残破不堪的漫天黄沙和咄咄逼人的巨型虫族，他的声音却依旧低沉镇定，没有惧色。

他逆着光，挡住了那些即将席卷而来的危险，叫了一声"林先生"，说："想好了吗？"

在短暂的寂静中，林晗很浅地勾了一下唇角，那些恐怖的虫族此刻好像都不那么令人畏惧了。

他向前迈了两步，没有犹豫地抓住贺云霆握紧机甲钥匙的手——那是刚才贺云霆想做却没能完成的动作，也是虫族出现之前，他亲口问出的话。

林晗声音平静温和："走吧。"

而在这一瞬，他听见了贺云霆的心声。

"无论你怎样选择，我都希望你能平安。"

205

所有机师已经立在自己的机甲旁，做最后的准备。

贺云霆从舰长室里一步一步地走出来。

没有人移开目光，也没有人开口说话。

他们不再好奇林先生为什么要跟将军一同走向他的机甲，他们此刻只想所有人都平安。

"老大，保重。"陆安和这次没有叫军衔，而是用了自己最常喊的称呼，说道。

贺云霆很轻地点了点头。

"林先生，保重。"

林晗朝他笑了一下，想让他放心。

贺云霆走到M2742的跟前，这才转过身，坦然地面对着所有的目光。

他身形高大颀长，背脊笔挺，像是一杆永远也不会倒下的旗帜。

有人追随他，有人唾弃他，有人想将他拉入麾下，作为斗争的有力工具。

可不论别人怎么看他，他都站在这里，带着自己一身的锋芒与荣光。

贺云霆表情依旧冷淡，湛蓝的眸子像被冰封住的遥远星云。

他抬起手，对注视着他的所有人，在战舰疾行的硝烟战火中，敬了一个完整的、骄傲的军礼。

饶是闻天尧，也忽然有了一丝羞愧。

所有人也朝他回了一个礼，正当他们弯腰低头时，忽然听见一阵怪异的声音。

一个身影以一种极不正常的姿态与速度猛地向贺云霆冲过来，手上不知拿着什么锋利的武器，抑或是这双手就是凶器本身——

"小心！"陆安和率先开口。

他以为这又是一个跟之前相似的行凶者。

可之前的行凶者至少还有凶器，现在这个人却似乎想徒手与贺云霆肉搏。

但贺云霆的动作更快，一个闪身躲了过去，打算抬手制服对方。

没想到对方身手敏捷异常，好像能猜到贺云霆要以什么姿态还击，更加迅猛地冲过来想要与贺云霆搏斗。

他的身上只穿着单薄的衣服，似乎全是弱点，又似乎没有弱点——他本身就是一件武器。

贺云霆来不及说话，堪堪躲过这人速度奇快的袭击，一边掏出随身的配枪，毫不犹豫地向对方扣动扳机！

"砰！"

枪声响起，伴随着枪口冒出的硝烟，对方的左臂被打中，被子弹直接射了个对穿。

这样近距离的射击，只要击中，无论是谁都会受重创，至少行动力会大大受损。

贺云霆缓了缓，刚想看看行凶的究竟是谁，又为什么要挑这样的时机下手。

他手腕刚动了一下——

没想到不到一秒，那名被精准射中的行凶者捂着被击中的、正汩汩流血的左臂，一言不发地站了起来。

像是有着诡异的恢复能力，他像没有受过伤似的，一甩左臂的鲜血，血滴溅到了林晗白色的制服上。

他喉咙里发出奇异的嘶吼，更加凶狠地向贺云霆扑了过去。

"这是谁！快制住！"陆安和高声喊，也取出腰间的配枪。

直到这时，林晗才看清那名行凶者的面貌。

对方的身形可以说是瘦小的，表情僵硬狰狞，一句话也不说。

而他的后颈处，有一道很深的、陈旧的疤痕。

——这个人他见过，是祁嘉泽。

这个人当时就已经表现出一种奇怪的仪态，但好歹还能听懂祁嘉木的话，努力地叫对方哥哥。

来不及思考他为什么会出现在这里，林晗脸上还沾着血，在这一群新人机师中寻找着祁嘉木的身影。

祁嘉泽已经不像一个正常的人类了，与之前那些行刺贺云霆的人相似却不相同，他不再是柔弱的少年，他整个人像是被训练过的武器，不知道疼，也不知道累，只会用一种心惊的方式想要杀掉眼前的人。

207

这样下去不是办法，战舰前还有虫族在虎视眈眈，而甲板上突然又出现这样一场好像是有备而来的刺杀……

贺云霆一边回击，一边快速靠近M2742。

"林先生跟着我。"他对林晗说，"我们找机会上去。"

林晗便放弃了寻找，紧跟着他。

可是祁嘉泽竟然异常难缠，无论贺云霆怎么攻击他，他甚至已经身中三枪，也没有停止攻击——

"阿泽！"

祁嘉木咬着牙冲到贺云霆面前，不停地叫对方的名字，再死死抱住自己的弟弟，对贺云霆说："上将您快走！我能拉住他。"

贺云霆冷着脸，还想对着重新扑上来的祁嘉泽开一枪，却被他的哥哥拦了下来："求您，求您别开枪——"

不太正常的人在被祁嘉木抱住的一瞬间，似乎停下了动作。

而贺云霆也不犹豫，果断地抓住这一刻的时机，没有再开枪，不由分说地拉起林晗，以最快的速度登上了自己的机甲。

祁嘉泽似乎还没放弃杀掉贺云霆的念头，却被祁嘉木扣得很紧，只能从喉间逸出难耐的、低哑的声音，却无法发出完整的音节。

M2742以最快的速度启动——更重要的目标还在前面，总不能被这样困住。

"有些事情，林先生你应该已经看到了。"贺云霆平复了呼吸，开始推进机甲。

引擎的轰鸣声震耳欲聋，由于启动太快，即使有过缓冲，也无法阻挡极强的推背感。

"如果能解决掉面前这些虫子，我再详细告诉你。"

在机甲上升、离开地面时，林晗回头看去。

甲板上乱成一团，那人袭击贺云霆不成，像发了疯似的想要攻击其他人，而祁嘉木不停地叫他的名字，说"阿泽"，说"哥哥在这里"。

林晗想起自己之前看到过的孱弱少年。

当时的他瞳孔只是略微缩小，可现在再看过去时，林晗发现——

少年的眼球，已经不知在什么时候，变成了竖瞳。

竖瞳。

那是虫族才有的典型特征。

他不知道祁嘉泽在这段时间里经历过什么，他的哥哥又知不知道这一情况，而最关键的问题是，他究竟怎么混上战舰的。

林晗身上泛起一阵凉意，但还是强迫着没让自己移开眼，在仅剩的时间里关注着战舰的一举一动。

他看见祁嘉泽的双臂和右腿上多了三个还在不停流血的弹孔，是刚才贺云霆拔枪击中的，连硝烟的味道都没有散去，祁嘉泽却像没有痛感一样，浑不在意地继续挣扎着。

祁嘉木一边叫他的小名，一边努力祈求着已经将枪抵在祁嘉泽额前的陆安和，不要扣下扳机。

机甲隔绝了战舰上的声音，林晗只看见闻天尧满脸的震惊，以及一旁席远有些微妙的表情。

他看见祁嘉木双手扣得很紧，陆安和表情严肃地动了动嘴唇，好像在说什么。

他看见对方终于在自己哥哥的安抚下平静了下来，却依旧浑身颤抖，口中喃喃着什么。

他看见不远处的虫族似乎变得兴奋，为首的两只沙虫扬起了触角，加快了足肢爬行的速度。

他看见越来越近的高空，看见擦过驾驶舱的黄沙，看见逐渐变得猩红的天色。像一场盛大又残酷的预告。

战舰全速后退，很快林晗连上面标志性的栏杆也看不见了。

他此刻只能看见贺云霆宽阔的背脊。

刚才事态紧急，贺云霆只来得及把他捞上来，两人都还在第一驾驶舱内。

林晗想将竖瞳的事告诉贺云霆，但又不愿意让他分心。

当然更关键的是，他没法像那些优秀的机师一样完美地驾驶机甲，他怕拖累贺云霆，成为一个包袱。

贺云霆将机甲升到一定高度，然后逐一开启操作系统。

机甲AI传来机械的系统音。

"M2742，已达合适高度，全机自检完成，目前机甲外侧环境检测为D级，请机师注意防护，并选择开启机甲舱。"

"开启第一驾驶舱。"

"林先生别怕，你不需要驾驶。"贺云霆在操作的间隙偏头对林晗说，"不过待会儿可能会很难受，能坚持吗？"

毕竟真的打起来，数不清的撞击自不必说，关键还有不断变换的位置和源源不断的失重感，这些都是无法避免的。

"将军不介意的话，我可以像上次那样……去第二驾驶舱。"林晗的声音带着点歉意，"可是上次毕竟是将军指导的我，放到现在，我可能没法很好地驾驶。"

"好。"贺云霆应得很快，"林先生不必驾驶，保护好自己就可以。第二驾驶舱有配套的设备，别担心。"

林晗应了一声，往第二驾驶舱走，在快要离开这里时，听见贺云霆用很低的声音说了一句，不知是不是在自言自语："毕竟我让你来是有私心的。"

林晗愣了一下，想说不是的，是他自愿要来的。

他没法想象贺云霆要怎样一个人面对这几只庞然大物。

这也是他自己的私心。

但林晗并没有回答，而是听话地到了第二驾驶舱，坐上驾驶座，戴好头盔。

舱门缓缓合上，林晗看见贺云霆将手放在拉杆上，一拉到底，机甲骤然提速，扬起漫天的飞沙，向那些可怕的生物冲过去。

在升高加速的过程中，林晗一度觉得反胃，但最终还是怕打扰了贺云霆而没有求援，只是用手撑住操作台，关闭了与第一驾驶舱的通信，不让贺云霆听见自己的异样，开始拼命地喘气，深呼吸，试图冲散这一阵生理反应。

而在第一驾驶舱的人，才真正开始了属于他自己的战斗。

沙虫的目标当然是战舰，在战舰后退时，它们便开始加速，口器发出令人遍体生寒的高分贝噪声。

M2742机身的大小大概就跟一只巨型沙虫差不多，贺云霆的打法跟其他人都不一样，他先是猛地在高空中灵巧地躲闪开其中一只虫挥来的足肢，又迅速找准角度，右臂蓄能，向那只沙虫的触角发射了一枚激光炮。刺眼的镭光精准地在触角上炸开，那只沙虫怒吼一声，下意识挥动了一下前方的双足，想要驱散这一阵硝烟。

其他几只沙虫的目光自然也被这一声巨响吸引了。

巨型沙虫比一般虫族更厉害的地方是它们的足肢，要进化得更长、更坚硬，它们不再需要腹部贴着地面行动，而是可以用自己长满倒刺的足肢爬行。

这几只沙虫已经算是进化优秀的了，不过本性里的残暴嗜杀仍然没变，且非常容易被激怒。

很快，它们就忘记了此行的目的是那艘还在后退的战舰，转而转动着硕大的头颅，密密麻麻的复眼发出红光，开始朝M2742奔来。

林晗本以为贺云霆会一直用这样声东击西的打法，却没想到下一刻，对方却突然将引擎拉满，毫不犹豫地用自己的机身当作子弹，径直朝其中一只虫族冲去。

他是想把自己的机甲外壳当作武器？

林晗心中一惊，专注地看着贺云霆，他的动作还是很稳，从系统的指示来看，甚至精神力也没有太多的波动。

"轰——"

一声巨响，M2742在撞上那只沙虫的前一刻开启了最高的防御盾，直直地攻在沙虫的腹部！

而下一秒，机甲开始蓄力，林晗感受到一阵猛烈的冲击——

那是贺云霆的精神力。

普通的机师拼操作，中层的机师拼战斗技巧，而到了顶级的机师，拼的就是精神力。

精神力等级越高，与机甲的契合度也就越高，那么这些金属在他的手中，才能真真正正地发挥作用。

林晗看不见对方的表情，却能深刻地感受到对方必胜的战意和决心。

在沙虫短暂的吃痛中，M2742右臂终于蓄能成功，不是什么远程的激

光炮，也不是从前胸发射的MEGA粒子炮，而是一柄用光束形成的、中间是能量体的巨大光剑。

他的精神力压迫性太强，林晗却没觉得太难受，他眼看着M2742用这柄光剑，硬生生地刺开了这只沙虫的腹部！

沙虫开始剧烈挣扎，而贺云霆的精神力没有收起来，在机甲和精神力的加持下，沙虫的血液四下溅射，贺云霆咬着牙，一捅到底，由于蓄力太深，整台机甲的后足甚至被逼退了几步，再直直地穿透这只巨型沙虫——

它的同伴开始意识到这是个不好对付的角色，其中一只沙虫开始朝M2742扑过来，而此时此刻贺云霆没法停下——如果停下，没有攻击到大脑，那么光剑造成的伤害会很快愈合。

另一只沙虫开始用坚硬的足肢抽打机身，金属的碰撞擦出火花，发出刺耳又尖锐的噪声。

整台机甲开始摇晃，发出巨大的轰鸣声，即使金属十分坚固，但林晗还是有一种快要被拆散架了的感觉。

光剑死死地劈开沙虫，林晗看见贺云霆的肩膀开始发抖，右手牢牢握住操纵杆，而左手控制着光剑，最终猛地向上一提——

光剑顺着沙虫的腹部向上，经过它的前胸和颈部，最后将它最珍贵的脑仁也一并劈开，分作两半！

那只沙虫开始发出凄厉的嘶鸣，它的同伴更加用力地用足肢击打着机甲的背部。

第三只沙虫也来了，它似乎要比前两只聪明一些，想用足肢的重量把M2742整个提起来，再像摔一个玩具那样把它狠狠摔在地上。

贺云霆才堪堪收回光剑，林晗便感觉到一阵悬空的失重感——没想到那只虫族真的用力抬起了机甲的一侧，M2742的后足已经开始离地，要是不加以制止的话，就真的要被它们拎起来完成一个过肩摔了……

林晗再也无法坐以待毙，而就是这一刻，他突然想到了什么。

对于一般人来说，精神力其实是一种奢侈的东西。

精神力可以让他们胜任精细复杂的脑力工作，却无法将这份力量用在战场上。

林晗曾经有过驾驶机甲的梦，就是因为他以为自己的精神力可以弥补体质上的缺陷，结果却被现实无情地上了一课。

他看见另外两只沙虫发出刺耳的尖啸声，扬起带着倒刺的足肢，恶狠狠地向这边袭来。

整台机甲颤抖着，贺云霆用机甲臂牢牢地抓住其中一只足肢，坚硬的金属近距离对上带着倒刺的足肢，金属似乎都要被撕裂，发出令人战栗的"吱吱"声。

他对机甲很熟悉，第二驾驶舱也是有操作屏的。

有跟前面的驾驶舱一样的装置，甚至包含了精神力互联的系统。

林晗不是没研究过双人机甲。更何况，自己曾经也跟贺云霆有过一段极短的、共同驾驶的时光。

只是这些年，帝国实在不盛行双人机甲，多数人认为条件太过苛刻，为了这样的条件建造双人机甲实在没有必要，因此后来不论是研究院还是建造院，都逐渐不再提起这一项目。

这个条件，就是需要两个驾驶舱的机师不仅精神力精纯，更要在同一等级，打个比方，就算第一驾驶舱的机师有着丰富的战斗经验和训练成果，但只要与另一驾驶舱的机师存在不同等级的精神力，无论是高是低，最后的结果无一例外，只有失败。

而一般驾驶双人机甲的机师精神力至少都在S级，连续找出两个这样的优秀机师同用一台机甲实在太过浪费，更何况哪个进了基地的军士不希望拥有一台属于自己的机甲，而要与人捆绑呢？

林晗看见第一驾驶舱疯狂闪烁着各种各样的系统灯，而AI也在不停报错。

他强忍着失重感和眩晕感，也来不及跟贺云霆说话。

他知道贺云霆的精神力非常高。如果自己的体质注定让他无法完整地驾驶机甲，那么……

林晗熟练地开启了第二驾驶舱的系统。

这个驾驶舱的AI语音也打开了，他轻轻笑了一下，说："申请与第一驾驶舱开启精神力共联。"

他看见咫尺之外的贺云霆额前的银发已经被汗水浸湿，看见显示屏外，那些凶猛狰狞的凶兽，但他却意外地感到心神坚定。

213

林晗想，自己可能永远没法独立地驾驶机甲。

但至少，他的精神力也可以与他并肩作战，助他一臂之力。

第二驾驶舱的通信是会实时传递给第一驾驶舱的机师的，此刻M2742正被那只沙虫抓起来，贺云霆还在拼命抢夺机械臂的控制权，乍一听见系统提示，紧张了一瞬，不自觉拔高了声音："林晗！"

他只是叫了他的名字，不需要读到他的内心，林晗也知道他想说什么。

"我不需要驾驶权。"林晗解释道，"我的精神力跟您一个等级。"

贺云霆用尽全力，将那柄光剑核心的能量体从那只黑血渐冷的沙虫身体中抽出来："精神力消耗太大了！你承受不住的！"

机甲开始剧烈振动，可贺云霆才刚收住光剑，想要转过身来对付这一只时，发现连右臂也被第二只沙虫截住了。

这只沙虫周身龟裂的皮肤猩红，口器冒着热气，滴落下带有恶臭的涎水。

两只只有低等思维的沙虫此刻像是终于明白要怎么对付这台坚硬的金属，擒住后足的第三只沙虫触角竖起来，顶端发出瘆人的幽绿色，像是在给抓住右臂的同伴传递着什么信息。

林晗这次没有听话，他对机甲实在是太熟悉了，根本不需要别人指导他怎么操作，便轻松地调出高级指令，当机立断："右臂冷却开启。"

他眼看着冷却器以极快的速度开始注入右臂，渐渐在机甲臂钢铁包裹的五指上覆了一层冷霜。

下一秒，他冷静地对着通信器道："只要你信任我，我就能与你一起作战。"

第一驾驶舱没有声音。

但贺云霆瞬间明白了开冷却器的用意，那只猩红色的沙虫原本还牢牢抓着机甲臂，忽然察觉到不对，被突然变换的温度惊得低吼一声，但天性让它仍然不愿松开足肢。

于是在冷却器开到最大后，右臂急冻，直接冻伤了它的足肢，它下意识地想要甩开机甲臂，M2742便抓住这个机会瞬间暴起，即使后足还被拖住，却仍然成功重新蓄能，近距离引爆了右臂所带的触击式爆弹——

随着一声巨响，那只猩红沙虫还没来得及撤离的足肢被爆弹炸开，直接断掉了两条腿，黑色的血液和被炸碎的机械倒刺四散开来。

这只沙虫喉咙中发出痛苦的吼叫，连连后退几步，暂时没有再靠近。

机甲终于获得片刻喘息。

贺云霆还想阻止林晗，刚开口在通信器里说了一句"林先生"，却被对方打断了。

"我能帮到你。"林晗声音不大，却很坚定，他好像想提醒贺云霆什么，"将军忘了我说过什么吗？"

"——你无往不胜。"

贺云霆便不再说话，也没有再阻止他。

林晗笑了一下，即使他知道贺云霆此刻看不见："带上我吧，将军。"

其实林晗也是第一次尝试与别人精神力共联。

他知道这需要双方有着对彼此足够的信任，虽然到最后他都没有提到这个前提，但他无比相信，他们可以成功。

他闭了闭眼，听着机械女声传来的倒计时。

"第一驾驶舱已同意。"

"精神力共联准备中——"

"三、二、一……"

在倒计时清零的那一瞬，林晗忽然就感觉到自己被一种强悍又温柔的力量包裹住了。

此刻他能感受到贺云霆的精神力，强悍是他抵御虫族的外壳，而温柔则是他心中最原始的本真。

他好像不管怎样，都有一颗永远赤诚的心。

林晗知道自己无法驾驶，便开始凝神，在这一阵罩住他的力量中，顺着精神力共联系统，努力地想要将自己的力量也传递给对方，带着他所寄托的全部信念——

下一刻，他没有操作机甲，却看见M2742带着摧枯拉朽的力量重新站了起来。

猩红色沙虫短暂地失去了战斗力，而那只幽绿色触角的沙虫虽然还在

215

试图拖动机甲的后足，林晗却明显感觉机甲向外传递的精神力变得更加精纯。那只沙虫嘶吼着，却见巨大的机甲迅捷转身，竟硬生生地将原本牢牢拖住机甲后足的那只沙虫，一鼓作气甩了开来！

精神力共联后，对方的波动也同样会感染到同伴。

而贺云霆在接收到了林晗的精神力后，林晗只觉得自己周身的血液都要跟着贺云霆一起沸腾，他几乎能感觉到此刻对方紧绷的神经、发红的眼眶，以及澎湃的热血……

最直观的就是本属于贺云霆一个人的机甲像是突然被提升了性能，在甩开那只竖着触角的幽绿色沙虫后，直直地奔向刚才被炸掉两条足肢的猩红色沙虫，前胸处蓄力的速度快了一倍，很快便迸射出一阵刺目的白光——旋涡磁轨炮果决地轰向它的大脑，在这个巨型生物还未嘶吼出声时，就已经被炸开了最珍贵的脑仁。

虫族的残肢四溅着，刮过机甲发出令人心惊的噪声。

即使林晗只能看见他的背脊，却在此刻充满了前所未有的信心。

他目不转睛地观察着屏幕，突然一阵猛烈的眩晕涌了上来——

可是贺云霆似乎并没有受到影响，林晗咬牙，又将自己的精神力输送出去一分。

地上多了两具虫族的尸骸，林晗猛地发现，除了那只幽绿色的，最后两只沙虫也挥动着足肢，来到了两人面前——

可是它们却不像前两只那样不得章法，两秒后，它们同时发出尖锐的叫声，联合着那只幽绿色的沙虫，三只一齐向M2742冲来。

其中两只沙虫没有直接攻击他们，而是所有足肢并用，牢牢困住机甲的双足，而那只幽绿色的沙虫触角高高竖起，直往机甲的正面袭来。

机甲内的两人同时感受到一阵眩晕——那两只沙虫用尽了全力，将M2742高高举起，而正面的沙虫开始探出口器，往刚才发射了旋涡磁轨炮的前胸啄去。

它们想延续刚才没有完成的计划，想要摔死他们。

"那只绿色的虫是头领！"林晗强忍着精神力不停流失的虚弱感，对着通信器大声说。

而就在林晗说出这句话的时候，整台机甲竟然真的被它们抬了起来，并开始往头上举。

"请注意调节高度，请注意调节高度。"

机械的女声开始提示，贺云霆紧急开启了陀螺稳定器和最大减震，可是为首的那只沙虫完全不想放过他们，开始用带刺的足肢狠狠地击打着机甲的前胸。

机甲还在不停被举高，就算开启了保障，如果真的被这么狠狠地摔一下，还有多少系统能运作，就都未可知了。

"将军！"林晗颤声说，"让它们摔！"

"在落地的前一刻，打开所有能量阀和全部武器蓄能！包括加农炮！"

贺云霆瞬间理解了林晗的意思——他想用机甲瞬间爆发的能量发出弹射，用一种自杀的方式袭击！

两只沙虫将他们高高举起，在最后一刻，它们狠狠地甩开它们的足肢，将整台机甲掼在地上——

"就是现在！"

贺云霆在这一瞬开启了所有武器蓄能，前胸的MEGA粒子炮轰然炸开，而双臂双足的加特林火神炮也同时射出，几乎无法负荷的能量将整台机甲从两只沙虫足中弹开，将它们炸成四分五裂的碎片，在下坠的那一刻轰然爆裂——

林晗几乎站不住了，只能将自己的精神力升到最高，再传到机甲AI中枢的防御系统里。

下一刻，M2742被自己的武器能量冲得半跪在地上，光剑也没有蓄能，而是直接走到那只长着绿色触角的沙虫的面前，顶级的精神力叠加在一起，伸出左右两个机甲臂，掰住它的触角，再一路往下，硬生生将这只头领撕成两半！

四周都是黑血和黄沙，那只沙虫开始奋起反抗，而在它快被撕开的最后一刻，用尽了它全部的力量，将一只足肢插进了机甲舱！

"氧气减少，双驾驶舱氧气均降低至80%！"

"室外温度高，机甲破损，机甲破损……"

217

五分钟后，一切重归寂静。

林晗不知道这场搏斗持续了多久，在最后一瞬几乎要失去意识，等重新清醒时，入眼的全是残缺的尸骸和金属的碎片。

即使最后通过弹射的方式和使用精神力的防护盾尽最大力量保护机甲，但由于能量消耗过大，M2742还是元气大伤。

但所幸两人真的做到了，真的完成了这一次近乎自杀的攻击。

除了最后，机甲被那只沙虫用足肢戳了个洞，但两人都没有受伤。

林晗浑身都在发抖，第一次有种奇异的濒死感。

"我……我没事……"他努力喘着气，嗓子像吞下了一大把粗粝的黄沙，干渴而带着血液的腥甜，连大口呼吸都觉得刺痛。

他闭了闭眼，双手撑着膝盖，明明没有消耗太多体力，只是过量使用了精神力，他仍觉得浑身的力气都被抽干了。

机甲破了一个窟窿，外界带着虫族恶心气味的高温瞬间灌了进来。林晗下意识摸了一把脸，黑发完全湿透了，汗水还在不停地顺着额头流下来。

他看见贺云霆摘下头盔，从第一驾驶舱走出来。

"林先生。"他叫林晗。

对方脱下外套，勉强盖住了那个被足肢刺穿的洞，黄沙虽然被阻隔了，但高热的气温却没法止住。

林晗身上还带着祁嘉泽行刺贺云霆时溅到的血迹，由于温度和湿度的原因已经变成死气沉沉的深红，干涸着覆在白色的制服上，而在刚才的战斗中，林晗又险些摔在机甲舱内。后来机甲破损，他的脸上带着黏黏腻腻的汗水，混杂着黄沙和污垢，黑发被打湿了糊成一片沾在额前，脸上刚刚被他自己抹了一把，脏污便满脸都是。

不过现在不是考虑这些的时候，林晗没力气站起来，只得喘着气靠在驾驶座上，仰头看着一步一步朝自己走来的贺云霆。

他忽然又觉得没什么大不了。

——即使自己从来没有像现在这样狼狈过。

在这绝对安静的一刻，林晗弯了弯眼睛，轻轻勾起干裂的嘴角，对贺云霆笑笑。

"我没事，放心。"像是怕贺云霆担心，他又重复了一遍。

贺云霆没有说话，只站在原地看他。

他的表情虽然看不出变化，但湛蓝的眸子中，是逐渐融化的冰川湖泊。

林晗的心很轻地颤了一下，鬼使神差地对贺云霆伸出了手。

像那次在观测室一样，林晗笑容温和，轻声说话。

他说："将军，拉我一下。"

贺云霆的面容依旧冷峻，他伸出带有薄茧的手，抓住了林晗的食指。

可令林晗惊讶的是，他竟然没有听到声音。

难道是刚才精神力消耗太多，连异能也消失了吗？

换作平常，林晗肯定会庆幸自己终于丢掉了这个令他感到有些麻烦的能力，可现在他却不愿意相信。

他下意识地不愿相信自己没有了这个能力，想证明什么似的动了动被贺云霆勾住的食指，在对方还没意识到他想做什么时，牢牢地反手握住。

还好，还没有消失。

林晗生出一丝庆幸。

他的脸上沾了污渍，血迹斑斑的衣服也皱巴巴的。

而他还是听见了贺云霆的心声。

"他是我见过的最优秀最勇敢的人。"

林晗从贺云霆的眼中看见了此刻的自己。

又狼狈，又虚弱。

贺云霆只穿着衬衫，衬衫还算整洁，不过头发也乱了，汗水沾湿额角。

他也很特别。

林晗脑中没来由地冒出这样一个想法。

他忽然想起那日看到的尘埃星云。

如果宇宙中所有的尘埃都有迹可循，那么在贺云霆湛蓝的眼眸里，说不定也藏着曾经被自己悄悄埋在心里的星河。

"我有点累。"林晗抬眸看他，"还有别的虫子吗？"

贺云霆回答："没有了。"

林晗想起刚才自己说的话，他明明是想让贺云霆拉自己一把的。

他知道贺云霆开启了机甲的战后自检系统，他们现在终于有了短暂的休息时间。

他明白自己应该趁现在去洗一把脸，一直这样不干不净的，总不是好事。

林晗在这短短的几分钟里有了些许困意，他的思绪开始飘起来，想要入睡，却又不敢。

他呼了一口气，继续刚才的话题。

"我去检查一下机甲的具体损伤情况。"他没看贺云霆，生怕被对方发现自己此时不太自然的脸色。

贺云霆应了一声，跟着林晗走过去，在林晗开始工作的时候，自己也观察着周围，打开星际地图，顺便继续联系战舰。

因为有林晗的加入，解决虫族的速度比预想中的要快，如果现在机甲能开启全速行进的话，说不定能追上战舰，一起跃迁回到帝国。

林晗走到被那只沙虫戳破的部位，再综合了一下目前机甲所剩的能量，认真测算后将情况告诉贺云霆。

"破损不严重，可以将就着修补好，不过关键问题不是这个，"林晗说，"刚才的激战对能量的消耗更大了些，我算了算，如果开启全速，大概需要两个小时到达跃迁点。"

贺云霆沉默地听他说完。

"但必须要注意的是，全速前进的耗能很大，这必须要保证到了跃迁点后，我们能获得足够的能量支持，否则的话就一点能量也没有了——换句话说，就是战舰还在，跃迁点也还在。"

"两者缺一不可，不满足任何一项都是徒劳。"

林晗说完，有些担忧地问贺云霆："联系上战舰了吗？"

他看见贺云霆的通信器亮着红光，并发出沙沙的声响。

对方没能给他答复。

"那我先看看，能不能把机甲先修一修。"林晗没有再问，"毕竟现在有破损，室外环境太恶劣，这么待下去也不是办法。"

"好。"贺云霆说。

林晗走到第一驾驶舱，把贺云霆用来挡那个窟窿的外套拿开。

甫一接触到室外如同刮骨的烈日强风，林晗下意识避了一避。

巧妇难为无米之炊，毕竟不是在研究院，手边也没有什么材料，想要修复得跟战斗之前一样还是有难度的。

他低头思索了一阵，又对比了一下破损情况，开始制订计划。

林晗通过显示屏看着外面残破的虫族尸骸和碎裂金属。

在极度缺乏资源的边区，只有尽快到达跃迁点才是最要紧的。在这之前，只能随便用什么东西补上了。林晗思索着。

而此时贺云霆的通信器终于亮了，林晗听到了陆安和焦急的声音。

"老大，你们那边怎么样？有没有受伤？"

陆安和的背景音很嘈杂，他的语速也很快。

"没事，都解决了。"贺云霆答，"正准备赶往跃迁点。"

没想到陆安和听见这三个字立刻激动了起来："别来！别来跃迁点！"

陆安和喘着气说："你说对了，跃迁点早就被虫族埋伏好了，这里至少有三十只——"

林晗手中的动作停了下来。

他看见贺云霆凝重的神色，没有打断陆安和说话。

"现在所有有机甲的军士都出动了，虫族一定早就了解了我们要从这个跃迁点返航，不知道在这里等了多久！"

"死伤情况。"贺云霆语气越来越冷。

林晗听见陆安和深吸了一口气，努力平静着说："目前……这次来参与演习的预备机师已经阵亡两人，重伤一人，其他的……还不清楚。"

"之前那个人呢？"

"那是祁嘉木的弟弟，老大，你刚才三枪都没把他打死，他恢复力惊人，现在那些窟窿几乎重新长好了，经查他已经初步具备了虫族的一些基因特质，但别的实在没时间深入了解，只能等回去再一一盘问。"

"现在祁嘉木已经把他控制住了，没有再造成太大影响。"

"嗯。"了解到基本情况的贺云霆说道。

他大概知道了陆安和在如此激烈的战况下给自己发消息的原因了。

果然，下一秒陆安和就抖着声音说："现在，现在打算用剩下的那枚

P-1型核聚粒子光束炮了，已经召回所有还有行动能力的机师，打算将虫族引到一处，在全部人用剩余的能量跃迁后……"

陆安和似乎还在努力控制着语气："……炸毁跃迁点。"

于是刚才林晗提出的两个可能性都不存在了，为了能让大部分人回去，跃迁点必须与虫族一起消失。

战舰会带着最后的能量离开，而源源不断产生能量的跃迁点终将成为一堆废墟。

陆安和静默片刻，林晗听见他那边炮火连天的爆炸声。

"老大，你和林先生……不用赶过来了。"

贺云霆却比往日还要冷静："知道了。"

陆安和还在跟贺云霆交代着什么，包括援军出发的批次和时间。

两人很有默契，有时候贺云霆都不需要提问，陆安和都能一一说明。

"援军已经收到了信息，但如果后续没有其他虫族的话，就不会派战舰来接，所以速度会慢些，"陆安和最后说，"但应该不会太久，你们……"

陆安和被打断了。

大概是重新进入混战，剩下保重的话没有说完。

贺云霆的语气依旧没有变化，就好像对方只是在汇报一个最简单不过的训练情况。

林晗知道，这一次通信过后，那个存了很久的跃迁点就要消失了。

很意外，他发现自己也跟贺云霆一样冷静。

即使现在的情况是，两人已经被暂时困在了边区，手边只有一台受损了的M2742。

通信不知什么时候会断掉，他们现在该去往何方，如果开启最低耗能的话，又能坚持多久。

他静默地看着面前的荒芜。

天色好像渐渐暗了下来，在一切结束后逐渐变得安静，仿佛之前那些死亡和硝烟都不曾存在。

林晗没有多问什么，只是继续修理。

"林先生。"过了一会儿，贺云霆忽然叫他。

林晗还在埋头琢磨怎么样才能尽可能地降低机甲的耗能，听见贺云霆的声音，还沉浸在机甲系统和程序中的他扭头看过去："怎么了，将军？"

　　贺云霆却没有立刻回答，反而难得地反问了一句："你还记得我来之前跟你说的艾尔茵尼霍星云吗？"

　　林晗不假思索地点头："记得，可是当时到了边区没能看到，有些遗憾。"

　　他说那是只有在边区才能看见的奇景。

　　"不遗憾。"贺云霆说话的方式还是直接又笨拙，却想努力告诉林晗这个事实，"你抬头看一看。"

　　林晗便下意识听话地抬起头，他看见一片自己从未见过的、绚烂浪漫的紫色星空。

　　"——这就是艾尔茵尼霍星云。"

第八章

那片星云是什么时候出现的，没人注意。

也许是天幕坠落之前，也许是战斗结束之后。

林晗抬头的那一瞬几乎说不出话来。

不像那日看见的有些遥远的尘埃星云，这一片云雾状绚烂的紫色带着梦幻的光，低得几乎触手可及。

它的外层大气呈螺旋状散开，而即使是最中间的部分也不会过分明亮，它是被恒星抛弃的星云，只有留下来的漫射光映出它们的色彩，绚烂得令人震撼，像溶于水中的色块，弥散出的每一处印迹都带着不可复制的瑰丽。

林晗之前的太空眩晕症虽然消失了，他却感觉到另一种被攫走空气的窒息感。

他伸出手，想要抓住其中一片绮丽。

即使他们现在情况不容乐观，他却依然获得了足以慰藉心灵的宁静。

"艾尔茵尼霍星云出现的概率很小，"贺云霆说，"我也只见过几次。"

林晗看见他走到了自己身边。

"这片星云什么时候消失？"林晗问。

"可能几小时，也可能数日。"贺云霆语气淡淡，"不过还好，林先生已经看到了。"

你看到了，也就不遗憾了。

林晗几乎是一瞬间明白了贺云霆话里的意思。

他在这一刻仿若置身星海，在无法自度之时找到了他的岸。

贺云霆很小心地开口："喜欢吗？"

这次林晗答得很快："喜欢的。"

"很喜欢。"

林晗收回想去碰贺云霆的手："我……我去检查一下机甲剩余的能量。"

至少工作还能让他平静。

只是在两人擦肩而过的时候，贺云霆又说了一句："——喜欢就好。"

他的话永远直白，单纯而不加掩饰。

机甲靠近冷却器的地方有一个小小的储备舱，里面自带一套转换系统，能将储藏的清水输送到机甲各处，方便冷却以及其他用途。

林晗接了一捧水洗了把脸，终于没那么脏，自己也渐渐冷静下来。

他调整了一下情绪，想至少先面对此刻的境况。

他知道这日之后，贺云霆在他心中的位置已经变得不一样了。

儿时曾经无比向往的银河陈列馆，放到现在，他竟也想不出自己能储存什么珍贵的东西。

但贺云霆不一样。

林晗伸手扶在机甲舱门上想。

过了许久，直到听见熟悉的脚步声，林晗才从这一段沉思中抽离出来："将军。"

机甲配有紧急调配系统，能让机师在发生意外后不至于很快油尽灯枯。

他还算镇定，用平常的口吻说道："整台机甲能量消耗过半，如果没有补给的话，一直保持低耗能状态，大概能运作三天。"

可是援军并不会派战舰跃迁，三天内能不能到，谁也不清楚。

贺云霆脸上的表情没有变化，继续听他说着。

"通信最好不要一直开着，这样太费能量，我的建议是一天打开半小

225

时。"林晗说，"当然，将军可以有自己的决断，我不会干涉。"

"听林先生的。"从来行事果断的贺云霆却没有异议，点头应道。

"当务之急是要修好破损的地方，"林晗看着外面的环境，想了想说，"但目前没有别的材料，只能捡一些刚才战斗时掉落的金属残片补一补了。"

贺云霆明白了林晗的意思："我下去。"

贺云霆说道："现在气温降下来了，不会像几小时前那样燥热，人体能承受。"

"我也一起。"林晗说，"顺便看看有没有什么用得上的东西。"

贺云霆的目光落在林晗身上，最终还是没有拒绝："好。"

他把自己的军服外套取了下来："温差很大，林先生穿上吧。"

贺云霆完全没有提自己会怎么样，好像他不会冷，也不会受伤。

林晗犹豫片刻，接了过来。

他将贺云霆的外套披在身上，莫名回想起了之前在指挥室的那一幕。

那时候这些事情都还未曾发生。

但对方的外套却同样温暖。

他走在贺云霆身旁，两人一起打开了舱门。

即使已经有所准备，扑面而来的寒冷还是让林晗打了个寒战，然后下意识里紧了身上的衣服。

明明几小时前还酷热无比，现在竟然仿若冬日，边区的气温果然反复无常。

空气中虫族血液发出的腥臭味散了一些，至少不会让林晗作呕，虽然还是很冷，但有贺云霆的外套裹身，他依旧坚持着没回机甲。

两人一前一后地走着，踩过粗粝的黄沙。

入目皆是一眼望不到头的荒芜，直到现在林晗才真切地感受到，他们是真的被困在了此处。

饥饿感也终于后知后觉地找上门来。林晗的肚子叫了一声，腿软了一分。

自己已经一天没有用过营养剂了。

然而贺云霆好像知道林晗在想什么，忽然出声道："别怕，坚持一下。"

"这附近我勉强有些印象，等机甲修好了，就可以开过去。"

于是林晗心中刚升起的不安也被抚慰了，他望着贺云霆只着衬衫的宽阔背影，无声地点了点头，即使对方现在看不见。

两人走了一会儿，路过了好几处战斗现场，都没有找到满意的碎片。

大概走了十分钟，林晗停下脚步，终于找到一块还算完整的金属。

他刚站定，贺云霆就替他捡了起来。

林晗类比了一下机甲破损的情况："这块应该够了，能补一补。"

贺云霆说"好"，两人便打算往回走。

林晗准备转身，忽然看见不远处的黄沙起起伏伏，就好像……有什么东西在那里。他下意识以为又有虫族，刚要开口，就看见一团黑色的小东西朝这边滚过来，停到林晗脚边。

"……"小东西看起来可爱无害，应该不是虫族。

直到它走近了，林晗才看清它的样貌。

小东西通身漆黑，在林晗脚边停下后抖了抖身子，把身上那些沙砾都甩开，然后伸出短短的四肢，抓住了林晗的裤腿。

"这是什么？"林晗从没来过边区，好奇地问。

如果不细看，这几乎就是一个黑色的毛毛球。

它的四肢很短，朝林晗奔过来时，把四肢都收了起来，好像比起吃力爬行，借力滚动反而更轻松些。小东西好像真的没有恶意，甚至还怕弄脏了林晗，努力地抖掉了身上的灰尘，再探出掩在柔软的皮毛中几乎看不清的黑色小眼睛注视着他。

林晗蹲了下来："这是奇行生物？"

贺云霆说："嗯。应该是迷路了。是分化等级比较低的奇行生物。"

林晗问："那它们是什么种族？"

贺云霆表情不变，说了一个种族名："库鸽尔。"

林晗于是点了点头，很认真地端详着面前的小东西。

"你有名字吗，库鸽尔？"林晗试着问它。

那名可爱的库鸽尔族奇行生物不知道有没有听懂，但还是朝林晗甩了甩短小的尾巴。

227

林晗试着摸了摸这只奇行生物的头。

它们似乎很爱干净，即使生活在环境如此恶劣的奇行生物星球，短短的毛发依然打理得黑亮，触感柔软温暖。

小东西的四肢实在短小，几乎像是装饰，虽然可以依赖它们运动，但看起来总觉得十分吃力。

林晗把双手捧起来，刚好能放得下这个小东西。

"它们还有别名。"贺云霆站在他的身旁补充道。

"别名？"

"嗯。"贺云霆应了一声，却好像顾忌着什么，没直接说出来。

林晗却是第一次见，加上对边区了解甚少，忍不住想多问："别名是什么？"

他忙着看手中的小东西，并没有注意到此刻贺云霆的脸上难得地多了一丝窘迫。

过了几秒，他才开了口："……咕噜噜。"

从贺云霆的口中出来的这几个字，总有种不搭调的奇异感觉，却并不令人难受。

不知道是手中的生物太可爱，还是贺云霆说出这三个字时的独特感觉，林晗语气里多了几分笑意，重复了一遍："咕噜噜？"

"……嗯。"但贺云霆不想再重复了。

而那个小东西听见林晗说的话后陡然开心起来，在他掌中翻了几个跟头，蹭着他的手心。

林晗试着把它放回地上，说："你迷路了吗？"

结果"咕噜噜"飞快地滚动起来，最后还是一个飞扑，落回了林晗的怀里。

贺云霆脸上的表情不着痕迹地变了变："……"

林晗终于弯了弯眼睛站起身："将军，回去吧。"

贺云霆转过身时看见了他脸上的笑容，于是看向这个小毛球的眼神终于和善了些。

不知为何，咕噜噜对林晗似乎非常亲近，即使他们才刚刚相识。

林晗回到机甲里，将咕噜噜放到一边，然后拿过贺云霆带回来的金属片，着手修补被虫族破坏的窟窿。

由于条件和材料都有限，林晗也只能勉强修补一下，保证不让外界的环境影响到机甲，重新变得封闭。

他在修补的时候，贺云霆和咕噜噜一个站着，一个打着滚，一起安静地等他修好。

"只能先这样了。"林晗转身对贺云霆说，"没法修得跟之前一样好。"

贺云霆先是愣了一下，然后才反应过来"之前"是什么意思。他曾经嘱咐林晗，要把这台断了右臂的机甲修复如初。

贺云霆："……"

不过林晗没再多说什么。

"我休息一会儿。"他说。

林晗好像累极了，放下手里的工具就靠在了驾驶座上。

"林先生要不要睡一会儿？"贺云霆终于找回声音。

"也好。"林晗回答道，"不过现在不是很困。"

贺云霆看了看青年怀里的小家伙说："明天我们可以趁白天，让库鸽尔……让咕噜噜带我们认一认路。"

小东西跑不远，既然当时能遇上他们，说明这附近应该还有别的群居奇行生物。

贺云霆强迫自己不去看林晗的后颈。

"对了，"他说，"我在离开战舰时曾经承诺过林先生，要告诉你关于那些少年的事。"

林晗愣了一下，他当然记得，只是没想到贺云霆真的愿意告诉他。他低头应了一声，摸了摸一直在自己怀里打滚的咕噜噜的脑袋。可能是林晗的动作太温柔，小家伙享受极了，甚至爽得眯起眼睛，浑身细软的毛都炸了一圈，又贴着林晗的手心蹭来蹭去。

"几年前，帝国生命科学院在经过大量的研究和总结后，发现了一个很稀少的类别。一些孩子从少年期起就体质极弱，但精神力却极高。"

林晗的手僵住了。

"当时第一个得出这个结论的，是一名叫许知恒的学者。"

贺云霆声音恢复了往日的冷淡，说道。

"他给这一类数量极其稀少的人起了个名字，叫'燃血'。"

林晗有些吃惊。

许知恒这个名字他听过，是个上了些年纪的学者，慈眉善目，待人和蔼，身上有一种从容的气度，学术造诣很高。当年他作为客座教授来帝军大学做过几次演讲，虽然专业不同，林晗却非常喜欢他的专业素养，每次讲座都会到场旁听。

林晗听得很认真，也渐渐了解了所谓"燃血"的由来。

许知恒发现他们本来是件好事。

但许教授在一次研究中发现，这样的孩子在后颈损坏后，会变得与一般人不同。

"在后颈注入特殊的药剂后，简直就像是……天生的武器。"贺云霆道。

无论男女，即使他们的身体还是很瘦弱，却像是注入了百倍的兴奋剂与肌肉缓释针一样，不会觉得累，也不会觉得疲倦，甚至能比一些体质优越的青壮年更能承受高程度的严苛训练。

只要忘掉性别，抛开良知，就能拥有比寻常人强百倍的战力，他们甚至能成为最优秀的机师。

"但后来许教授紧急叫停了有关研究。"

许知恒性子一向比较温和，更不希望引起战争。

这本来就是枉顾人权的事，能有这个发现也纯属意外，已经算是悲剧，就不能再继续人为制造悲剧——即使给悲剧装裱上冠冕堂皇的理由，也不能掩盖悲剧的实质。

但有些极端主战派认为这是一个训练帝国兵刃的极好捷径，即使许知恒已经尽力阻止，还是有些孩子成为他们口中的"武器"。

不得不说，"燃血"状态的人类的确很强，有些人甚至可以突破人类本身的极限去完成一些正常人不可能完成的任务。

许知恒本人实在看不下去，联系上了多方人士，包括自己的好友姜连，最终一齐在议会上否决了这项研究，任何人不得以这样的方式去毁掉一个无辜之人的身体。

而这项研究毕竟算是一桩丑闻，不论哪边都不希望有更多人知道，最后在军方的干预下，这件事最终成了所谓的"军事机密"。

虽没参与，但贺云霆本人自然是知道这件事的。

多方介入后，这件事被完完全全瞒了下来，相关的人都讳莫如深，就好像没有发生过一样。

这些事都发生在好几年前。

"确实平息了很长一段时间，消息也压得非常死，就算是高层知道的也并不多。到后来大家似乎真的忘了。"贺云霆说，"没想到如今重现，一定是当年了解真相的人违背禁令私自研究的。"

"因为我预感这件事很可能压不住，就告诉林先生一声。"贺云霆语气冷淡道。

信息太多，林晗消化了一会儿才答："我知道了。"

虽然现在还不知道是谁重启了这项研究，开始了多久，但无论如何，都是一件令人毛骨悚然的事。

这次又会有多少人受伤、被控制？

更何况……

贺云霆这次隔了很久才开口，冰冷的嗓音之下仍然带着一丝难以察觉的干涩。

"我总会想到林先生。"

林晗的身体条件跟"燃血"几乎重合，只要稍有不慎，就会成为任人宰割的"武器"。

"说到这个，"林晗想起祁嘉泽，"他应该也是你说的这样，但是……"

他好像更不对劲些。

如果按贺云霆所说，这样的人在某些方面异于常人，那曾经试图两次行刺贺云霆的凶手都死得太简单，只有祁嘉泽符合描述。

而他究竟是怎么登上战舰的，还没有人知道。

贺云霆在听完林晗的话后思索了许久。

"可能……他们的研究，比我想的还要深得多。"

两人聊了一会儿，林晗终于觉得困了，支撑不住沉沉睡去。

　　咕噜噜依旧懒得搭理贺云霆，努力将自己的毛变得蓬松，耷拉在林晗身上。

　　贺云霆跟它大眼瞪小眼了一会儿，戳了戳它的肚子："明天记得带林先生去找到你来的地方，知道吗？"

　　咕噜噜尾巴甩了一下，不说话。

　　贺云霆也不逼它，只是补充了一句："林先生要是再没有食物补给，会很痛苦的。"

　　咕噜噜似乎没有完全听懂，不明白痛苦为何意。

　　"就是说，不会理你，也没有力气摸你的毛。"贺云霆残忍地补充。

　　于是他看见咕噜噜的毛爹了一圈。

　　贺云霆好像很满意，这才打算去另一个驾驶舱睡觉。

　　不论未来还有什么，明天依旧是新的一天。

　　第二天，贺云霆在林晗醒来前，终于在一个小小的储藏舱里找到了不知在哪次训练时，陆安和塞到自己手里的零食。

　　他开始怀念自己的飞行器。

　　两人不能耽误太久，趁太阳没有完全升起来，温度还不算太高的时候还能在地面上走动，要是再热一些，强烈的紫外线会带来能把人撕裂的烧灼感，谁也受不了。

　　林晗也醒得早，刚揉了揉眼睛，就看到了一旁的零食。

　　他很饿，四肢都很软。

　　"最后一点了。"贺云霆见他醒了，解释道，"今天得让它带我们去认认路。"

　　林晗点点头，看到窜进自己怀里的小东西，温柔地顺了顺它的毛，用一种商量的口吻问道："你会带我们去吗？"

　　小家伙没有迟疑，开始绕着林晗转圈圈。

　　林晗简单地用存储的水洗漱了一下，就站起身对贺云霆说："走吧。"

　　由于要给机甲节约能量，且咕噜噜只认林晗，不认机甲和贺云霆，最后两人还是选择了步行，就在附近先转转。

咕噜噜甫一落地，就开始兴奋地滚动，一边滚一边还时不时停下来回头看林晗跟上没有。

现在的气温不算太高，可林晗还是走得很慢。

就算随便吃了点东西，但没有营养剂的补充，还是让他觉得浑身乏力。

他忍不住想起昨晚贺云霆说的"燃血"。

如果，只是说如果，他这样的体质真的被那些人发现了，会不会到现在已经变得行尸走肉了？

而那些人究竟是怎样寻找这一类孩子的，自己为什么又逃过一劫，林晗暂时还没有头绪。

许多事要等回了帝国之后再细想，他们的当务之急还是要找到食物。

林晗跟着咕噜噜走了没十分钟就开始双腿发软，撑着膝盖，待在原地喘气。

咕噜噜原本还要继续往前冲，结果一回头看到林晗不动了，又小心翼翼地甩掉自己身上的沙，确认干净以后跑过来蹭林晗的裤腿。

林晗想过自己会体力不支，只是没想到会这么快。

正当他正在咬牙感慨自己的体质时，耳边却传来贺云霆的声音："我背你吧。"

"可是……"林晗只来得及说了这两个字，身体又软得几乎要往地上倒。

于是贺云霆没再等他的答案，第一次没经林晗允许，走了过来，一把将他背到了自己背上。

咕噜噜眼睁睁看着，却又无法"解救"，最终只能作罢，气哼哼地继续带路。

林晗以为自己已经不用走路了，至少能多坚持一会儿。

贺云霆本来就话少，走得也很稳，林晗双手环着他的脖子，在很轻的颠簸里又产生了困意，最后只过了半小时，就趴在贺云霆背上睡着了。

贺云霆几乎是第一时间就发现了这件事，在听见自己背上传来绵软的呼吸时，下意识顿了顿脚步，走得更慢了些。

贺云霆太高，而咕噜噜只有林晗捧着双手这么大，还在地上滚，根本

不知道自己心心念念的人类已经睡着了，还在埋头往前跑。

贺云霆猜得没错，只走了一个小时，它就带着两人到了一处勉强还能落脚的小洞穴。

不过根据库鸽尔族的生活习性，现在这里一个新生物也没有，倒也清静。

咕噜噜试图蹦跳着看看林晗在干什么，结果由于贺云霆没把他放下来，未果。

咕噜噜带着贺云霆到了洞穴的一角，手脚并用地开始刨沙，最终从一个小洞里掏出了几颗它们的食物。

它眼巴巴地把东西推到贺云霆面前，再收了爪子重新缩成一个球，黑漆漆的豆豆眼努力地看着他。

意思很明显，用食物跟你做交换，你把你背上的人类借我蹭蹭。

在未到奇行生物地界的边区，这种小小的金霖果几乎是唯一能在这里生长的植物了。

它含水量很低，但大概是天生顽强，所以有较强的饱腹感，是某些种族的食物，人类也可以吃。

贺云霆很明显没买账，自然不可能把林晗放下来——他扫了一眼小家伙，冷着脸把所有的果子卷走，然后站了起来。

气温开始逐渐升高，要是再耽误一会儿，就走不了了。

他们能活动的时间很有限，要尽早回到机甲。

而食物被卷走了还没蹭上林晗的咕噜噜："……"

它的反射弧有点长，过了足足三分钟才意识到发生了什么。

它气呼呼地吱了一声，冲上来就要跟贺云霆拼命，甚至还想用自己的尖牙，狠狠地咬一咬这个言而无信的人类——

然后贺云霆蹲了下来。

林晗熟睡的脸出现在它的面前。

贺云霆声音不大，语气有一贯的冰冷："你想吵醒他？"

"……"

当然不。

"我们要回去了。"贺云霆言简意赅。

234

咕噜噜十分纠结地在地上滚了一圈，最后还是抖了抖毛，跳上了林晗的肩膀，喜滋滋地重新趴在上面，从一个球变成一块毛茸茸的厚煎饼。

算了，这笔交易也不是很亏。

毕竟咕噜噜是十分大度的生物。

贺云霆回去时走得很急，生怕气温变高，会对人造成伤害。

但即使他加快了脚步，林晗还是睡得很沉，一点也没有被打扰的迹象。

直到两人一兽重新返回机甲，贺云霆关上舱门后，才松了一口气。

他把林晗小心地放到相对宽敞的第一驾驶室，把驾驶座放倒，又找来自己的外套盖在他身上。

趁现在，他打开了通信器，希望能和战舰取得联系。

"沙，沙沙……"然而他等待了十分钟，回应他的也只有忙音。

战舰在跃迁成功后，再驶往帝国也需要两天，也许还发生了什么，但他收不到回音。

半小时后，贺云霆关闭了通信器。

毕竟无论如何也得省些能量，不然一具铁壳子也支撑不了太久。

他偏头看向还在沉睡的林晗。

青年的睡姿很乖，就像第一次睡在基地时那样。他下意识蜷着腿，侧着身子，双手叠在一起。

贺云霆看着那双手。

青年的手瘦削而洁白，手背皮肤很薄，几乎没什么血色。

好像林先生本人也是这样。

谦逊，温和，却又坚韧。

贺云霆看了他很久，慢慢走近他，蹲了下来。

贺云霆俯身凑近对方，很轻地碰了一下他没有血色的手。

咕噜噜不知道这是在干什么，但也很乖地蹭了蹭睡熟的青年的颈侧。

贺云霆忙了大半天，加上昨天一整天，他的体力消耗更大，看着林晗，终于也有些困了。

驾驶座其实不大，但贺云霆将座椅横过来，以一种有些怪异的姿势躺倒。

林晗醒来时，贺云霆已经起身了。

"林先生醒了。"

贺云霆将某个废弃的金属凹槽清洗干净，又盛了些清水，在有限的条件下凑合着给林晗准备洗漱。

林晗想支起身子对贺云霆道谢，却发现四肢仍然酸软得很，索性还是靠回驾驶座。

他扭头看了一眼驾驶座，觉得有些奇怪。

自己睡觉的时候明明应该只是放倒了座椅，为什么现在却横过来了？

他的睡姿有这么差吗？

但这种问题林晗当然问不出口，他望向舷窗，看着重新暗下来的天色，紫色的艾尔茵尼霍星云早已消失，边区重新变得荒凉无比。

林晗回想起自己跟贺云霆似乎出去没多久，自己就困到被对方背了起来。

他洗干净脸，有些不好意思地问贺云霆："将军。"

没想到贺云霆没直接跟他对视，只是随意地"嗯"了一声。

林晗问他："我睡了多久？"

贺云霆沉默片刻，才实话实说："……几乎一整天。"

林晗嘴边刚扬起的弧度僵住了。他知道自己体质差，却没想到只不过没用营养剂而已，居然是这样的情况。

贺云霆看见林晗的表情，想安慰什么，却又无从开口。他忽然想到什么，冷着脸对着某一处招了招手。

林晗还有些睡意，就感觉有个温软的毛毛球开始围着自己的脚边打转。

小家伙憋了一天不敢乱动，现在林晗终于睡醒了，它兴奋得开始不停地向他示好。

林晗的心情被它逗弄得好了些，他弯下腰，两只手轻轻捧起："来。"

咕噜噜终于获得快乐，以一种高难度的姿势，嗖的一下跳进了这个很小的"池塘"，开始在里面翻来覆去地打滚。

贺云霆眉头不着痕迹地跳了跳。

但鉴于它哄林先生有功，赏罚分明的上将并不打算跟一只奇行生物斤斤计较。

林晗把它捧进怀里，小东西开始往他肩上蹿，林晗怕它掉下去，还用手托了托它的小尾巴。

他不知道，摸咕噜噜的尾巴与摸它的脑袋无异，都是能让这种生物感到极度快乐的做法。

于是咕噜噜浑身一震，发出一记满足的吱声，觉得自己是世界上最幸福的库鸽尔。

贺云霆见它好歹安分了下来，才从一旁拿了自己在沙洞中带回的金霖果递给林晗——动作熟练无比，就像贺云霆把陆安和的零食捧到自己面前一样。

咕噜噜丝毫不知道贺云霆的举动叫借花献佛，见到贺云霆拿出来了，自己尝试着也去拿了一颗，伸出短短的四肢，跟教学一样，当着林晗的面开始吃。

小东西腮帮鼓鼓的，像是想跟林晗演示吃法一样，每咬一口，都要看林晗一眼。

"暂时只有这个。"贺云霆解释道，像是怕林晗挑食，"饱腹感很强的。"

林晗接过来两颗，观察了一下，然后咬了一口。

金霖果外壳不太好看，丑陋而坚硬，林晗费了些力才咬开，果子露出金灿灿的果肉来。

金霖果不仅富含糖分，还储存着一定量的纤维，这就是它的口感比不上一般水果甘甜可口，却是边区最普遍的救急食物的原因。

林晗咽下一口后，看着面前紧张兮兮的一人一兽，笑了一下让他们放心。

虽然他本人一睡睡一天这个事，实在让人担忧。

M2742保持低耗能的第二天，由于多了一个并不聒噪的小生物，终于让他们的流亡显得不那么可怕。

机甲虽然隔绝了严酷的室外环境和极端温差，可上面只有水，能量也不能支撑太久。

不愧是补充体力、饱腹感很强的食物，林晗吃完两个，揉了揉肚子，

237

那种焦灼的饥饿感终于被暂时抚平。

贺云霆等林晗吃完，这才跟他说了自己的计划。

"这两天我会在可活动的时间内，尽量找些食物，并且试着往远处开拓，"贺云霆道，"机甲就先不动，等我找到明确的路后，再开过去也不迟。"

林晗点点头，明白不能坐以待毙。

机甲要是没有能量补充，两人最终会与外界完全失去联系。

只是有什么担忧围绕着他，林晗总是有些不安："可是……"

"林先生就不要出去了，在机甲里等我回来。"贺云霆说。

林晗沉默了一会儿。他知道以自己的体质，跟着贺云霆一起出去无疑是给他增加负担，对方也不可能一直背着他，这样体力消耗大，还得不偿失。

"别担心我。"贺云霆像是明白林晗在担忧什么，笨拙地出言安慰道，"我的方向感很好，找到原路回来并不是什么难事。"

林晗只觉得自己根本帮不上什么忙，心中被愧疚填满："……嗯。"

他轻轻抚摸着怀里咕噜噜柔软的小脑袋，心里总有些不是滋味。

他又开始厌恶自己的体质等级。

"那么我出去了。"贺云霆语气淡淡，站起身。

林晗一时语塞，知道自己没有阻止的理由。

他仰头看着面前的男人，对方面容冷淡，眼神无波，好像没有什么事能轻易引起他情绪的波动。

但他知道贺云霆要面对些什么，自己却只能在这里等他的消息。

"好。"林晗说。

林晗原本想让咕噜噜跟着贺云霆一起走，可对方好像比想象中的还要黏人，且天生对贺云霆有一种排斥，最后还是没强行让小家伙跟贺云霆一起出门。

林晗把贺云霆的外套递过去。

贺云霆接了，没有说话，只是沉默地点点头，往舱门走。

咕噜噜在林晗的肩头跳来跳去，时不时又撞进脖颈里蹭一蹭他。

他看见贺云霆依旧耀眼的银发，以及背对着自己的宽阔又温暖的背脊。

好像即使沦落至此，他也依旧无所不能。

林晗那一刻忽然有种被放大的空洞的悲观，却又因为这种悲观，心里生出一些关乎生死的想法。

我们会回不去吗？我们要在这里停留多久呢？

那么是不是不会有人记得我们？在这里我们什么都不是，只是两个流浪在边区的旅人。

没人知道我们的名字，也没人知道我们曾经做过什么。

要是我们死了，从头到尾也只有咕噜噜一个目击者。

它很安全，它甚至不会说话。

我们的生命就此消亡，所有的秘密都将被掩盖在这里。

然后我们回归宁宙，化作茫茫星尘散入银河，重新落进恒星的轮回。

也未尝不是一种结局。

而贺云霆原本要往下走的脚步顿住了。

舱门已经打开，他的身后是苍茫辽阔的废墟之地。

"回到帝国以后，林先生就要回研究院了吧？"贺云霆忽然说。

林晗不明白贺云霆为什么忽然说这个，嘴唇动了动，发出一句很干涩的"嗯"。

"……要研究新机甲了。"林晗轻声答。

贺云霆没有立刻说话。

林晗不明白对方为什么突然这么问，明明现在他们连如何回去都想不出。

"真的会有援军来接我们吗？"林晗问。

贺云霆不答，面容冰冷如昔。

在这一刻，林晗心中方才的那一点悲意被放大数倍，他张了张嘴："将……"

他想像以前那样叫他将军。

可又忽然不想只叫他将军。

林晗的话最终没说出来，因为贺云霆重新开了口。

"能回去的。"他说，"我一定会带你回去的。"

239

　　贺云霆好像在这一瞬间洞悉了林晗没来由的悲伤，对他说："相信我。"

　　"林先生说过，我无往不胜。"

　　林晗看见近在咫尺的男人好像试图提一提嘴角，最后又因为怕自己脸上的表情变得奇怪而僵硬，选择作罢。

　　"只是到时候M2742可能还是要让你来修。"

　　"别人我都信不过。"

　　贺云霆甚至这样说道。

　　"等回了帝国，我有话跟林先生说。"

　　林晗抿着唇看他，眼角有些红。

　　在贺云霆即将重新转身离开机甲时，林晗伸手抓住了他。

　　贺云霆没有立刻开口询问，湛蓝色的眼眸映出林晗此刻有些慌乱的神情。

　　"我们真的会回去吗？"即使知道自己这样很讨厌，林晗也还是问了出来。

　　这是最后一次这样问。

　　"嗯，会的。"贺云霆的承诺很温柔，却带着一种坚定又不容置疑的力量。

　　似乎他真的无往不胜——即使是在这样的情况下。

　　可是……

　　林晗的手紧紧贴着贺云霆的掌心。

　　但不管他怎么集中精神，也无法听到哪怕一点贺云霆的声音。

　　即使这两天逐渐变得迟缓的异能已经让林晗有了这种预感，但它骤然消失后，林晗还是有些不适应。

　　他继续用力。

　　耳边依旧寂静无声。

　　林晗屈起手指，依旧没有松开。

　　事实逐渐清晰。

　　——他的读心术消失了。

　　这个事实并没有让林晗惊讶太久，只是最后他在松开贺云霆的手时，脸上的笑容稍显勉强。向来迟钝的贺云霆却总是能在这种时候捕捉到一些不一样的情绪，他迟疑了一瞬，说："我会很快回来。"

林晗抬眼看他，只觉得眼眶发涩。他并非不信贺云霆的话，反而因为明白贺云霆承诺的重量，才更觉得那阵悲伤浩渺广阔，而自己与他在这天地之中完全不值一提。可他还是愿意保护自己，说"别担心"，说"相信我"。

贺云霆曾以为自己的一生都要献给银河，孤独才是他的宿命。

至于陆安和曾经提过一次的银河陈列馆——贺云霆知道这个地方，却没什么具体的印象。

而对他来说珍稀得、宝贵得需要永久寄存的东西，他一时半会儿竟想不出来。

贺云霆的声音依然沉静，好像连心跳也没有乱半分。

"等着我。"青年的头发触感很软，贺云霆沉默了片刻才说。

林晗看着男人渐行渐远的背影。

天色黑沉，而他行走在荒凉粗粝的黄沙中，仿佛与背景融为一体。

可贺云霆走得很稳，步伐坚定，甚至没有多回头看一眼，只径直往该去的地方。

林晗忽然一点也不担心，刚才那些悲观的情绪多数都被贺云霆带走，散入此刻的无垠天幕。

他原来总觉得承诺是虚无缥缈的东西，认为不能即时兑现的话语，跟空头支票没什么两样。

但他现在只感到安心，也才明白原来承诺也因人而异。

而贺云霆说出来的话，又与别人不同。

那是他独一无二的安慰。

不过空气中少了贺云霆的无形的压迫，某个小生物终于开始变得兴奋。

没了那个一直板着脸的凶巴巴的人类，咕噜噜开始把活动范围从林晗身上扩展到整个第一驾驶舱。

有些奇行生物虽然不会说话，却能感知人类的心思情绪，比如咕噜噜就在一阵狂滚之后，才爽得重新跳回林晗肩上。

241

　　林晗靠在驾驶座上，随手摸了摸它的脑袋："你很开心？"

　　咕噜噜不答，只是顺从地跟着林晗的动作，将脸贴着他的手掌，舒服地蹭，甚至还发出一声很轻的"吱吱"声。

　　他不知道咕噜噜变得快乐最大的原因并不是贺云霆走了，而是它观察到自己的心情变得好了起来。

　　小家伙虽然整天生活在这样的环境中，却依然十分爱干净，每次在亲近人类时，都会特地整理一番后才靠过来。

　　林晗总觉得自己应该干点什么，而不是在这里枯坐着等着贺云霆回来。

　　他撑起身子，最终还是选择了低耗能启动机甲——万一耗能更低的方式被试验成功，那么他们就还能多撑几天。

　　咕噜噜浑身一震，大概是没想到这两天它待在上面的这个大铁盒子居然是会动的。

　　他对贺云霆说过，通信每天只开一次，看样子贺云霆今天已经开过了。

　　而在启动机甲的一瞬，所有的开关都会闪烁一遍，包括通信器。

　　林晗眼神一闪，竟然发现，它亮了。

　　浑身的血液开始往他头上涌，林晗几乎是想也没想地接通——

　　"老大！"似乎对面也没想到终于能有回音，陆安和又惊又喜，"你们现在怎么样！"

　　"陆中校，是我。"林晗说，"将军他很快就回来。"

　　"我们还好。你们回去了吗？"

　　陆安和好像在处理什么事情，声音很焦急，也没空跟林晗说太多："回来了，但情况不是很乐观。"

　　"现在时间太紧，我没法跟您说得太详细，只能说，议会上两派几乎已经撕破脸了，现在的情况有两种。"

　　"只要将军安全回来，就能堵住某些人的嘴，但关键是……"陆安和吸了一口气，"有人不想让他回来。"

　　林晗心中一沉，果然之前的不安有一部分成真。

　　"战舰损耗很大，我和老叶的机甲也都有损伤，没法顺利携带足够跃迁的能量过去，更何况……"陆安和后面的话没说话，林晗大概能猜到，他们也许不方便亲自来。

"第三基地的援军已经出发，只是不确定……会不会被人从中截和，估计有人想阻止他们过来。"

"其他消息我这边都是模棱两可的，但是，但是你们不要待在原地！我不能保证罗琪手下人的速度比援军慢，如果援军未到，而他们先赶到……总之你们先不要留在那里！我们这边的事也会尽快处理好！"

"好。"林晗在短暂的惊愕后镇定下来，答道。

"对了，林先生。"陆安和却忽然很不符合他性格地欲言又止，"如果……"

他顿了顿，似乎十分纠结，最后却还是没说究竟在"如果"什么，只是在最后挂断通信器时换了一个话题："替我向将军问好。"

"这边的杂事交给我来解决，你们一定会平安无事。"

既然陆安和不愿意说，林晗便不欲多问，说了声"谢谢"后切断了通信。

他不知道陆安和那边究竟是一种怎样的状况。

但目前而言，并不乐观。

林晗想起对方的那句"一定不要待在原地"，心中不安。

如果妄图阻截救援的人不是使用战舰跃迁，而是直接用机甲蓄能跃迁的话，无论如何，到达这里也需要四五天的时间，而如果是战舰，如果已经出发，那么最快只需要一天，就能找到他们。

但估算时间，如果需要移动机甲的位置，那么在耗能后，说不定在没有新能量的支撑下，M2742最后连一天也撑不住，变成一个铁皮空壳。

这个问题听上去似乎不是很恐怖，可要是机甲连最低的耗能也没了，失去了温度调节阀以后，就算隔着一层铁皮，边区变幻无常的气温也无法让人承受。

林晗的心一点一点地落下去。

咕噜噜不知道面前的人类为什么刚开心了一阵后，心情又变坏了，小心翼翼地滚进对方怀里，再伸出小爪子，轻轻抓了抓林晗的前襟，又拿尾巴试探性地挠了他一下。

微微发痒的温暖触感让林晗回过神来，他看了一眼正在努力逗自己的咕噜噜，抿了抿唇："我没事。"

他不知道贺云霆什么时候回来，自己是要在原地等他，还是至少把机甲挪个位置保险一些。

林晗陷入一种两难的境地，即使他现在仍旧在原地待着不动，却没法不感到煎熬。

他紧紧盯着舱内的时钟，每过去五分钟，林晗就要往舷窗外张望。

察觉到对方心情的咕噜噜也蒙了一会儿，然后更努力地想去哄他开心，甚至伸出了小而湿润的舌头，舔了舔林晗的手心。

林晗被这样的心态折磨了整整半天，却依旧没等到贺云霆。

他重新回到驾驶舱。

他不能再等了。

他不能坐以待毙，也不能抛下贺云霆。

林晗几乎是有些战栗地拿过一旁的头盔，又强迫自己完全冷静下来。

他要离开原地，也要亲自找到贺云霆。

他记得贺云霆离开时的方向，他是步行，必然不能走太远，自己顺着这条路找，应该能找到。

可是机甲的能量……

林晗闭了闭眼，最终还是选择启动。

林晗输入密码，久违的机械女声重新响起来。

"M2742，第一驾驶舱启动，精神力中枢已开启，请驾驶员确认连接。"

"确认连接。"

他从来没有一个人驾驶过机甲，可现在的情况不容他多想，他必须做到，不能失败。

至于能量——

如果要最大程度降低机甲的耗能的话……那就只能大量消耗机师的精神力。

林晗强撑着，伸展开机甲臂，做出一个简单的动作，而前后足也开始动起来，一步一步往前走。

244

每踏一步，都扬起满天沙砾。

咕噜噜像是被吓坏了，甚至还有些晕，它的舌头都吐了出来，转着圈找自己的尾巴，最后又因为实在头晕，栽倒在林晗怀里，安静了下来。

林晗心脏都快要跳出来了，但还是努力地用精神力驱动机甲前行，他不敢开太快，生怕一个不留神就错过了对方。

咕噜噜咬住林晗的袖口，过了好一会儿也没能从这种眩晕中缓过神来，只是"吱"了一声重新靠过来。

林晗现在没空安慰它，只能稍稍放慢了一点速度。

他努力呼出一口气，压住心中的恐慌和徘徊，正要继续向前——

他却忽然看见了想要找的人。

但这一幕并没有让林晗感到欣喜。

天色已经亮起来，而边区的光线依旧毒辣可怖。

在贺云霆的对面，是一群恐怖的狰狞生物。

它们虽没有虫族硕大的体形，也没有虫族敏捷的足肢以及天生残暴嗜杀的本能，林晗不知道它们叫什么——应该也是奇行生物的一种。

咕噜噜透过显示屏看见了这群东西，吓得惊叫一声，机甲也不敢晕了，迅速跳到林晗后颈，用力往他领口里埋。

贺云霆好像已经抵抗了一会儿，有汗水透过衣料渗出来，手上的枪口还在冒烟，但由于累极，还是微微屈起膝盖，用另一只手撑在地上，努力平复呼吸。

而在这一刻，他抬头看见了自己的机甲，像是能通过这一层厚厚的金属，看见驾驶座上也同样虚弱的青年。

这些东西身上满是流着脓液的创面，如同火山口一样的溃烂皮肤，红得让人恶心，它们嘶叫着，伸出长长的舌头，朝贺云霆冲过来——

贺云霆收回视线，身手依旧敏捷地闪身躲过，在侧身的同时又连开两枪，精准地击中了其中一只的眼睛！

它的同伴开始发怒，尽管它们体态笨拙，却因为数目众多而占了上风，贺云霆眼见一下子没法躲过全部的攻击，一个后空翻从其中一只奇行生物身上跃过去，再稳稳落地。

林晗也没闲着，趁着这一时间开启弹药库，装填了尾翼稳定脱壳穿甲

弹的、专属于机甲的YT-1型狙击枪升了上来，林晗手都在发抖——这是他第一次坐在第一驾驶舱里使用武器。

他知道该如何瞄准，可是总无法专注，他眼中总有贺云霆不停躲避的身影，生怕一个不留神，就会误伤到对方。

而也就是这一瞬，他看见贺云霆忽然停顿了一瞬。

下一秒，他的目光再次投来。

他好像知道林晗要干什么，他的嘴唇甚至都没有动一下，但眼神中的含义不言而喻。

放手一搏——相信你，也相信我。

林晗看见那群口流涎水的恶心生物重新向贺云霆攻去，心一横，集中他现在所能集中的精神，按下电磁加速器。

"轰——"第一发穿甲弹裹挟着浓烈的硝烟冲向它们，有两只靠得太近的生物瞬间被击穿，血肉都爆了出来，漫过恶心发臭的皮肤。

林晗没有喘息的机会，他的双目都变得通红，继续咬着牙，一枚接着一枚射击，而子弹真的没有打偏，即使其中有一发几乎是擦着贺云霆的肩膀射过去的，最终也没有伤害到他。

在一声又一声的巨响过后，那些生物一只只被射穿，满地都是它们的血和残肢。

清理……干净了。

林晗的虎口都变得生疼，看着显示屏中的景象，自己居然真的做到了。

贺云霆身上沾了灰，变得没有那么英俊，却依旧撑着身子站起来，背脊笔直，一如往昔。

林晗第一次生出一种即使两人相隔并不远，他却想要去迎接对方的冲动，即使知道自己这几天都很虚弱，却还是控制不住地打开舱门，跟跄了一下站上升降梯，想迫切地见到他。

"贺云霆，"林晗第一次没叫他的称谓，而是直呼了对方的名字，在升降梯甫一落地时，就撑着膝盖往他面前跑，"贺云霆……"

贺云霆，贺云霆。

如果我最后选择在原地等你，如果我再来晚一点，会不会你就真的出事了?

　　林晗死死咬着牙往前跑，喉头涌起一阵甜腥味儿，他知道自己现在的姿势一定很难看，可还是忍不住向他奔跑。

　　贺云霆看见了林晗，隔着数十米的距离与他遥遥相望，此刻林晗看不清他的表情，也听不见他说了什么，只是颤抖着、不顾一切地向他身边靠近。

　　可最终林晗膝盖一软，眼前的景象迅速变得模糊，他身子颤了一下，最终连一声痛苦的呜咽都没来得及发出，便向下一倒，直直地晕倒在黄沙里。

第九章

在意识完全消失之前，林晗看见视野内有个人以最快的速度，踏着遍地血污，向自己奔来。

他动了动嘴唇想叫他的名字，想安慰着笑一笑说自己没事，却最终什么也做不到。

但还好……还是赶上了。

所有的疲累在这一刻终于压垮了他，但林晗却觉得像是舒服了许多，在贺云霆冲过来时，身体只觉得轻松。

尽管现在的阳光依旧毒辣，空气沉闷得让人透不过气来，他却依然这么想。

林晗醒过来时，发现自己被人保护着。

他不知道自己晕了多久，甚至不知道现在身处何地。

他试着睁眼，感觉到对方揽着自己的手臂。

贺云霆的呼吸和心跳都没什么波动，好像他已经保持了这个姿势很久，不受任何人干扰。

可林晗轻微的动作还是引起了他的注意。

察觉到揽着自己的双手松了一些，林晗刚一扭头，就看到了驾驶舱内的满地狼藉。

有所剩不多的纯净水，一些奇怪的林晗都没见过的东西，以及一个摊开的紧急医疗箱。

贺云霆好像这些都试过了，又不敢伤到林晗，最终只能安静等着他醒过来。

反正在这一片荒凉中，时间是最不值钱的东西。

要么浪费在无谓的空想中，要么浪费在漫长的等待里。

似乎都是极正确的选择。

"林先生。"贺云霆的声音却带着浓重的沙哑，像是压抑了许久，在看见林晗醒过来后终于找回了声音。

虽然手上的动作松了一些，但贺云霆并没有松开他的意思，反而又叫了他一遍，生怕下一秒林晗又会晕倒在自己的面前。

林晗想应他，却发现喉咙疼得厉害，一个简简单单的震动都让声带感受到撕扯般的刺痛。

他的声音没发出来，喉头的腥甜却无法消下去，林晗觉得从肺到咽喉都像被什么堵住了，身体却排斥似的要清除这些异物，于是林晗开始猛烈咳嗽，浑身剧颤，直至咳出一口深红的血后，才开始大口大口地呼吸。

贺云霆立刻拿起一旁的水帮林晗润了润嘴唇，动作里却多了几分珍视，连他的后背也不敢拍，等林晗自己缓过来。

咳出一口血后，林晗反倒觉得轻松了不少，虽然没有营养剂，他可能会一直没什么力气。

林晗连着换了两口气，这才"嗯"了一声。

"我……我晕了多久？"

贺云霆沉默了一下，才说："一整天。"

林晗的心提了起来："那我们现在在哪里？将军没有把机甲开回去吧，我……"

他还有事要跟贺云霆说。

但贺云霆只是沉默地点了点头。

林晗这才放下心来。

自己绝不可能无缘无故不等贺云霆，还冒着风险开着M2742去找他。

就从这两点来看，一定是出了什么事。

249

"我已经驶离了那个地方，别担心。"贺云霆果然这么说。

"我在你离开的时候打开了通信器，联系上了陆中校。"林晗把前一天听见的话都跟贺云霆说了，"我担心一直待在原地会不安全，就试着来找你了……"

林晗接下来的话没说完。

因为要不是碰上了贺云霆，所有事情的走向一定又会变得不同。

贺云霆的手总是很稳，握枪也稳，开机甲也稳，除了刚才见自己咯血递水过来时。

"我……"林晗听见他声音有些迟疑，"不管林先生会不会来，我都会努力解决掉那些柯泽恩族，也一定会找到你的。"

"柯泽恩族？"林晗重复了一遍这个陌生的名字，想起那些面目狰狞而恶心的怪物。

"嗯。"贺云霆的声音又平静了下来，"算是奇行生物中比较特殊的一类。外貌就是它们的特征，对气味敏感，没有固定的居所，也没有特别的饮食习惯，但会袭击人类，并吞食他们。"

"我也没想到会在这里遇见它们。"贺云霆顿了顿，"它们可能是被腐烂的虫族尸骸吸引着，一步一步摸索过来的。"

他说得轻松，却故意避开了自己遇见它们之后的事，只是说"一定会回来"。

"但林先生做得很好。"贺云霆声音平淡，好像那些事已经过去了很久，而他只不过是刚从外面找食物归来。

"谢谢。"贺云霆说。

语气里有他一贯的冷淡，但冷淡中也有不掺假的真诚。

"林先生饿了吗？"贺云霆说，"这次没找到别的，只有上次咕噜噜带着剩下来的那点了。"

林晗点点头，在听到咕噜噜时愣了一下，好像自从自己醒来以后就少了点什么东西缠着自己蹭："对了，它……"

话没说完，他低下头，才看见了自己脚边乖得不像话的一团小家伙。

咕噜噜不烦他了，甚至怕自己那一点点体重会让林晗更难受，都不敢蹭他，之前的兴奋劲没了，它甚至发出一声几不可闻的声音。

林晗见它这样，用手摸了摸它的头。

小家伙好像很贪恋林晗的动作，还小心翼翼地伸出爪子，珍重地钩了钩他的手指，黑漆漆的豆豆眼都消减了光芒，看上去委屈极了。

好像晕倒的不是林晗，而是它。

它需要一点点安慰和一点点亲昵。

"怎么了？"林晗想起它也是眼睁睁看着自己晕倒的，他用掌心轻轻碰了碰咕噜噜的小尾巴，用拇指擦了擦它的脸，放柔了声音道，"对不起呀。"

林晗虽然手还放在咕噜噜身上，却抬起头看着神色带有倦意的贺云霆，把那一句道歉补完："让你们担心了。"

"没有。"贺云霆回答道，"林先生没事就好。"

咕噜噜好像还是很难过，林晗任由它抓着自己的手指，自己凑近了些，看着委屈的小家伙说："我不是故意的，也没有要丢下你。"

咕噜噜听见后，鼻尖动了动，终于被林晗说服。

林晗把手掌摊开："不想上来吗？"

小家伙扭捏了一会儿，还是妥协了，重新跳上来，轻轻蹭着他的手。

林晗感受到熟悉的毛茸茸的触感，咕噜噜把脸埋在他的掌中，过了好一会儿，才委委屈屈地跳上他的肩膀。

而林晗居然发现掌心有一点很浅的湿意。

也许是在自己昏迷的那段时间里，咕噜噜以为他死了。

原来奇行生物也会哭的吗？

林晗的心很轻地颤了一下，用拇指揩掉那一抹湿润，又温柔地拍了拍肩膀上的小家伙："以后不会这样了。"

"别哭。"

在抹掉咕噜噜眼泪的那一瞬间，林晗却忽然走了神。

贺云霆会难过吗？

于是他努力咬了一口并不好吃的唯一的食物，就着喉头的干涩和腥甜用力咽下去。

还不能停下。

还有许多事没有做完。

251

　　林晗走到控制台，因为发生了位移并使用了武器，对于机甲来说，又是不少的能量消耗。

　　他从里到外检查了一遍，对贺云霆说："我们的能量已经剩得不多了。"

　　这个问题两人早就知道，所以说出来时，贺云霆并没有惊讶。

　　"就算停在原地不动，开启最低耗能，也只能撑一天。"

　　他们还不知道援军什么时候来，而另一批不愿让他们回去的人，是否会先于援军抵达这里。

　　但坐以待毙总不是办法。

　　咕噜噜见林晗恢复了一点，终于开始试着蹭他，但动作还是很小心。

　　林晗抬手挠了挠它的脑袋："我有一个……"

　　"我觉得——"

　　他和贺云霆同时开口。

　　林晗让贺云霆先说。

　　"剩下的能量，如果全速前进，能维持多久？"

　　林晗没想到贺云霆跟自己想到了一处，说道："三四个小时。而且不能使用武器。"

　　"愿意赌一把吗？"贺云霆垂眸看着他。

　　林晗笑了，眼睛弯起来。

　　咕噜噜发现这一点后也跟着开心起来，绕着他打转。

　　"赌。"

　　"不过我不太确定，到了奇行生物星球，它们是否会欢迎我们。"贺云霆说，"但我大概记得方向。"

　　林晗眼睛眨了眨："也说不准。"

　　比如肩上的这个小东西。

　　反正也没有退路，不如最后试一试，也算没有遗憾。

　　虽然他们都知道，如果机甲现有的能量不足以支撑他们到奇行生物星球，或者到了之后受到极大的排斥或者像柯泽恩族这样直接的攻击……

　　那他们连武器也没有，而机甲也只是一堆冰冷的铁壳。

252

但无论如何，至少到明天，就会有结果了。

他们永归宇宙，或者迎来转机。

"林先生，"贺云霆叫他，说的却是一句与现在没什么关系的话，"你知道紫色郁金香的花期吗？"

林晗摇摇头。

"庄园里的郁金香应该就要开了。"贺云霆说，却抬头望向绝望又空洞的天幕。

他之所以会种那一片花田，只是觉得它们盛开的时候，很像艾尔茵尼霍星云。

这句话他没跟林晗说。

"等回去了一起看看吧。"贺云霆说。

他的语气中满是肯定，仿佛两人现在不是身处荒芜的星球，他们的机甲能量充足，他们有无限可能。

林晗仰头看他，叫贺云霆的名字。

"你有没有什么信仰？"他忍不住问。

林晗曾经觉得自己也算坚定。

可是在这样的情形下，他才发现自己原来还是很脆弱，还是有很多怀疑和否定，在一点点击垮他曾经树立起来的东西。

但贺云霆不会。

他好像永远坚定，不管在什么地方。

帝国不少人会有自己的信仰，好像只要拥有了这种看上去并不存在的东西，就能让人坚强百倍，再不会倒下。

然而贺云霆只是微微皱起了眉，似乎充满疑惑："信仰？"

"比如什么事物，或者神。"

林晗没办法解释这个，因为其实他自己也从不曾相信过神。

"我不知道。"贺云霆说。

"也许真的有神吧。"

林晗没想到他会这么答，抬头看向他。

即使是现在，贺云霆的气质也没有改变分毫，双眸如星，面容冷峻，淡淡地说道："但就算有神，也要听我差遣。"

253

"什么时候出发？"林晗淡笑着问。

听了对方的话后，他又觉得没什么好怕的。

自己应该早就知道的，从决定跟来的那一刻起。

战舰上没人顾得上自己，而根据陆安和的信息，有不少人已经没法再回去了。

即使在之前他也有过渺茫的悲哀，却最终没法不相信贺云霆。

如果让他再选一次，他还是会这么做。

贺云霆没有直接回答，问他："等明早吧，挑气温不那么高的时候。林先生要不要再休息一会儿？"

其实没有营养剂，睡多久都没什么太大区别，但林晗仍旧没什么力气，刚刚强迫自己吃了点东西，也还是困乏无比。他没有拒绝贺云霆的提议，反正都已经做好了决定，什么样的结果都能接受，那不如最后好好睡一觉。

"好。"林晗点点头。

他刚要休息，又怕自己重新对某个小东西造成惊吓，林晗将它从自己肩膀上轻轻抓下来，叫了一声它的名字："咕噜噜。"

咕噜噜黑漆漆的豆豆眼立刻转过来，湿润的鼻尖也向前凑了凑。

"我要睡一会儿。"林晗怕它不理解，又解释了一下，"闭上眼睛只是在休息，不会跟之前一样突然不理你的。"

"明白吗？"他摸了摸它的小尾巴。

它好像能听懂人类的话，但每次都要慢半拍，过了一小会儿后，才理解了林晗的意思，它在林晗手上滚了一圈，表示自己明白了。

林晗想到那天捡到它时，满地都是虫族的尸骸和金属碎片，只有它一个小毛团子咕噜噜地滚过来，忍不住问："你上次是不是迷路了？"

咕噜噜从他的左手滚到右手，不知道是什么意思。

林晗继续说："我们明天可能会送你回家。不是你随便栖身的小沙丘，是你的星球。"

"当然了，也可能最后能量不够，"林晗语气却并不沉重，"我们还是在这附近。"

咕噜噜突然有了反应，看上去应该是兴奋的，因为它身上的一部分毛快乐得在发颤。

看来它也想回家。

林晗像被它的快乐感染，轻轻点了一下它的鼻尖："那我们尽力送你回去。等你回家了，也就不用在沙子里打滚了。"

至于他和贺云霆，也许还需要不少时间才能回到帝国，也许那时候就是说再见的时候。但他没跟咕噜噜说这些，毕竟小动物也讨厌离别。

贺云霆走过来将自己的外套递给他。

有些机甲会配备休眠舱，M2742由于有第二驾驶舱，加上机师本人自己提出不需要休眠舱，因此现在林晗唯一能盖在身上的只有对方的外套，而贺云霆则总是闭目一会儿，睡得很浅，好像只是为了应付身体机能才休息。

"睡吧。"贺云霆眉眼垂下来，冷淡的眼睫也因为给林晗披外套的动作变得不那么有距离感，"晚安。"

林晗握了一下贺云霆的手。

说不清这样做的动机是什么，但他还是没忍住。

耳边听不见贺云霆的心声，林晗稍有失望，但还是抬起头看着对方："晚安。"

他看见贺云霆离开驾驶舱后，终于沉沉地睡了过去。

咕噜噜趴在自己的肩上，好像也打算小憩一会儿。

因此林晗并不知道贺云霆最后又去而复返。

但由于失去了读心术，他这次一夜无梦。

第二天林晗醒来时，惊讶地发现面前一人一球好像闹了点矛盾。

贺云霆见时间到了，来叫林晗起床，可是刚打开舱门便先把咕噜噜吓醒了。

贺云霆本来不想理它，径直越过它，打算去叫林晗，但被忽视的小东西终于爆发出了对他的不满，乍起了浑身的毛，不自量力地用自己最快的速度，往贺云霆身上撞过去——

下一秒它就被轻轻松松拎了起来。

贺云霆还下意识地用手挡了一下自己腰部，免得小东西撞上自己的皮

带扣晕过去。

但咕噜噜明显不领情，虚张声势地冲着贺云霆龇牙咧嘴。

"我是来叫林先生起床的。"贺云霆冷漠地陈述道，语气冰凉，一点感情也没有。

"吱——"咕噜噜愤怒地继续挥着自己短小的爪子，在空中张牙舞爪。

贺云霆神色又冷了一分，放在基地，几乎能令所有军士遍体生寒。

可惜这里不是基地，跟他博弈的甚至连人类都不是，并不能领悟到贺云霆话里的威胁，反而更加"凶狠"地露出两颗尖牙："吱！"

贺云霆懒得理它，甚至还将手抬高了些。

愈发冰冷地与小家伙对视。

咕噜噜的爪子蹬得更凶了。

一醒来就面对这一场面的林晗："……你们？"

"吱——"

几乎是一瞬间，贺云霆立刻收起抬高的手，背在身后，而他刚一松手，咕噜噜连滚带爬地缩回林晗身上，大有一副要让他做主的模样。

林晗只觉得有趣，先是抚摸了一把咕噜噜的毛，然后又抬起头跟贺云霆打招呼，笑容和煦："早。"

一人一兽矛盾就此化解。

贺云霆把脸上不自然的那一点点情绪收起来，对林晗说："可以出发了。"

两人本就没带什么东西，可以随时离开。林晗揉揉眼睛，点点头："好。"

之前的意外还在眼前，贺云霆最终还是没让林晗上驾驶舱。

"林先生不要启动第二驾驶舱，"贺云霆没有多做解释，"我一个人足够了。"

林晗知道贺云霆这几天不管体力还是精神力的消耗都比自己多了太多，可他最终还是听了贺云霆的话，坐上驾驶座戴上头盔后，再没有其他动作。

机甲开始滑行，机械女声响了起来。

"M2742，全机自检完成，能量反应弱，目前机甲外侧环境检测为D级，请机师注意防护，并选择开启机甲舱。"

"开启第一驾驶舱。关闭全部武器库。"

尽管已经做好了足够的准备，林晗的心还是提了起来。

他听见引擎发动，看见显示屏上逐渐离他越来越远的荒芜，看见第一驾驶舱里贺云霆永远沉稳的背脊。

"确认，是否关闭包括防御盾在内的全部武器库？"

"是。"

咕噜噜又开始有一点晕的迹象，但还好这次林晗可以把小家伙笼在手心里，轻轻地拍着它有些发颤的背。

林晗听见贺云霆依次关掉了所有武器库以及应急防御程序，只留了最基础的功能。

"开启300%前进速率。"

这几乎是一种博命的方式，设定好的程序自然会一而再再而三地提醒。

"机身储存能量不足，强行提速可能导致包括功能中断、全机瘫痪在内的各种危险，是否确认？"

林晗后背贴在驾驶座上，场景开始迅速变换，直至因为速度过快变得模糊不清。

周遭的声音全被机甲的轰鸣盖了过去，林晗在这一刻什么也听不见，在这一片荒芜里只有他们还在努力生存，带着没有底气的豪赌。气流摩擦的声音仿佛尖刀划过，咕噜噜已经在他手心里东倒西歪，林晗却只顾着看向前面的人。

而伴随着机甲前行的是一点一点流逝的时间和急速消耗的能量。

贺云霆已经将速度拉到最快，并没有告诉林晗要往哪边走，而林晗也不问，好像两人天生就有着绝对的默契。

林晗看到操作台上开始闪烁的灯和不断亮起的数值，在心里估算着剩余的时间和能前行的距离。

由于飞速前行，加上机甲关掉了许多功能，林晗还是感到一阵缺氧和眩晕。

他努力定下神来，再重新睁开眼。

他不能再倒下了。

即使最后失败，他至少也要亲眼看着究竟停在何处。

估算的耗能大概是三小时，期间两人几乎没有交流，只有贺云霆偶尔会担心林晗的状况，通过通信器确认一下。

在行进到只剩三十分钟时，四周的舷窗突然全暗了下来，好像进到了一个不同的区域。

然而贺云霆并没有停下："这是雾气沼泽，越过去之后就能到了。"

咕噜噜终于在林晗的安抚下睡着了，林晗轻声应了一下，没有多问。

可还没等M2742离开这一片区域，机甲骤然开始剧烈抖动，能量即将耗尽的红光不停闪烁着，宣告他们的前进即将到达尽头。

但贺云霆并没有一点停下来的意思，甚至还用上了比之前更多的精神力，让机甲随着惯性，被动地、僵硬地继续往前……

"砰！"

它的前足终于被迫停了下来，而所有的系统开始停摆，连红光都快熄灭了，林晗强忍着晕眩感，缓缓从驾驶座上站起来。

"林先生。"贺云霆在通信器里叫他。

林晗还不知道发生了什么。

难道失败了，最终还是没能抵达？

"没事，"他说，"将军已经尽力了。"

贺云霆却没再说话，反而自己走出了驾驶舱，打开了林晗这一边的舱门。

他看上去一点也不狼狈，刚才高强度的驾驶好像没对他造成丝毫影响。

"你下来看看。"

林晗听话地跟着贺云霆往外走，刚一落地，入眼的环境便让他愣住了。

他们好像到了……奇行生物星系的边界。

他想继续走，结果脚一软，险些又要摔倒。

"上来吧。"

对方走在前面，语气淡淡地俯身。

林晗这次没怎么犹豫，朝着贺云霆走了两步，顺从地爬到了他的背上。

于是贺云霆背着林晗，林晗肩上顶着一个小团子。

贺云霆不知道最近林晗频繁握他的手却失去了读心术，而林晗也不知道，贺云霆也不止一次趁自己安睡之时去而复返。

一切的秘密都被藏在这里，无人知晓。

只有咕噜噜，它是唯一的目击者。

之所以说是边界，因为他们正好卡在那一片雾气沼泽后面，机甲却由于没了能量，无法平稳地停好。

流动的雾气随时可能将M2742向后拽，如果真的发生这种情况，他们的机甲可能会被雾气吞没，最后陷入这一片奇怪的沼泽。

但问题是，现在能使得上劲的就贺云霆一个，而仅凭他一人，根本不可能将这个大铁壳子挪动分毫。

林晗还伏在他的背上，两人一同停了下来。

在了解了这样的情况后，林晗也难得有些迷茫。

他们现在所在的环境又跟之前不太相同。奇行生物星系根据地域不同，活动的奇行生物不同，地质环境也会有很大差异。

不过他们现在告别了一望无际的黄沙，除了背后还是一片浓得要将一切吞噬掉的雾气沼泽，入眼的生态已经比边区好了很多。

脚下的地不算太平整，但已经能看得见绿色的植株和起起伏伏的丘陵，虽然还未能找见水源，但由于有绿植，气温不像之前那样令人窒息，尽管还是跟帝国的主星不能比，但对于目前的二人来说，已经非常不错了。

"这边应该算北部。"贺云霆对林晗解释道，"北部活动的奇行生物基本都比较温和，不会伤人。"

林晗其实想试着下来走走，可身上实在没有力气，担心下来没走几步，又要腿软栽在地上，反反复复折腾，倒不如索性认命，就让贺云霆一

直背着他走。

"所以……我们算是成功了？"林晗问。

至少没有继续停留在边区的荒芜黄沙中，而是停在了生态相对较好的地方。

"算是。"贺云霆冷淡道，"不过机甲是个问题。"

林晗看着能量已经完全耗尽的M2742。

只需要再向前数十米，就能避免被身后的雾气沼泽吞噬。

可这数十米对他们来说是根本不可能超越的距离。

林晗又失落起来。

"没有其他办法了，是吗？"只能将它留在这里。

贺云霆没有说话。

林晗自己整理了一下情绪，努力用一种轻松的语调继续开口："那么先过去看看吧，总有办法的。"

贺云霆没有说话，但林晗知道他听进去了。

而由于机甲停了下来，咕噜噜终于清醒了一些，林晗叫了一声它的名字，说："你回家了。"

对方似乎没能一下子明白他的意思，小眼睛迷迷糊糊地睁开，先是习惯性地往林晗的颈窝拱了拱，发现贺云霆正背着他，看不清脸，于是干脆滚了两圈，用爪子抓住林晗的衣领。

"你回家了。"林晗耐心地重复了一遍，"还记得路吗？"

咕噜噜这才理解了林晗的话，豆豆眼猛地努力睁大，观察着眼前的一切。

很快，它因为面前的景象兴奋得浑身的毛竖了起来，咕噜噜第一次没有黏着林晗，反而身手敏捷地从他身上跳下来，在地上转圈。

片刻后，它开始向前滚动，不过还是会时不时回头看一眼身后的两个人，生怕因为自己速度太快，让他们跟丢了。

而贺云霆跟着咕噜噜步伐轻松地往前走。

咕噜噜似乎有自己的想法，它想带两人去哪儿，或是做什么。

林晗回头看了一眼越来越远的机甲，心中还是有些发堵，却最后仍旧一言不发。

没想到咕噜噜并没有带他们走太久。

在走了十分钟后，它带着两人到了一处丘陵。

因为不稳定的山坡滑动和下沉，以及长期的风化侵蚀，这处丘陵并不高耸，但面积很大。

他们看见咕噜噜停了下来，随后转过头，好像在跟他们说等一下。

然后咕噜噜开始用最快的速度往某处低矮的地方奔去，林晗惊讶于它的敏捷，却又不知道它究竟想做什么。

而在咕噜噜消失五分钟后，地面忽然传来一声又一声有力的震动。

林晗一开始以为是地震了，但又十分有规律，而且距离两人越来越近。

但很快他们就不用猜测了。

因为声音的源头一步一步出现在了他们面前。

林晗感到贺云霆的背脊瞬间绷紧了——像是怕到来的生物会伤到自己，下意识地想把他护好。

"别怕。"他听见他说。

走过来的不止一只生物。

这是一种体形极为硕大的奇行生物，每一头都足有一层楼高，身上的绒毛很短，并不能直立行走，周身的皮肤呈粉色，而四肢粗壮，脚掌厚实，每走一步都伴随着地面的震颤，除了皮肤颜色和没有长鼻子，林晗立刻联想到了地球上名为大象的生物。

而两人会放松下来，是因为在这些生物领头的那一只的鼻子上，骑着一个眼熟的小小的黑色团子。

"……瑞恩族。"贺云霆像是奇行生物的百科全书，跟林晗解释了一下这种生物的名称。

林晗愣愣地点头："可是为什么咕噜噜它……"

"瑞恩族虽然天生壮硕，但几乎是这个星系里脾气最好的种族了。"贺云霆每次用这种十分正经的语气科普时，总让林晗想到小时候自动阅读的机械百科读物，"而库鸽尔族与它们尤其交好。"

林晗听懂了，大概就是虽然这个瑞恩看起来吓人，但还是会被这种毛

团团吃得死死的。

"由于两族关系好，所以帝国不少人给它们也起了一个别名。"

贺云霆的声音冰冷依旧，但林晗第二次从中听出了一种别扭。

第一次是他绷着脸说"咕噜噜"这三个字的时候。

大概是自己现在还趴在贺云霆的背上，林晗声音里多了一丝轻快，继续问道："什么别名？"

贺云霆诡异地沉默了。

过了几秒，他的语气变得更冷了，但还是回答了林晗的问题："……咕咚咚。"

林晗这次没忍住，也来不及想为什么帝国的子民总是要起这种别名，再次笑出了声："对不起，将军。"

贺云霆自然没说话。

咕噜噜骑着领头的一只瑞恩——又名咕咚咚的生物跑过来，在快到两人面前时，从那只生物的鼻子上跳下来，轻车熟路地蹿到林晗肩上，然后对着那只瑞恩发出吱吱的叫声。

很快，对方也回应了它："哞——"

果然量级不一样，发出的声音也不一样，那只瑞恩的声音，大到林晗感觉自己耳膜都在震。

贺云霆退了两步，任由两个生物用一种奇怪的方式沟通。

终于，两种生物似乎交流完毕，咕噜噜趾高气扬地在林晗肩膀上蹭了一下，然后重新跳到地上，往来时的方向滚动。

领头的咕咚咚"哞"了一声，也跟着咕噜噜往那个方向走。

林晗思考了一下："它不会想……"

难道这些小生物已经这样通人性了吗？

事实证明果真如此，咕噜噜带着它的帮手，一路走到了M2742停留的地方。

两种生物又沟通了一会儿，尽管旁边的两个人还在一头雾水，但大家伙似乎理解了，还朝背着林晗的贺云霆礼貌地哞了一下，往快要被雾气沼泽吞没的机甲走过去。

咕噜噜邀功似的回到林晗的肩上，无比骄傲地甩了一圈自己的毛，连那一根短小的尾巴都要竖起来了。

林晗腾出一只手摸了摸它的脑袋，笑着说："多谢你们帮忙。"

而咕噜噜顺势蹭了一下他的手心。

但即便如此，它依旧懒得理贺云霆。

上将先生本着不跟这种小东西一般见识的心理，冷漠地瞥了它一眼。

但大概是林晗刚才的道谢太真诚，林先生都说了，自己不说好像会显得自己心胸狭隘，过了两秒，贺云霆终于绷着嘴角，冷冰冰地说了一句"谢谢"。

可惜咕噜噜并不领情，甚至撇过脸，黑漆漆的豆豆眼看都不看他。

贺云霆："……"

而另一方面，几只咕咚咚看起来有些笨拙，但天生蛮力让它们很快找到了方法。

它们分工明确，分别用推和递的方式，轻轻松松地将M2742拽了过来。

M2742最终被拽离了那一片雾气沼泽，即使它现在还是一具没有能量的铁壳，却不会再被吞没了。

几只咕咚咚在圆满完成任务后，开始打量起面前的新奇物种来。

奇行生物里几乎没什么人类，它们好像十分好奇，为什么咕噜噜可以用这样一种黏糊糊的姿势，腻在林晗的肩上。

而林晗还被贺云霆背在背上，看上去很虚弱的样子。

但这种生物不知道虚弱为何。

不仅如此，这种生物还有一种很强的能力就是……模仿。

人类对它们来说是很新奇的事物，而对新奇事物的探究，就要先从学习他们的动作或者习惯入手。

然后两人眼睁睁看着一只体形硕大的咕咚咚伸出沉重的前足，"哼"的一声将自己的整个身体压在前面一只咕咚咚的背上——

看这个架势，似乎还真的想让另外一只"背"它。

但问题是，它们并没有考虑自己的体形，以及双方的体重差异。

作为承载方的那只咕咚咚虽然也重量可观，但明显看上去就要比压上来那只咕咚咚小了一号。

而另一只也毫不在意这个问题，还十分配合它的动作，吭哧吭哧地弓起背，想努力撑起对方的体重。

于是两只体形庞大的生物颤颤巍巍地叠了起来，足足有两层楼高，看上显得画风诡异又滑稽可爱。

关键是它们做完这一系列动作后，还下意识地朝林晗这边看过来——好像在说，你们看看，我俩模仿得对不对。

林晗：“……"

而咕噜噜大佬一般地看着这一幕，非常满意，甚至还在地上滚了两圈。

林晗把脸埋在贺云霆背上，没敢继续看下去："……"

"轰——"

果不其然，这两个大家伙由于体形差异太明显，下面那只明显没法撑太久，最终四肢没稳住，向前一栽，两只咕咚咚一起轰然倒地。

由于重量惊人，还顺便在地上滚了两圈。

它们的体形实在太大了，两只一起倒地的时候，明显有种剧烈的震感，周遭都为之一颤。

而林晗忽然感觉贺云霆的背脊很轻地振动了一下——伴随着一声几乎可以融进风里的、短促的声音。

在明白那一声意味着什么后，林晗好奇了。

面前的一群奇奇怪怪的生物还在用他们听不懂的叫声交流着什么，可林晗无暇顾及了。

他记得贺云霆永远绷着脸，而唇角永远平直。

好像无论面对什么事，他都是同样的反应。

可现在他的嘴角不再是一条冷硬的直线，而是有了轻微的弧度。

林晗犹豫了片刻，却仍然压不住此刻的心情，试探着问："将军……你笑了？"

失去了读心术的他，倒是能在此刻不受干扰地去触碰和自我解读这样的表情。

从前贺云霆就算想安慰他，却也因为不知道如何做出这样的表情，最终只能一如既往地板着脸，对他说"没事"。

264

好像贺云霆自己也没意识到他也会有这样的情绪，要不是林晗提醒，连自己笑了也不知道。

他自己也愣了一下，难得没什么自信地回答："……我不知道。"

他好像对什么事都自信满满，却在与林晗有关的事上摇摆不定。

林晗收起手指，脸从贺云霆的背上抬起些许，没有再多说什么。

有那么一瞬，他想往前凑一些，去看看贺云霆笑起来会是什么模样，但因为担心会让对方难堪而收回了这个想法。

不过那两只咕咚咚还在吭哧吭哧卖力模仿着，丝毫没注意到被模仿的两人，一个红着脸，另一个嘴角却带着笑。

两个大家伙直到整整失败了三次才放弃，它们终于叫了两声，咕噜噜便重新跳上了其中一只的鼻子。

最后不知咕噜噜又跟它的同伴们交流了什么，几个善良的生物又帮着把M2742再往前推了一些，移到某处丘陵的背面，让它不至于一直被强光和恶劣的天气侵袭。

这次他们大概走了足足一小时，某一只咕咚咚似乎还担心这种看上去弱不禁风的生物是不是能跟着它走这么久，频频回头，还朝贺云霆努了努鼻子，像是在告诉他和林晗——要是走不动，也可以学着那个毛团子一样骑在自己鼻子上。

自成功到达这里后，林晗心情就变得很好，甚至连贺云霆都被他感染，尽管面容依旧与在基地时严肃冰冷，眸中的冰霜却似乎融化了一些。

它们带着两人来到了一处植被比刚才还要繁茂的地方。

虽然这里的地面依旧不太平整，有不少奇形怪状的石头散落其中，似乎是很早以前某些不知名的动物尸骨形成的石头。

但这里的树木明显比刚才多了不少，因此相较于之前的气候这里没有那么闷热。

最关键的是，这里有一处天然形成的石洞，而在石洞旁边，是两人许久未曾见到的水源。

咕噜噜从咕咚咚的鼻子上跳下来，在半空中挥动了一下爪子，以一种高傲的姿态，扑通一声，精准地落入水中。

黑色的小团子在水里扑腾了一下，然后咕噜噜噜冒出一串气泡，这才

心满意足地探出头来，看着林晗和贺云霆。

而咕咚咚们开始猛地低下头喝水，喉咙里发出咕咚咚的声音。

林晗忽然知道了它们名字的由来，并对帝国人民的智慧发出由衷的钦佩。

贺云霆找了一处最干净的地方把林晗放下来，气温逐渐上升，他将外套扔在一旁，自己坐在林晗身边。

"林先生先在这里休息吧，"贺云霆说，"我去找一点能吃的东西。"

他刚要站起来，就被林晗拉住了。

"我不是很饿。"林晗软下眉梢，"就当陪陪我，将军也休息一会儿吧。"

这几天，他实在太累了。

有时候林晗会想，如果自己没有成为贺云霆的累赘，那对方一个人会不会更好地生存下去。

可是他最终没有细想下去，有些问题不需要太明确的答案，就像事发那一天，自己会坚决地跟过来一样。

林晗知道贺云霆不会放弃他，而他也对他有着绝对的信任。

他看见自己倒映在水中虚弱的脸时，还是有了一种恍若隔世的感觉。

一种熟悉的疲倦感又涌上来，林晗其实今天几乎没走什么路，但还是开始犯困。

这算是两人过得比较舒适的一天了。

贺云霆回来的时候，林晗已经简单地清洗了一下，染上了血迹和灰尘的白色制服终于脱下来清洗干净，而他的身上只有一件还算干净的衬衫。

而林晗似乎又困了，在看见贺云霆的时候眼睛眯了眯，勉强打了个招呼又继续睡了过去。

贺云霆放轻脚步，坐回了林晗的身边。

今天好像终于可以睡个好觉了。

那些生物还在不远处，咕噜噜则等自己身上的毛变得干燥后，又重新跳回林晗身边，就算回到了自己的地盘，它还是很喜欢这个人类。

贺云霆将找来的东西放到一边，又观察了一下周围的环境，确保安全。

第二天林晗难得早起，他的身上还带着昨晚未干的湿气，即使可能在回到帝国之前，他都需要贺云霆背着他走了，但至少精神好了不少。

贺云霆已经醒了，正把洗干净的衣服随手挂上，一扭头就看到正在揉眼睛的林晗，怔了一下："林先生早。"

林晗笑着点了点头，抬手摸了摸正在自己怀里睡觉的咕噜噜。

此刻的气温稍微有点凉，林晗半坐起来，靠在一旁造型奇特的树干上，抱着膝盖驱散一些寒意，安静地看着贺云霆。

林晗记得贺云霆的房间，冰冷整齐得不像一个正常人住的，能用AI解决的绝不亲手完成，对方对生活质量的要求低得几乎让林晗难以想象。

而现在对方却很自然地做着这一切，加上之前的笑，林晗有种重新认识他的感觉。

贺云霆给他洗了一些奇行生物的食物，毕竟贺云霆不是真的百科全书，许多没见过的事物还是不敢轻易尝试，而有些咕咚咚食用的东西，人类也不一定能吃，贺云霆最终还是拿了些还算眼熟的，递给林晗。

而一旁沉睡的几只咕咚咚也醒了。

它们的某些活动林晗实在是看不懂，也没法理解，第一次见面就模仿背的动作就算了，后面一些奇奇怪怪的举动，比如跟咕噜噜玩捉迷藏，先不说它们在大平原上能躲到哪里去，就这个体形和走路所带来的震动，都没法让它们好好地参与这个游戏。

不过两种生物都乐此不疲，且性格温和，有时候虽然没弄明白它们在做什么，但至少有这些生物陪伴着，不会太寂寞。

而现在，其中两只咕咚咚眼看着林晗和贺云霆醒了，开始朝他们走过来。

林晗对它们又会做出什么样的举动完全猜不着，但还是饶有兴致地弯了弯眼睛，期待地看着它们。

贺云霆手里还拿着吃的，也跟着走了过来。

咕噜噜在这个时候终于被这一阵阵的响动吵醒，抖了抖身上的毛，再在林晗手心里滚了两圈，蹭舒服了才睁开它的小眼睛。

"早。"林晗揉了揉它的小脑袋，跟它说话。

267

　　毕竟回到了自己的地盘，咕噜噜睡饱了，甚至还满意地发出一串舒服的吱吱声。

　　它看了看林晗，在他手心里蹦跶了两下表示喜悦，林晗也对它笑，然后弯下腰，把它放到地上。

　　黑色的小毛团子好像是真的很开心，喜欢的人类将迷路的它送到了熟悉的地方，甚至还跟着自己一起回来了，它已经开始计划要带这个人类到哪里去玩，见它的哪些朋友……

　　咕噜噜开始在地上兴奋地打滚，结果没控制住方向，啪的一下，滚到了一双黑色的军靴上。

　　它抬起头，浑身的毛又重新炸开来——

　　一切都好得不能再好，除了这个一直凶巴巴的、动不动还把自己拎起来吵架的人类。

　　但咕噜噜打不过贺云霆，所以只能无奈地尽量远离他。

　　它断不能跟贺云霆同流合污。

　　于是咕噜噜想表达对贺云霆的不满，正努力地想把自己黑漆漆的豆豆眼变成一条斜线以示鄙夷。

　　可惜它的眼睛实在是太小了，不管怎么挤，都做不出那种丰富的表情，只得作罢。但它气势是不可能输的，咕噜噜短短的尾巴竖了起来，猛地从贺云霆脚边弹开，露出一副自以为"龇牙咧嘴"的表情，态度坚决地表现出自己的立场。

　　……只可惜贺云霆本人是感受不到这种情绪的。

　　而林晗心更细一些，加上咕噜噜也更加黏他，稍微察觉到了一人一球之间的不对付，但他怎么也不会想到这事的根源在于自己，只是在咕噜噜重新回到自己身上的时候，摸了摸它的尾巴，以示安抚。

　　于是咕噜噜终于又开心了，决定今天带林晗去别的地方玩——遗憾的是林晗最近去哪儿都被贺云霆背着走，这让咕噜噜不得不多带一个它讨厌的人类。

　　这样的日子持续了两三天。

　　奇行生物星系的北部算是整个星球生态最好的地方，但昼短夜长依旧是它的标志，而贺云霆每天要先准备好第二天的食物，因此能陪着咕噜噜环游星球的时间并不多。

据贺云霆说，有些奇行生物不是群居的，比如库鸽尔族就喜欢漫无目的地到处滚动，就算有栖息地，也不会一直停留。它们的生物天性对父母并不依赖，即使是哺乳动物，在将年幼的库鸽尔族哺育到一定程度后，父母就会离它而去。

比起父母，库鸽尔族似乎更喜欢结识各种朋友。比如咕咚咚，比如很少见的人类。

这些天咕噜噜越来越黏他，睡觉的时候从只往手心里蹭，到几乎要埋进林晗的衣服里。

令人惋惜的是贺云霆，他每天睡前都要观察一下这些奇奇怪怪的生物是不是又在盯着自己和林先生，过得十分憋屈。

第二天林晗好不容易入睡，就被一阵声响惊醒。

贺云霆醒得比他早，他也听见了那个声音。

林晗在某一瞬间以为自己听错了，那个声音他再熟悉不过了，在研究院听过不知多少次："将军……"

那是久违的，机甲引擎的轰鸣声。

贺云霆的神色在一瞬间恢复到了来时的严肃和紧绷。

听声响，抵达这里的机甲好像只有一台，但最关键的问题是，由于陆安和之前的提醒，在来者没有露出真面目前，谁也不知对方是敌是友。

贺云霆拧着眉对林晗说："林先生跟紧我。"

即使在这种情形下，他还是下意识地想要先保护他。

林晗小声地"嗯"了一下。

他们所在的地方距离M2742停靠的位置还有一定的距离，而且由于M2742已经耗尽了能量，只是一具没有生命的冰冷铁壳，没有任何一项功能启动，也就代表不会被敌对机甲发现。

可人类却无法自主控制呼吸和心跳，只要来的机甲开启了生命体征监测，就很难不会发现他们。

经历了这些，林晗心中其实没什么慌乱的，而贺云霆也依旧镇定，并且在很短的时间内想好了对策。

"没有直接动用武器库实行轰炸，至少说明了现在来的机师没有直接

灭口的想法。"贺云霆说，"他们的目标肯定只有我，林先生别怕。"

那台机甲迅速逼近——看来它果然开启了生命体征监测，并发现了他们。

它很快驶到两人面前停下。

咕咚咚和咕噜噜没想到原来这样的大铁壳子不止一个，咕噜噜由于晕机甲，甚至瑟缩了一下，有些惧怕地往后蹦了蹦。

那是一台不算高阶的机甲。

林晗记得这一批次的机甲，就是专门给准机师实训时使用的机甲，虽然可以连接精神力控制，但由于没有专属机甲那样定制的各种功能，许多操作都可能受限，能开成什么样全凭机师的个人实力。

而这台机甲看上去已经有些损耗了，虽然机甲臂和武器库尚存，但浑身上下满是战斗的痕迹，割裂和磨损几乎遍布机甲全身，看上去刚经历了一场惨烈的战斗。

机甲舱弹开，一名机师靠在驾驶座上喘着气，缓了两秒才从位置上站起来，跳下机甲，一步一步走向贺云霆。

不知是机师是忘了还是故意为之，他从舱内走出来时，甚至没有摘掉头盔。

贺云霆眸色一凛，身后抓着林晗的手紧了紧。

不过很快那名机师发现了这件事，怔了一下后很快摘下了头盔，露出一张清俊的脸。

对方的额头还渗着血，他来不及擦，只将头盔用右臂别在身侧，低下头，对贺云霆行了一个正式的军礼。

"——报告上将，准机师祁嘉木，领命前来救援。"

第十章

祁嘉木将头盔扔在一边，也许知道贺云霆会对他不信任，每一步都走得很慢，并一点点地展示他没有敌意——他的枪似乎都不是自己的。

祁嘉木掏遍了身上所有可能藏武器的地方，这才摊开双手，说："只有我一个人了。"

那些奇行生物没想到除了机甲，还有新的人类会来，这个人类看上去虽然不如林晗那样惹人喜爱，倒也没有贺云霆冰冷可怕。因此它们没有表现出什么敌意，只是依旧好奇地盯着他看。

"我可以让陆中校做证。"祁嘉木补充道，"我带来了通信器。"

贺云霆摆了摆手："不必。我信得过。"

林晗见是他，也放松了一些，大概是之前有过接触，他总觉得祁嘉木是个好孩子。

咕噜噜在他的肩上探头探脑，好像还不太明白祁嘉木的到来意味着什么。

林晗忽然有一种很浅淡的伤感，他揉了揉小团子的脑袋，由于身体无力，只能就着贺云霆握着自己的手，缓慢地走到祁嘉木面前。

"林先生。"祁嘉木看见林晗很明显愣了一下，更没想到他居然虚弱成这样。

"是我来晚了，多花了些时间。"祁嘉木低声说。

271

贺云霆没跟他纠结这个问题，只是问他："现在情况如何？"

祁嘉木重新绷紧身子，打算向贺云霆一一汇报这些天所发生的事。

林晗则很轻地捏了一下贺云霆的手，职业天性想让他去祁嘉木的机甲旁查看一下情况。

祁嘉木的机甲意外地没有受到太严重的损伤，而在这个时间里，他们也大概了解到了现在的情况。跟陆安和说的情况基本吻合，不过事态更严重些。

在受到虫族突袭的那一日，贺云霆拦住了想对战舰下手的剩余几只巨型沙虫，大部队才得以脱身，向跃迁点行进。

祁嘉泽在行刺贺云霆失败，并连中了几枪后，依然以一种诡异的姿态嘶吼着，甚至还想继续伤人，最终被祁嘉木锁在自己的机甲上，不知过了多久才勉强平静下来。

而就算解决了祁嘉泽，就算战舰行驶到了跃迁点，令人担心的事还是发生了。

那里果然有埋伏。

即使叶凌已经足够小心，还特意避开了许多不必要的起落点，却由于潜伏在跃迁点的虫族数量过多，而免不了一场恶战。

撇开那些平日里就训练有素的军士不论，不少人甚至是第一次来这种地方，之前就算在测试的前三轮中挺过了许多严苛的项目，但归根结底没有上过真正的战场。而他们连适应的机会都没有，甚至连第四轮实训都还没能好好进行，就要被迫投身于突如其来的战斗中。

不少新人不知道虫族的属性，而有些虫族又确实过于凶狠，他们甚至来不及系统地获取相关信息，就已经正面对上了这些可怕的生物。

更何况，有些机甲都是为了演习准备的，在综合性能特别是防御力方面比不上专属机甲，加上机师本人缺乏经验，惨烈的战况几乎是不可避免。

大部队付出了很大的代价，而最令人惋惜的就是最后一半以上的新人机师没能成功返航。

他们不是被演习淘汰的，而是真实又残酷地消失在了漫无边际的太空中，尸骨无存。

战舰动用了唯一一枚P-1型核聚粒子光束炮，在勉强夺回了一半的跃迁点里，收集了最后一点得以跃迁的能量，在启航的那一瞬间发射——所有回不去的、丧生于此的机甲和虫族一起被炸成齑粉，连带着跃迁点一起，彻彻底底消失在了宇宙里。

而损失惨重的战舰这才得以返航，带着数不尽的未知阴谋。

而在回到帝国之后，一切才刚刚开始。

有人想要贺云霆回来，就有人想让他就此消失，第一批出发的三台救援用的机甲不知在行进到哪一个环节的时候被击落，丢失了定位，甚至连掉在哪一片太空都找不到，更别说上面的机师了。

之后又调了几名其他基地的将领过来协调工作，但叶凌和陆安和仍然受到限制，不能亲自参与对贺云霆的救援行动，理由是需要对这次事件进行深入调查。

"但陆中校还是争取到了第二批救援队。"祁嘉木说，"因为我们这批准机师中不少活下来的人出现了一些心理疾病，所以被允许不参与接下来的训练。"

"我没有申请心理疏导，我向陆中校申请加入了第二批救援队，这才来了。"

"第二批救援队一共有五台机甲，"祁嘉木说到这里顿了一下，"不过现在……只剩我了。"

第二批救援队在刚到边区时，就遇上了几台试图阻拦他们的机甲，但由于当时的贺云霆已经不在边区，他们只能顺着机甲的残骸寻找，却在黄沙中失去了方向。

而想要拦截他们的机甲虽然只有三台，但无论是战斗经验还是机甲质量均在救援队之上，甚至对方的目的不只是阻止他们救援贺云霆，还想要第二批救援队也有来无回。

祁嘉木省略了很多细节没说，但最终的结局是，双方战到最后，只有他一人活了下来。

而他在战斗结束后收集了剩余几台机甲的能量，这才能够继续一路寻找，最后在奇行生物星系的北部找到了人类生命迹象。

"能量足够，可以转移一半给M2742。"林晗说，"这样的话，两台

机甲都可以回去。"

　　毕竟战舰那样的大块头需要跃迁点支持，而单台机甲的话，能量只要足够，是可以直接返回帝国的。

　　"走吧。"还有许多问题没有解决，但当务之急是要一同回去，时间越久，问题越大。

　　M2742停在距离这里不远的地方，如果开着机甲的话，只用几分钟就能过去。

　　而就在贺云霆要动身时，祁嘉木却有些犹豫地动了动嘴唇："上将。"

　　"我还有一件事。"

　　贺云霆站在原地淡淡地看他，等他开口。

　　"阿泽……"祁嘉木咬着牙，"我弟弟他已经昏迷一周了，我也服从安排，将他交给军方，但是……"

　　祁嘉木表情凝重，甚至在继续开口时没有看贺云霆："我知道我没有资格提这样的要求，但我确实有私心，我担心那些人会对阿泽不利……他真的不是故意变成那样的！我不求别的，回到帝国后，我什么条件都听从，什么惩罚都接受，但您能不能……不要让别人伤害他？"

　　"他从小就很乖，我只是离开他一年，就变成这个样子，我也想知道为什么……求您了。"祁嘉木深深鞠了一躬，"他的错我来承担，至少让那些人留他一条命，求您了，上将。"

　　沉默蔓延在逐渐变得燥热的空气中。

　　贺云霆敛下眼，没有给祁嘉木一个肯定的答复："走吧。"

　　祁嘉木眼角发红，跟在他身后。

　　即使贺云霆没有做出任何保证，他还是说了一句"多谢"。

　　等待他们的还有很多，而最重要的还是要先回到帝国。

　　林晗伏在贺云霆的背上，忍不住回头看了一眼那些还在状况外的奇行生物。

　　之前总喜欢模仿他和贺云霆的两只咕咚咚正在喝水，而其他的几只还在发出人类听不懂的哞哞声，交流着什么。

　　这些生物帮助他们搬回了M2742，又带他们来到暂时可以安睡的地方。

尽管它们不会说话，无法沟通，但它们依然是非常温柔的生物。

而那个黑色的小毛团子还留在林晗肩上。

林晗捧了一下手心——这是他和咕噜噜的约定，只要他这么做，咕噜噜就一定会跳进来，在他掌中蹭两下。

咕噜噜这次也这么做了。

林晗叫了一声它的名字，咕噜噜黑漆漆的豆豆眼转过来，小耳朵也竖了起来。

"我们要走了。"林晗想了想说，"不对，我们是要回家了。"

咕噜噜有些懵懂地抬起眼。

"跟你一样，我们也有自己的星球，不是那个你总会晕的大铁壳子。是像现在这样，有你喜欢的食物和水，有你喜欢的朋友和玩伴的地方。"林晗声音轻柔，对它说道。

咕噜噜一般不会立刻听懂，此刻它还没有反应过来，正专心致志地用尾巴挠着林晗的手心。

林晗俯身，贺云霆也蹲了下来，他将咕噜噜放回到地上。

咕噜噜开始疑惑起来，在地上打了一个滚。

"所以，再见啦。"

"你是我见过的最可爱的库鸽尔，真的。"林晗对着它招手，与它告别。

祁嘉木则沉默地先登上了机甲，等待贺云霆和林晗一同上去。

他们即将离开这个地方，他们要回家了。

"走吧，将军。"林晗忽然生出难过和不舍，最后狠心地一扭头，对贺云霆说。

贺云霆应了一声，也转过身，一步一步走向有些破损的机甲。

也许是默契，也许贺云霆也有不舍，在林晗说完那句话后，没有人再回头看，好像这样就没有分离。

因此没人看见，咕噜噜在他们转身的那一瞬突然明白了什么，开始用最快的速度朝他们奔去。

他们登上机甲。

而在林晗关上舱门的那一瞬，却发现怀里多了一个……原本应该留在

275

那片湖水边的，黑色的小团子。

"咕噜噜？"林晗先是怔了一瞬，然后重新涌上一阵失而复得的欣喜。

小毛团子刚刚用了全部的力量拽着贺云霆的裤腿才爬上来的，现在整个身子都脏兮兮湿漉漉的，还在发抖。

可是它还是十分委屈地看着林晗，好像在怪罪他，为什么要丢下自己。

祁嘉木的机甲启动，往M2742的方向行进。

林晗叹了一口气，重新对小团子开了口："你真的愿意跟我走吗？"

咕噜噜不答，只是仍旧很难过，一下一下地蹭着林晗手心。

"我们回去的路会很辛苦，你可能要一直晕。"林晗说得很慢，他知道这样咕噜噜应该更容易听懂，"我们的目的地的环境，也许你不能适应。"

"我们不知道什么时候会再来。"

"你会失去你的朋友，或许很长一段时间里，你都不能骑在咕咚咚的鼻子上了。"

林晗说完这些，又温柔地摸了摸它的小脑袋："你想好了吗？要是想回去，一会儿我就放你下去。"

咕噜噜浑身颤抖着，发出微弱而难过的"吱"声。

等到祁嘉木开始对M2742传输能量，林晗重新试着将它放回地面时，咕噜噜犹豫了很久很久，呆呆地打量着自己最喜欢的家。

可最后的最后，它还是缩成一团，慢慢地、慢慢地爬上了林晗的肩，并陪他一起，登上了自己最讨厌的大铁壳子。

他们即将越过星海、越过银河，带着与来时完全不同的心境，重新回到一切开始之处。

在路上的时光其实不算太难熬。

祁嘉木本来就是寡言的人，自己驾驶着一台机甲，加上自己弟弟的事让他忧心忡忡，如非必要，通信器里的交流几乎为零。

贺云霆只在正式出发时，联系过陆安和一次，毕竟只要没有最终安全回到帝国，说什么也没用，因此两人只是简单地交流了一下基本信息，陆安和给了一个地址，说如果能成功抵达境内，到时候再做打算。

陆安和心细，在安排每一批救援机甲的时候都考虑了林晗，带上了不少营养剂，但由于最后那场斗争，最后只剩了祁嘉木一个人，而携带物资的机甲在首次交锋时就被盯上了，免不了被炸毁的命运。

因此林晗还是没办法恢复精神力，返航的这几天，都一个人抱着咕噜噜在第二驾驶舱休息。

好在祁嘉木的机甲上还有其他配制好的太空食物，总比吃那些勉强果腹的东西好些。

返程虽然也需要两三天，但大家几乎没怎么休息。林晗还好，毕竟不能驾驶机甲，在行进的途中还可以时不时补觉。

贺云霆却好像不觉得困，而只要他说了要启程，祁嘉木必定不会有一点怨言，专心跟随。

唯一不太好受的可能是咕噜噜。

它还是很难过，还是很不舍，在返航的第一天里几乎失去了所有活力，好像哭了，又好像只是发呆。

尽管贺云霆这次不是超负荷地全速前进，咕噜噜晕机甲的毛病还是无法在短时间内克服，于是林晗只能一直用手托着它，喂它水，抚摸它的绒毛，和它说话。

在林晗的温声细语中，它虽然还是很晕，还是难受，却努力撑起小小的身子，选择在林晗的掌中蹭了一下又一下。好像在告诉他，自己没有后悔，他不需要如此自责。

咕噜噜甚至还怕林晗难过，试图伸出软软的舌头，在他的手心轻轻点了一下。

林晗不知道咕噜噜为什么会这么喜欢自己，却最终还是陷在了这个小生物的温柔里。

他们在三天后抵达了帝国的边境。

贺云霆第一时间告知了基地——只要进到M星的领地里，就算有些人贼心不死，也不可能再有什么明显的大动作了。

陆安和立刻心领神会地将消息传播开来。

277

无论怎样，这至少是一个尘埃落定的消息。

一场最优秀机师的选拔赛变成了抵抗虫族入侵的战场，最高指挥官困在边区许久，而王室成员也险些有来无回，所有人都在等一个结果——上将究竟是身殒太空，还是平安归来。

很快，贺云霆回国的消息便传到了帝国每一个人的耳朵里，听说了他一人抵御数只虫族的民众们终于放下心来，并自发地集结到一起，在机甲即将抵达核心区的必经之路上夹道迎接。

闻天尧也来了，无论他曾经有过多少见不得人的心思，但他仍旧是必须出现在这里的人。

在贺云霆还没降落的时候，闻天尧的飞行器就已经停了下来，他一边对喜爱自己的民众们招手，一边告诉他们，自己是多么佩服上将的勇气。

反正民众是没有读心术的，他们只会在闻天尧的描述中对他多一分爱戴，对贺云霆多一分钦佩。

而不止闻天尧，这件事情的影响毕竟太大，成天在议会争辩个不停的两派为了表明对上将的重视，也到了场。

林晗在即将抵达终点时，看到了一群人密密麻麻地围在那里了。

贺云霆对眼前的景象一点也不意外，民众们欢呼拥戴的声音没有让他减速半分。

但民众们不看到贺云霆是不会走的，林晗明白这件事，因此在贺云霆对自己说要他在机甲里等一等时并没有拒绝。

帝国的子民需要一个具象化的英雄，而贺云霆就是这个人。

他们甚至不需要知道前来救援的祁嘉木是谁，只需要这样一个英雄的信仰，那便够了。

陆安和在贺云霆露面后，很快熟练地遣散了前来迎接的民众，这才让贺云霆继续往前开，最终停在基地的起降点。

普通民众根本不可能跟到这里来，那些有了身份的达官显贵和皇室成员就在这里等着他们了。

关于救援队为什么最后只剩一台机甲，在场有人存疑，却最终没有问出来。

祁嘉木没跟M2742停在一起，自己先一步将机甲停在了修理区。

好在现在没有人在乎一个名不见经传的准机师，他们的目光都只集中在一个人身上。

毕竟回了帝国，林晗总不能再让贺云霆像在边区那样背着自己，就算腿还是发软，也要撑着一个人走。

舱门打开，贺云霆第一个走了出来。

"上将！"

"您回来了——"

"辛苦了。"

各种或真心或假意的声音一齐响起来，大家都在叫着他的名字，带着不同的情感。

贺云霆皱了皱眉，神色冰冷，甚至懒得伸出手，对这些看上去十分关心他的人致意。

他看着面前的这些人。

有面上挂着笑的闻天尧，他的副手席远安静地站在一旁，礼貌温和。

主战派的罗琪也来了，他脸上看不出一点异样的表情，热情地朝贺云霆打招呼。

不过这次主和派的姜连倒不在，而是换了一个人来。

看着面前的那个人，贺云霆眉眼间多了些意外。

陆安和就算再镇定，看见贺云霆时还是有些难忍激动。他敬了个礼，郑重地朝贺云霆走去。

林晗在这个时候才出来。

有些人认得他，也纷纷表示了对他的称赞和敬佩。

陆安和刚听了贺云霆的话，打算先带林晗去基地的医院进行检查。

而林晗在这个时候，也看见了让贺云霆感到意外的那个人。

闻天尧与罗琪他暂时并不关心，但看到面前的人，他却忍不住停下了脚步。

那是贺云霆之前跟他说过的那名学者，许知恒。

许教授头发已经半白，但精神面貌看上去依旧很好，整个人散发着一种由内而外的书卷气，这让他就算站在这群身份不凡的权贵中间，也显得不卑不亢。

279

他显然也看见了贺云霆，朝贺云霆露出一个得体的笑容，说"上将好"。

贺云霆没有说话，只是几不可见地点了点头。

大概是想到了之前跟林晗说过的关于"燃血"的事，贺云霆转过头，看了林晗一眼。

而许知恒也顺着他的目光，看见了他身后的人。

"您好。"许知恒十分自然地朝林晗伸出手，谦逊有礼地对他也笑了一下，"林先生。"

林晗有些受宠若惊，连忙跟许知恒握了个手："您认识我？"

许知恒说："在来迎接上将来之前了解了一下，林先生是非常优秀的机甲师。就是今天一见……觉得有些面熟。"

林晗也回了他一个笑，不太好意思地道："许教授之前在帝军大学的讲座，我每场都来。"

"那怪不得看您面熟。"许知恒松开了手，见陆安和还站在林晗的身边，便不多做打扰，让林晗先去医院做检查。

在转身离开时，林晗看见许知恒，总有些感慨。

许教授看上去一如既往地谦和有礼，却因为发现了这件事，最终落到一个两难的境地。

他现在还在被主战派威胁吗？这项研究到底现在被谁接手？

林晗这样想着，终于来到了基地的医院。

咕噜噜一直缩在他的口袋里，直到林晗小声跟它解释了一番，才不情不愿地跳出来，等林晗体检。

基地医生在电视上见过奇行生物，还十分体贴地给它准备了一个小毯子。

咕噜噜好像还没完全适应这里的气温，抱着那张小毯子，独自缩在角落，打量着这里的一切。

检查结果没什么问题，只是精神力消耗太多，林晗本身免疫力又差，因此需要在家好好休养。

贺云霆要处理的事还有很多，而林晗在基地的任务算是彻底结束，研究院直接给他放了一周的假，林晗便在陆安和的护送下回了家。

林晗又在医院里补了两支营养剂，好歹恢复了些力气，对陆安和道谢。

陆安和连忙说"不客气"，说"林先生辛苦了"，而林晗总觉得他还有什么想说的话，却在最后被自己强压了下去。

他的眉眼中多了些倦色，即使笑起来依旧阳光温暖，感染人心。

林晗记得陆安和总是生动而活泼的，可这段时间不见，由于接踵而至的意外，他整个人像是疲惫了不少。

林晗其实也有很多话想说，比如贺云霆接下来要面对的事是不是很难，就算自不量力，他也想帮忙。

更何况，他和贺云霆还有很多事没有说清。

"基地林先生的房间还在，"陆安和说，"您有什么需要先帮您带回来的吗？还是说等您过两天自己来收。"

林晗本想直接让基地送过来就好了，却在某一瞬间想起了自己房间里的某块并不怎么好看的石头。

——那是贺云霆送给自己的陨石。

"不用了，"林晗说，"我还是……过几天自己来拿吧。"

他怕万一别人不注意，就把那颗星星当作垃圾收走了。

只是，他原本以为，他能很快恢复体力和精神力，很快就能回到岗位。

可没想到这件事比他想象的要难。

从边区回来后，已经过了三天，林晗按照基地医院说的每天定时服用剂量比以前大的营养剂，而后遗症就是每次在用完营养剂后，他就开始对食物产生一种生理性的排斥，在闻到食物的香味时首先不是饿，而是下意识地反胃。

而他的读心术也没有像想象中的那样，在恢复一定精神力后就恢复。到家的第一天，研究院的同事一起来看望过他，第二天沈修楠又拜访了一次，林晗试着去触碰他，还是什么都没有听见。

林晗觉得自己应该高兴，毕竟终于恢复了正常人的生活，也不用再戴着手套听见一些自己也不愿意听见的心声。

可他还是不安。

他总想起祁嘉木的恳求，和那日遇到的许知恒。

林晗那天也是第一次近距离接触许知恒，跟自己记忆里那个温文尔雅的教授没什么区别，两人握手时，对方的手掌厚实，动作礼貌而不逾矩，与他想象中的一模一样。

在不用上班的这几天里，从来不关心政事的林晗开始每天看新闻，企图从中获取一些自己不知道的消息。

基地那边更是无比安静，就连消息灵通的沈修楠也打听不出什么来。

唯一能确定的是，贺云霆回来了，明里暗里的动作总得收一收，他的手下也不再被以各种理由架空，统一归队。

新闻里每天都在夸赞贺云霆这次的战斗表现英勇，说以一敌五几乎是不可能完成的事，并称他在没有物资和能量的情况下在边区支撑了这么久，简直令人惊叹。

虫族的入侵好像是一个完完全全的意外，没有人提及贺云霆要离开战舰时险些被人刺伤，没人知道有一群无辜的人还不知身在何处，而演习事故只是被一带而过，在贺云霆回来前就已经轻飘飘地问责了一个相关人员，就此揭过。

所有的阴谋依然在看不见的地方暗涌，而明面上的帝国依然欣欣向荣，闻天尧依旧是那个亲民的王子殿下，上将依然是那个无坚不摧的英雄。

再也没有人会记得某个少年会自己修改机甲的系统音，会在上战场前轻轻哼着不记得名字的民谣。

新闻还在播报着，林晗想到这里，偏过头看了看正缩在毯子里，聚精会神盯着虚拟显示屏的某个小家伙。

帝国核心区的气候比较温和，昼夜温差自然也没有奇行生物的星球那么大，这原本应该是好事，但咕噜噜还是过了两天才勉强摸清了这个规律，只是身体还没法完全适应。

林晗给它拿了个毯子，让它冷了就缩进去，热了就去阳台上吹吹风，一来二去，咕噜噜总算有些适应了。

而食物也是一个问题。

林晗开始搜索帝国有什么食物是能给咕噜噜吃的，结果弹出来的结果五花八门，林晗只能找看上去比较靠谱的几个选项，一一从网上买了给它试。

有的时候林晗自己也不知道那些食物咕噜噜会不会吃，他就拿了几样容器分门别类地装进去，让它自己试。

尽管林晗跟它说过很多次，他准备的东西都是安全的，但咕噜噜还是对各种食物都不信任——毕竟之前在自己的星球，很多好看又好吃的果子，往往都剧毒无比。

要是遇到第一眼看上去就特别喜欢的食物，咕噜噜会先试着用爪子沾一点尝尝味道，如果味道也如它所想，咕噜噜的眼睛会瞬间亮起来，却又因为害怕"有毒"而停滞不前。

但它又实在喜欢，会先狠心地去吃点其他的，强迫自己不去碰这种食物，再走得远远的，舔一点水润润喉咙，再转过身去，企图不看这些食物。

不过最后的结果都一样——咕噜噜还是会向它喜欢的食物妥协，再扭扭捏捏地收起四肢，滚动到容器旁，开始大快朵颐。

除了对食物的谨慎，还有一个问题让林晗百思不得其解。

它对贺云霆还是有不明缘由的敌意，光是每天对着新闻上不停滚动播放的贺云霆的头像或者视频，咕噜噜都能跟他置起气来。

林晗想问它，却在开口时犹豫了。

贺云霆现在在做什么？他们什么时候会再见面？对方之前说过的话，又记得多少？

陆安和没有再联系他，也没有催着自己去基地领东西，林晗不知道那个房间还在不在，那颗星星还在不在。

可他却束手束脚，一是怕自己身体还没好影响到别人，但最重要的还是不愿意主动联系贺云霆。

两人那天没来得及告别，贺云霆就扎进那一堆令人头疼的事务中，而陆安和直接带了林晗去医院，林晗到最后都没能跟贺云霆说上话。

明明是一起经历过生死的关系，现在却像隔着什么，连主动开口都变得奇怪。

林晗怕咕噜噜孤单，想等自己身体恢复后，带小团子去帝国Q区的动

283

物园转一转。

虽然小家伙是自愿跟过来的，林晗还是怕对它有亏欠。

但在这之前，林晗没想到自己先病了一场。

尽管在经历过边区残酷的生活后，林晗已经在努力强迫自己多少吃一些，但还是不可避免地发了烧。

帝国的医疗体系完善，只需要在线上提交申请，身体机能的数据就能传到医疗平台，医生会根据病人的病情判定是否需要进一步治疗，或者根据病人的意愿进行选择。

林晗虽然浑身都不太舒服，但毕竟没有其他的大问题，最后不愿意去医院，自己在家吃药睡觉，等烧退。

而生病让他在服用完营养剂后，更加排斥吃饭，他皱着眉头想努力多吃几口，却还是没法勉强自己。

他吃过饭后，就给咕噜噜开好新闻，自己则蜷在沙发上休息。他自觉发烧不是什么大病，也就这一晚上难受一些，一觉醒来后就能好很多。

不过此刻林晗整个人都昏昏沉沉的，身体虚弱，客厅的灯光都像有了重影，带着滚烫的温度洒下来，让他开始难受得冒汗。

咕噜噜本想往他身上跳，在蹭到林晗额头时，被惊人的温度吓了一跳，浑身的毛爹开来，慌慌张张地抖了一下，再小心翼翼地凑到林晗的手边。

林晗顺手轻轻拍了拍它的脑袋："我就休息一下，今天要早睡，没事的。"

咕噜噜似懂非懂，但还是决定靠近浑身冒着热气的林晗，想要陪伴他。

林晗心头一暖："谢谢。"

他不知对这个小生物说了多少次谢谢，可总觉得不够。

即使它不会说话，林晗也能感觉到自己被细心地爱护着。

之前吃的药开始起效，他的意识有些涣散，在即将被困意打败时，林晗抬头看了一眼窗户，又强迫自己清醒了一些。

咕噜噜也喜欢看向窗外，而林晗担心自己睡着以后，小家伙会乱跑出意外，在每天睡前都要检查一遍窗户是否关好，生怕小团子会一不小心蹦出去。

林晗揉了揉眼睛坐起来，拖着身子往窗边走。

今天帝国的夜空依旧昏沉，自从见过无垠的星云后，林晗突然觉得这片星空也不过如此。

灌进来的冷风让林晗清醒了一些，在检查了一遍确认没有意外后，他打算拉上窗帘，回去继续睡觉。

在他正要往回走时，不经意向楼下一瞥，当下便怔住了，所有的困意全烟消云散。

灯下立着一个男人，穿着林晗披过许多次的那件苍青色军服，沉默地站在夜色中。

而贺云霆好像一直看着林晗亮着灯的窗口，因此两人几乎没什么反应的时间，便隔着不长不短的距离四目相接。

在某一瞬，林晗甚至觉得自己身体里所有令他难受的病毒都一拥而上，让他几乎站不稳。

他想问他，什么时候来的？基地怎么样了？实训的事解决了吗？知不知道究竟是谁派来的虫族？又是谁窃取了许知恒的研究成果，重启了"燃血"的研究？闻天尧有没有为难他？主战派究竟想做什么？祁嘉木的弟弟现在是什么情况？

他想问好多事。

林晗对着男人张了张口，却发不出声音。

明明才分别了几天，林晗却连话都不会说了。

他不知道贺云霆在楼下等了多久，如果自己不是无意往下一瞥，他就不会知道他来过。

他记得时间对贺云霆是最宝贵的东西，他现在却愿意浪费在这无谓的守望里，一句话也不说，只看着这一扇不知什么时候会关上的窗。

可贺云霆真的在等。

等自己走到窗边，等自己发现他，等漫天的星星，都沉入与他的眸色一般湛蓝的深海里。

林晗想朝他喊，却由于声带沙哑，无法发出足够大的声音。

而贺云霆也没有移开眼睛，只专注地抬头看着林晗没什么血色的嘴

唇，和因发烧而被染上粉红色的双颊。

下一秒，他的通信器响了。

林晗的声音带着电流出现在他的耳边，而他面前的画面鲜活无比。

"贺云霆。"林晗没有像往常那样叫他"将军"，而是直呼他的全名。

青年因为生了病，声音没了往日的清朗，听上去多了一分轻软。

"贺云霆，"林晗说，"你要上来吗？"

林晗住的地方不高，上来也只需要几分钟的时间。

贺云霆点头同意以后，从灯下消失，一步一步往楼上走。

而林晗还是有些恍惚，甚至连通信器也没挂断，足足有一分钟，他的大脑都无法活动。

咕噜噜从它的小毯子里滑出来，有些不解地看着呆呆地立在原地的林晗。

它先是拽了拽林晗的裤腿，见他没有反应后，便顺着往上爬，然后一路攀上来，最后停在林晗颈侧，黏糊糊地蹭他。

林晗这才回过神，温柔地把咕噜噜从肩头捧到掌心，却没有说话。

大概是林晗的紧张也对咕噜噜有了一定的影响，它似乎感受到了主人的心神不宁而不知如何安慰，最终只能尝试着伸出短短的尾巴，在他的手心挠痒痒。

林晗像是现在才找回思绪，关上窗户后才一步一步走到门边，拧开门锁。

也就是同时，男人出现在了他的面前。

贺云霆走得有些急，气息不如往常那般平稳，胸腔微微起伏，而眼神仍然沉默无波。

两人不过几天没有见面，在边区和奇行星球的那些日子却像过了许久，每一幕回想起来都恍若隔世。

贺云霆好像真的瘦了，看上去比初见时还要凌厉，唇角依旧平直冷硬，好像他真的像外表那样毫无感情，也没有什么事情能动摇他分毫。

咕噜噜没想到来的人是他，却没有如林晗想的那样反应剧烈，只是愤怒地"吱"了一声，然后很清楚自己的实力，缓缓退下。

在令人难挨的沉默里，贺云霆终于尝试着走近了一步，再反手关上门。

"林先生。"贺云霆没有计较林晗为什么刚才直呼了自己的全名，仍然礼貌地叫了他一声。

两人之间的疏离依旧存在。

对方没有回应。

贺云霆其实自己也不知道自己来做什么。

这几天发生的事太多太多了，几乎连他也要应付不过来。

可他还是想看见他，却又不知该如何告诉林晗这些天来发生的一切。

帝国好像在一瞬间变了天，从演习开始之前，甚至更早，就有人计划好了这一切，只等他们一步一步往坑里跳。

不知是谁，开始试着不遗余力地想要解决掉贺云霆，无论什么方法都要试一试。

从剿灭星盗那一次开始。以常理推测，星盗根本不可能用那种不顾一切的方法，冲上来想要跟贺云霆同归于尽，以致让他最后切掉了一半机甲臂，右肩又受了伤。

而后来的庆功宴和舞会。明明知道那样的刺杀不可能成功，反正那样的人废了也就废了，不如抛出来一试，有千分之一的可能都想置贺云霆于死地。

祁嘉泽算是一个好的实验品，好不容易混上了战舰，可惜在最后一刻还是没能成功，被自己的哥哥强行拉了回来。

更不用说演习时出现的事故，无辜牺牲的季萌，以及埋伏已久的虫族。

民众的舆论、王储的压力都是次要的，他们的目标就是要让帝国乱起来，让贺云霆时刻精神紧绷——因为不知道什么时候，又会有新的意外出现。

许知恒那天会前来迎接，也是因为在贺云霆还未归来的时候，罗琪开始趁乱拉拢势力，而许知恒在姜连的口中知道了这项研究并未被禁止，反而重新启动。他担心会引发更严重的后果，终于还是决定来向贺云霆寻求帮助。

　　这段时间发生了太多事，没有人敢保证虫族不会再次入侵，帝国的局势再次发生动荡。

　　而即使是这样，贺云霆还是每天会抽出一点时间，只身一人离开基地，在这一栋楼前驻足。

　　光是这样，他就能重新获得平静。

　　但也仅此而已了。

　　贺云霆面对任何事情都是冷静自持的，却唯独在对上林晗时，失了方寸和自信。

　　庄园的郁金香快开了，他却连开口的勇气都没有，以至于只能站在楼下望着那一扇窗，打开又关闭，他才会重新回到基地，面对一团乱麻的现状。

　　贺云霆从来不怕死，他只怕万一自己说出来的事做不到，林先生会难过。

　　"……你发烧了。"贺云霆每说出一句话后就开始厌恶自己，可他却找不到更好的方式，能在这种时候派上用场。

　　林晗没有直接回答贺云霆的话，只是咬着唇看他。

　　"林先生，我送你去医院。"贺云霆低声说着，却在说完这一句话后撇开了视线。

　　他不愿意看见林晗难过，却找不出更好的方式让他开心一点。

　　林晗只顾着摇头，他伸出一只手推了一下贺云霆，像是埋怨，像是发泄。

　　他心中变得焦急，甚至有些不安，为什么自己的读心术消失了，为什么听不见贺云霆的心声。

　　"我不去医院，"林晗无力地扯着贺云霆的袖子，他知道自己在任性，却不想收回这种任性，"求你。"

　　林晗的声音越来越小，或许是被灼热的病毒打败，最终嘴唇轻轻翕动着晕了过去。

　　贺云霆有些忙乱地将林晗弄回床上，采取了一些基本的降温措施后，又重新坐回他的床边。

　　大概因为发烧，林晗好像在睡梦里也并不安稳，难受地动了动，皱起眉头。

不知过了多久，贺云霆都快睡着了，忽然感觉手上传来一阵不轻不重的刺痛。

他睁开眼，发现有个黑色的小团子正缩在自己右手边，还张口咬住了自己。

据说库鸽尔族为了自保，咬力其实与某些体形较大的生物不相上下，要是咬得狠了，甚至能咬下一小块肉来。

咕噜噜现在虽然咬了，但明显没用全力，好像知道林晗应该不讨厌贺云霆，但又由于自身的敌意而不愿意放弃这个动作。

小家伙的尖牙磨着贺云霆的皮肤，但这一点痛感对久经沙场的他来说，实在是太微不足道了，贺云霆甚至面无表情地让它多咬了一会儿，才抬手把它抖到地上。

这个动作明显让咕噜噜重新生起气来，它发出一声带着愤怒的"吱"声，想往贺云霆身上撞。

但贺云霆担心吵到林晗，没敢跟这个小东西斗智斗勇。

他先是伸手摸了摸林晗的额头，之前滚烫的温度似乎降下去了些，才放心了一点，这才起身，跟咕噜噜大眼瞪小眼。

咕噜噜这些天在新闻里看了无数次贺云霆的脸了，胆子也大了一些，敢跟他直视两分钟不打滚了。

正当它准备奓一奓自己的毛，展示一下自己的"凶恶"，让贺云霆感到害怕从而全身而退时，却听到了对方妥协的一句道歉。

"对不起。"

"对不起。"贺云霆声音低沉，没什么起伏，却是在真心跟小家伙道歉，"之前边区的事。"

不该跟你计较。

贺云霆这句没说出来。

小团子的反应总是慢半拍，它还是对贺云霆保持着敌意，一双小眼睛努力瞪大，表达自己的愤怒。

"但是……谢谢你陪着他。"

贺云霆再迟钝，也大概知道咕噜噜是因为林晗而对自己置气的。

尽管有误会，但这个小团子却是真心向着林晗的。

它愿意为了这个人类从那么远的地方过来，离开自己熟悉的家园和朋友，从这一方面想，贺云霆对它仍保留着一丝感激。

至少在自己没法陪着林晗的时候，他也不会太孤单。

贺云霆想学着林晗一样伸出手，轻轻碰一碰咕噜噜的小脑袋——

可惜没能得逞，对方还是气鼓鼓地躲了，从贺云霆的手边滚了一圈，与他拉开了一点距离。

贺云霆："……"

过了一会儿，咕噜噜好像终于理解了，面前的这个人类似乎在跟它道歉。

但它是个有原则的团子，决定不能就这样轻易地放下自己的架子，还是抖了抖自己的毛，用屁股对着贺云霆。

对方没在意，看了看林晗，又看了看它。

直到又过了一会儿，咕噜噜终于觉得自己架子摆够了，重新转过身，打算接受这个人类的示好，却听见贺云霆又开了口，好像在对它解释什么。

"我没有想要伤害林晗，从来都没有。"

在外人看来，那个总是高高在上的帝国上将会对着一个异星球的小团子道歉，几乎是一件不可能发生的事。

但贺云霆确实这么说了，还说了不止一句。

"也许让你误会了，对不起。"

咕噜噜后知后觉地明白了贺云霆在说什么，反而有些不好意思了。

它决定大度。

表现大度的方式，就是对人类表示亲近——所以它打算纡尊降贵地蹭一下贺云霆。

正当它收起自己的短小四肢滚到贺云霆旁边时，听见了他最后一句话。

"我想重新认识他。"

林晗终于睡了一个完整的觉。

他甚至连梦都没有做，等他醒来时，天已经大亮，咕噜噜趴在自己的手边也睡着了，而昨夜等在楼下的男人已没了踪影。

他很久没有睡得这么好过，烧似乎也退了，身体虽然还是有些沉，却有种大病初愈后的轻松。他拖着还有些发软的双腿站起来，走到客厅，意外地发现桌子上面放着一份看上去普普通通的早餐。

那是一份意大利面，林晗观察了一下，发现居然不是通过网络系统送上门的，而是刚做好没多久，甚至还有些温热的。

他愣了一下，好奇地往厨房走。

厨房没有完全收拾干净，贺云霆似乎做到一半有什么急事，没来得及处理剩下的东西就匆匆离开了。

林晗目光向下，意外地发现垃圾桶里居然有不少倒掉的面和处理失败的食材。

看来贺云霆还是做了好几次，才勉强做出了客厅的那盘。

光是看着面前勉强处理过的操作台，散乱一地的蔬菜和各种餐具，林晗几乎都能想象出那人难得一见的手忙脚乱的样子。

他也许不知道面怎么煮，可能还会对一直冒着气泡的锅束手无策，会不知所措地吹掉气泡，又会因为不知道煮熟与否，笨拙地尝了好几次。

陆安和以前跟他说过，贺云霆生活极度无趣，如非必要，他根本不可能自己下厨。

林晗不知道贺云霆为什么最后没有直接买现成的，而是选择自己动手，可心情莫名就好了起来。就算现在还是不太想吃饭，林晗还是撑着吃了好几口，直到他的家门被敲响，同事沈修楠又来看望他了。

沈修楠性格活泼，话也多，一边进门，一边就说了这次的来意："林晗，我来给你送点研究材料，院里托我告诉你，好好在家休息，等病好了再上班也不迟，有什么问题还可以视频联系嘛——"

林晗朝着他笑了一下，没说话。

他很久没戴手套了，沈修楠有些意外："你的洁癖是不是好些了？"

林晗之前戴手套完全是为了避免与他人无意中的接触，在对方也不知道的情况下读到心声，但现在因为没了这个能力，又是在家里，那些备用手套自然也没了用处。

林晗点点头："嗯。"

沈修楠没久留，在确认林晗身体好些以后打算回去，在走到玄关处时，把这次来要递送的文件交给林晗。

林晗顺手接过，在收文件的时候碰了一下沈修楠的小指。

原本这再正常不过了，林晗第一时间甚至没有在意，却在这一刻听见沈修楠心中所想的接下来的工作计划。

林晗手指僵了一下。

沈修楠不知道林晗在想什么，疑惑地问道："怎么了？"

林晗很快反应过来："没事。"

沈修楠又随便跟他聊了两句便走了，对方本来就不是能藏秘密的人，顺口也把自己的工作计划说了，跟林晗刚才碰到他手指时，听见的内容大致相同。

也许是身体真的好转了，也许是他的心情也随着烧退以及贺云霆做的不那么完美的早餐变得明朗起来。

但无论如何——

他的读心术恢复了。